# 古典文獻研究輯刊

## 八　編

潘美月・杜潔祥　主編

## 第 10 冊

## 《爾雅》與《毛傳》之比較研究

### 盧國屏　著

國家圖書館出版品預行編目資料

《爾雅》與《毛傳》之比較研究／盧國屏著 — 初版 — 台北縣永
和市：花木蘭文化出版社，2009〔民98〕

序 2+ 目 4+190 面；19×26 公分
（古典文獻研究輯刊 八編：第 10 冊）

ISBN：978-986-6528-39-2（精裝）
1. 爾雅　2. 詩經　3. 訓詁　4. 比較研究
802.11　　　　　　　　　　　　　　　98000091

ISBN - 978-986-6528-39-2

9 789866 528392

古典文獻研究輯刊
八 編 第 十 冊　　　　　　　　ISBN：978-986-6528-39-2

## 《爾雅》與《毛傳》之比較研究

| | |
|---|---|
| 作　　者 | 盧國屏 |
| 主　　編 | 潘美月　杜潔祥 |
| 總 編 輯 | 杜潔祥 |
| 企劃出版 | 北京大學文化資源研究中心 |
| 出　　版 | 花木蘭文化出版社 |
| 發 行 所 | 花木蘭文化出版社 |
| 發 行 人 | 高小娟 |
| 聯絡地址 | 台北縣永和市中正路五九五號七樓之三 |
| | 電話：02-2923-1455／傳眞：02-2923-1452 |
| 網　　址 | http://www.huamulan.tw 信箱 sut81518@ms59.hinet.net |
| 印　　刷 | 普羅文化出版廣告事業 |
| 初　　版 | 2009 年 3 月 |
| 定　　價 | 八編 20 冊（精裝）新台幣 31,000 元 |

版權所有・請勿翻印

# 《爾雅》與《毛傳》之比較研究

盧國屏　著

## 作者簡介

盧國屏，1962 年生。學歷：國立政治大學中國文學研究所博士，現職：淡江大學中國文學系、漢語文化暨文獻資源研究所專任教授；中國淮南師範學院終身特聘教授。曾任淡江大學中文系主任、中華民國漢語文化學會理事長、加州大學沙加緬度分校（California State University，Sacramento）研究教授。專業領域與歷年授課範疇：文字學、聲韻學、訓詁學、漢語文化學、國際漢語教學、語言政策規劃等。

## 提　　要

《爾雅》與《毛傳》二書之間所存在的爭議，約而言之有三：一為成書先後之爭議；二為依傍援引之爭議；三為《爾雅》是否依傍《毛傳》釋《詩》之爭議。宋以前學者多憑歷史文獻與舊說，以《爾雅》為先秦之書，早於《毛傳》，而《毛傳》有取於《爾雅》以成書；宋、明儒則多舉《爾雅》訓例與《毛傳》同者，以謂《毛傳》早於《爾雅》，《爾雅》乃依傍《毛傳》成書。後世學者對漢、宋說紛論不斷，贊成、反對者皆有，而二書令人疑惑不解的關係，也就沿流至今。

本文於是秉持「回歸原典」、「以自身材料解決自身問題」之研究理念，收集二書相關訓例計七七二條，以文字、訓釋、意義三大方向，作縝密的比較、考證，期望能解決下列七大問題：一、考察《爾雅》與《毛傳》全面相關之訓例；二、考察《爾雅》是否依傍《毛傳》成書；三、考察《爾雅》成書年代及與《毛傳》之先後；四、考察《爾雅》是否為釋《詩》而作；五、考察《爾雅》訓詁材料之來源；六、考察《爾雅》之成書性質；七、考察早期訓詁狀況與成果。

經全文九章、十八萬字之比較研究，最後得出三大結論：一、《爾雅》非依《毛傳》成書；二、《爾雅》早於《毛傳》之可能性較大；三、《爾雅》與《毛傳》成書性質各異。

# 目

# 次

# 序　言

　　本論文共九章、十八萬字。內容可分爲三個主體，一爲二書本身及相關爭議之提出與整理，包括一、二、三章；二爲二書相關訓例之比較、考證及二書關係之推論，包括四、五、六、七、八章；三爲第九章結論部分，綜合前文之研究，對二書關係作一釐清、總結。

　　自從宋儒舉若干《毛傳》與《爾雅》相關訓例，質疑《爾雅》之成書年代、取材來源、成書性質以來，多數論及二書爭議的研究，依舊是在歷史文獻與舊說中反覆辨說。這種論證方式雖是必要，且正反雙方所論，常也持之有故、言之成理，然而終究是缺少一些強有力的證據，以致若干相左的意見，至今仍是壁壘分明、劍戟森然。本文於是以「回歸原典」的理念，採取比較考證的研究方法，直接從二書的相關訓例上著手，希望以此直接的證據，解決雙方存在已久之爭議。並且以《爾雅》與《毛傳》之比較做爲一個起步，在未來漸次擴及《爾雅》與相關群書之比較，相信在所有比較研究完成後，《爾雅》所受的若干質疑，必可得到最大的澄清。

　　論文撰作期間，蒙　周師一田、　李師威熊諄諄教誨，舉凡全文結構、中心議題、結論得失，乃至文字修辭，皆多所指導諟正，惠我良多，師恩浩蕩，實永誌難忘。而面對論文撰作之艱苦過程，父母親大人及內子銀順，亦時時給予鼓勵，同樣是我最大的支持力量，謹申無盡之謝忱。

政大中文所　盧國屛
中華民國八十三年八月

# 第一章　緒　論

## 第一節　本題源起

　　將《爾雅》與《毛傳》合論，就歷史文獻來看，唐孔穎達疏《毛詩》時便說：「毛以《爾雅》之作多爲釋《詩》，而篇有〈釋詁〉、〈釋訓〉，故依《爾雅》訓爲《詩》立傳。」可以說是很早的了。不過孔穎達的這番話，其實並非眞正在考慮二書之關係，只是延襲漢晉以來，對《爾雅》成書時代及訓詁成果之推崇，而很自然的以《毛》取於《雅》。眞正曾認眞思考二書關係的，是源於宋・歐陽修，他的《詩本義》說：「《爾雅》非聖人之書，不能無失。考其文理，乃是秦、漢之間，學《詩》者纂集《詩》博士解詁。」此言一出，後儒推波助瀾，造成了古今學術界對《爾雅》看法的大紛歧，漢學、宋學的對立；古文、今文的爭議；眞實與僞造的駁辨，《爾雅》一一都牽扯上了，而使《爾雅》受到如此多質疑的，正是其與《毛傳》在前儒眼中糾纏不清的關係。本文以「《爾雅》與《毛傳》之比較研究」爲題，所討論的內容，基本方向也就在此。爲使本題源起背景，更爲明晰，試分四點敘述如下：

## 一、《爾雅》與《毛傳》簡述

　　《爾雅》爲我國第一部訓詁專著，前三篇〈釋詁〉、〈釋言〉、〈釋訓〉收集非名物詞語，以同義類聚方法編排，匯集具有相同、相近意義，或具有某種相關性的一組詞爲詞條，每條用一個比較普通的詞作解釋。後十六篇訓釋各類名物，採取的主要訓釋方法是以共名釋別名、以口語釋書面語，有些古

詞、書面語或方言，沒有相當的今詞、口語或者通語對譯，就採取用語句說明詞義的訓釋方法。全書計收二〇九一條、四千三百餘詞，其中與《詩經》有關的約十分之一，與《五經》有關的約十分之四。在漢語訓詁學史上，是第一次對古今異言、方俗殊語以及各種名物作全面研究、系聯總結，是研究先秦文獻典籍，考證詞義和古代名物的重要資料。

　　《毛傳》，「毛詩故訓傳」之簡稱，為現存最早最完整以詞語為重點解釋《詩經》之傳注。全書解釋經文題意、詞意、語句、離析章句、說明章旨，記述典章制度，引證故事、史實，包含了豐富的訓詁內容，約四千八百餘條，是研究《詩經》、訓詁學和漢語史的重要資料。

## 二、存在《爾雅》與《毛傳》間之爭議

　　目前二書之間所存在的爭議，約而言之有三：

　　一為成書先後之爭議：漢、晉諸家論《爾雅》作者、成書時代，雖有差異，但以《爾雅》成於先秦，早於《毛傳》則同。宋以後，以《爾雅》為秦、漢間作，晚於《毛傳》之異說出現，與前人說法形成對立，至今未有定論。

　　二為依傍援引之爭議：此問題源於二書成書時代之爭議。以為《爾雅》成於先秦、早於《毛傳》者，自然便以《毛傳》為依傍援引《爾雅》釋《詩》。反之，以為《毛傳》早於《爾雅》者，便說晚出之《爾雅》乃依傍援引《毛傳》而成書。二說亦是對立，至今未有定論。

　　三為《爾雅》是否依傍《毛傳》釋《詩》之爭議：此問題承前二項爭議而來。以為《爾雅》晚於《毛傳》者，不但認為《爾雅》有取於《毛傳》，甚至直指《爾雅》一如《毛傳》為釋《詩》之《詩》訓詁。反對者則視《爾雅》一書之性質，乃總釋群書而來，不止釋《詩》，也不是為釋《詩》之單純目的而成書。此二說顯然是狹義與廣義之差別。

## 三、二書爭議之起因

　　前述有關二書先後、援引、成書性質三種爭議，其實息息相關，無法分開討論。不過在宋以前，這些爭議原是不存在的，宋以前對《爾雅》認知的主要說法，是這樣的：鄭玄《駁五經異義》：「玄之聞也，《爾雅》者孔子門人所作，以釋六藝之言，蓋不誤也。」郭璞《爾雅注·序》：「《爾雅》者，所以通訓詁之指歸，敘詩人之興詠，總絕代之離詞，辨同實而殊號者也。誠九流

之津涉，六藝之鈐鍵，學覽者之潭奧，摛翰者之華苑也。若乃可以博物不惑，多識於鳥獸草木之名者，莫近於《爾雅》。」作者與成書時代部份，雖各家說法有異，但以爲成於先秦、早於《毛傳》則是一致的。既是早於《毛傳》，則所謂依傍《毛傳》爲《詩》訓詁之爭議，也就不可能發生了。

　　爭議的開始源於宋・歐陽修《詩本義》（見前引），其後葉夢得《石林集》云：「《爾雅》訓釋最爲近古，世言周公所作，妄矣。其言多是《詩》類中語，而取毛氏說爲正，予意此漢人所作耳。」呂南公〈題爾雅後〉云：「余考此書所陳訓例，往往與他書不合，唯對毛氏《詩》說則多同，余故知其作於秦、漢之間。」（謝啓昆《小學考》引）。明・高承《事物紀原》云：「《爾雅》大抵解詁詩人之旨」鄭曉《古言》云：「《爾雅》蓋《詩》訓詁也」。各家說法雖也小異，但把《爾雅》時代下移至《毛傳》後，或以爲《爾雅》乃依《毛傳》成書之新認知，也於是形成。

　　追本溯源，歐陽修以《爾雅》與《毛傳》相關之訓例，來懷疑《爾雅》之作者、時代成書性質，即是二書爭議的直接起因。後世學者對漢、宋二說紛論不斷，贊成、反對者皆有，而二書令人疑惑不解的關係，也就沿流至今。

## 四、研究動機

　　《爾雅》與《毛傳》糾纏不清的爭議，自宋至今，猶未解決。雖雙方的說法，似乎也頗能自圓其說，但細考前述二種對《爾雅》認知上之對立，其實是各有所偏的。宋以前的舊說，雖無涉於《毛傳》，但多爲前後相沿、因襲的說法，缺乏實證，宋人疑之，不無道理。宋、明儒之說法，較講求證據，尤其呂南公等人，以《爾雅》與《毛傳》之訓詁狀況立論，是一正確方向。但一來舉證過少、論據不足；二來只見《爾雅》與《毛傳》訓例合的部分，就輕下判斷，不但涉於主觀，也不夠精確。

　　事實上，宋儒的方向雖是正確，但他們多數忽略了二書猶有其他許多相異的訓例，這些訓例很可能才是可以對二書之考察，提供線索與堅強證據的部分，只考慮其同的部分，顯然是不夠的。筆者於七十六年間撰述碩士論文「清代《爾雅》學」時，曾有專章討論《爾雅》作者與成書時代，雖因受阻於《毛傳》而未能盡溯其源，但已知欲解決二書間諸多之疑慮，甚至還《爾雅》原貌，則二書精審詳盡之全面比較，實勢所必行。而後便擬此題，期望能以較完整之證據、較科學之討論，對宋、明儒之說法做一考察，進而能澄

清此學術上之疑惑，消弭爭議，此即本題源起之由也。

## 第二節　本文欲解決之問題

　　本文除論列二書爭議的歷史舊說外，主要比較的內容為二書或同或異相關之訓例，而此一全面性之比較，目的在解決下列七大問題：

### 一、考察《爾雅》與《毛傳》全面相關之訓例

　　以二書訓例討論二書關係，起於宋人，宋人不但據此解決相關疑問，就訓詁本身來說，這種比較其實也是個研究詞義的正確方法。問題就在其所舉之訓例實在太少了，少則一、二條，多則五、六條，不但憑據薄弱，代表性也不足。尤其他們所說的，多數還是二書全同之例，如何能據以分二書先後，乃至誰援引誰。因此本文首先即盡量收羅二書有關之訓例，一一比對，從中分析考辨其異同之現象原因，避免前人收例不足之缺憾。此第一步完成，才能進而展開下文所述之各項考察，而從事這些考察時，也才能有所依據。

### 二、考察《爾雅》是否依傍《毛傳》成書

　　根據所有《爾雅》、《毛傳》訓例比較之結果，進一步期望能解開究竟誰援引誰之爭議。二書訓例有全同者，因為全同，或許較難考辨其援引關係，但二書更有許多或字異、或訓異、或義異之訓例，既是有差異，只要對訓例差異點考證周詳，相信其中可能就會發現可以依據之細微線索，進而解開誰援引誰之疑惑了。

### 三、考察《爾雅》成書時代及與《毛傳》之先後

　　要確定《爾雅》的具體成書年代，就現有之資料，恐怕是不容易的，而且也不是僅與《毛傳》合論就可以完成的。但是根據與《毛傳》訓例比較之結果，如能先釐清《爾雅》與《毛傳》之先後，則連帶的所謂依傍援引的問題可同時解決，進而這個先後的結果，也可作為日後《爾雅》與他書比較、全面探討《爾雅》成書時代時，一個研究示範與有力之參考。

## 四、考察《爾雅》是否為釋《詩》而作

《毛傳》一書純為《詩》作，故其四千八百餘條訓釋，皆與《詩》有關，因此本文尋出《爾雅》與《毛傳》相關之訓例，其實也就是尋出《爾雅》與《詩》的關係。《四庫提要》說《爾雅》「釋《詩》者不及十之一」，宋、明儒則多謂《爾雅》乃依傍《毛傳》成書之《詩》訓詁；其實《爾雅》有與《詩》相關之訓例，未必即是《詩》訓詁；有與《毛傳》全同之例，更無法逕指其即依傍《毛傳》之《詩》訓詁。除了數量多寡之因素外，其與《毛傳》訓釋內容之差異，也是一個必須的考察依據，因此本文在比較二書與《詩》有關之訓例時，《爾雅》是否釋《詩》，也是必定會觸及之考察方向。

## 五、考察《爾雅》訓詁材料之來源

《爾雅》一書內容龐雜，這種訓詁書籍，大約不是閉門造車可以全面創作出來的，換言之，其應是有訓釋對象或材料來源才是。依據本文訓例之比較結果，若《爾雅》為釋《詩》作，則其乃是以《詩》為主要來源之訓詁；若非為釋《詩》作，則必有其他來源。因此本文在比較過程中，固然《毛傳》是純與《詩》相關，但也將特別注意，《爾雅》與《毛傳》是否因取材不同、訓釋對象不同，而造成其字異、訓異、義異之現象。如此不但詞義訓詁本身可做比較及了解，或許也就進一步尋出了《爾雅》訓詁之來源。

## 六、考察《爾雅》之成書性質

《爾雅》的成書性質，原來沒有爭議，最傳統及普遍的說法，是郭璞的《爾雅注‧序》（見前節三引），他的說法含義很廣，也很完整的包含了《爾雅》各篇的功能、性質。不過這個傳統意見，受到了歐陽修等人依據《毛傳》而來的部分質疑，如成書時代、訓釋對象、是否釋《詩》等，使得《爾雅》一書的成書性質，在宋以後，產生了許多不同看法。

《爾雅》是一部訓詁專著，因此要確定其成書的性質，是必須從其訓釋對象、訓詁方法、內容上來考察的。宋以來之異說，既是以《毛傳》立論，因此本文在比較二書的過程中，凡足以澄清《爾雅》成書性質的訓例，也將是考察的一個重心。當然這個考察的結果，也必須是與前五項考察之結果相

配合，始能完成的。

## 七、考察早期訓詁狀況與成果

　　據現存文獻來看，訓詁學的興起是在周朝，屬訓詁思想的，如孔子至荀子的正名思想；較具體的則如《周易‧繫辭》是解詁《易經》的，《左氏》、《公羊》、《穀梁》三傳是解詁《春秋》的，《禮記》則兼詁《周禮》、《儀禮》；或者如《孟子‧梁惠王》：「畜君者好君也」，《墨子‧經上》：「久、彌異時也。宇、彌異所也。圓、一中同長也。方、柱隅四雜也。」此皆《經籍纂詁‧凡例》中所謂之「經傳本文即有之訓詁」。不過這類的訓詁，或者數量不多，或者非專為訓詁而作，可說是一種較為廣義之訓詁。

　　真正訓詁學之大盛是在兩漢，尤其幾位傳箋大儒之表現。不過就因兩漢訓詁學之興盛，使我們更須注意在此之前的《爾雅》與《毛傳》二書，從訓詁歷史來看，此二書位於「經傳本有之訓詁」，到「傳箋訓詁」的中間時代；從訓詁方法、原理來看，二書則是承先啟後之地位，對開創後世訓詁學之具體內容，實具有相當份量之影響。若以後世較獨立與具體之訓詁學觀念看，《爾雅》與《毛傳》才是真正代表訓詁學的最早期成績，因此本文以二書合論，比較其訓例，除了解決前述之六項問題外，從詞義、訓詁方法、訓詁內容、詩義等主題討論中，了解與認識早期訓詁學之狀況與成果，是一個可以附加出來的方向了。

# 第三節　前人研究之檢討

　　《爾雅》與《毛傳》產生糾結不清的關係，若從歐陽修算起，至今已有千年之久，令人遺憾的是，在如此漫長的存疑過程中，真正能專就二書合論、正視問題的成績，竟是少之又少。通常的情況是：研究《爾雅》的人如宋‧邢昺疏、鄭樵注、清‧邵晉涵《正義》、郝懿行《義疏》等，注疏之間雖多引據《毛傳》，但基本態度是以較晚之《毛傳》義來輔證《爾雅》的，當雙方有差異時，則多為之疏通，以此來證成雅義，並未注意到處理二書長久爭議可知。因此要從傳統《爾雅》注疏中，去了解二書如先後、援引等關係，就只能看到作者主觀認定的結論，無法釐清疑惑。

　　而研究《毛詩》的這部分，情況也是類似，如唐‧孔穎達《正義》、清‧陳奐《詩毛氏傳疏》、馬瑞辰《毛詩傳箋通釋》等，都是主張《爾雅》早於《毛

傳》，故其疏釋《毛傳》時所引《爾雅》訓例，意在以早期訓詁證明《毛傳》之說，也不是針對二書爭議而來。同樣也是只能見到其主觀的態度，而無法確知《爾雅》與《毛傳》之關係。

　　在注疏以外，近人有一些分論《爾雅》與《毛傳》的相關文章，成績斐然，也足爲代表，如：

　　　　黃侃：〈論《爾雅》名義〉、〈論《爾雅》撰人〉（《黃侃論學雜著》）

　　　　胡樸安：〈《爾雅》之時代及其所作之人〉（《中國訓詁學史》）

　　　　余嘉錫：〈四庫提要辨證・爾雅篇〉（《四庫提要辨證》）

　　　　周祖謨：〈《爾雅》之作者及其成書之年代〉（《問學集》）

　　　　高師仲華：〈《爾雅》之作者及其撰作之時代〉（《高明小學論叢》）

　　　　杜其容：〈詩毛氏傳引書考〉（《學術季刊》四卷二期）

　　此諸篇幾已爲今日討論《爾雅》或《毛傳》作者、成書時代等問題，必備之參考，甚至有定論之勢。固然此諸篇之成就，不容置疑，但其論《爾雅》或《毛傳》時，牽涉到二書關係之處，通常是就歷史文獻所存資料辨疑或證成其說，其理固然可通，但就回歸《爾雅》、《毛傳》原典舉證而言，除杜氏一文外，其餘則無。因此或許能從舊說與文獻中，對《爾雅》與《毛傳》分出個先後，但其實宋、明儒所提出的依傍、援引《詩》訓詁等質疑，則依然存在，而這也就是此諸篇不足之處。不過這幾篇皆爲單篇論文、甚至短文，而非專書，以是只能指引，固無法求其全備。

　　本文討論《爾雅》與《毛傳》之關係，主要的方法，是就二書相關訓例來比對、考證，也就是說，以《爾雅》與《毛傳》自身的材料來解決自身的問題。就此點言，前人研究中與本文目的、方法最相合的，約有三篇，都是極重要的論著，茲推介如后，以備參酌。

　　一、清・陳奐〈毛詩傳義類〉：此篇收錄於其《詩毛氏傳疏》中，依《爾雅》篇目爲序，列舉與《毛詩》相關之條目，《毛詩》與《爾雅》用詞同者，舉《毛詩》之出處於條下注明；不同但相關者，則僅列《爾雅》之詞，茲影印其部分如下：

陳氏〈傳義類‧序言〉曰：「大毛公生當六國，去周初未遠，孔子沒，而七十子微言大義殆未掃滅，故其作《詩故訓傳》，傳義有具於《爾雅》、有不盡具於《爾雅》，用依《爾雅》編作義類……若然，則《毛詩傳》可以紹統《爾雅》，而旁通發揮，淹貫博洽，以餉後之學者。」其立意甚佳，而此篇尋出《爾雅》與《毛傳》相關之詞，對後人收羅二書相關訓例，也有極大助益。不過其書僅止於材料之陳列而已，至於二書異同之考證、二書相關之爭議，就不是其目的了。

二、余培林〈爾雅引毛傳考〉：此文收在國科會報告中，根據《爾雅》與《毛傳》訓例之比較，得出三點結論：1.《毛傳》非據《爾雅》。2.《毛傳》先於《爾雅》。3.《爾雅》多引《毛傳》。可說是前人在相關研究中，用力最多、結論最具體者。就研究方法言，能以二書原始材料比較，確實較前人周嚴。但就其支持結論之舉證而言，則猶待商榷，試論之如下：

〈釋言〉:「芼、搴也」,〈周南・關雎〉《毛傳》:「芼、擇也」,余培林據此而曰:「然《毛傳》何不徑云『搴也』?訓擇而不訓搴,則《毛傳》非據《爾雅》可知。」按:就此例而言,若反論《爾雅》非據《毛傳》,也是可以,因此,此類證據恐怕是不夠、也不足以支持其第一項結論的,必須尋找更精密、有力之線索才是。

又〈釋詁〉:「振、古也」,〈商頌・載芟〉《毛傳》:「振、自也」,余培林據此例證《毛傳》先於《爾雅》,曰:「考《詩》文:『振古如茲』,振當如《爾雅》訓古,《毛傳》訓自,似較《爾雅》為短,雖郝氏《義疏》謂『自有始義,亦與古近。』然終嫌迂曲也。是則《毛傳》未及睹《爾雅》可知。」按:訓詁優劣,本身已難判斷,而訓詁之優劣與先後之間,也是沒有必然關係的,更何況還必須考慮二書訓詁材料、訓詁性質差異,所導致的訓釋不同,因此其第二項結論,也猶待詳考。

至於第三項結論,余培林以《爾雅》所用之俗字多於《毛傳》,而證《爾雅》不但多引《毛傳》,且又易以後世通行之俗字。按:這個說法,理或可通,但對於其他《爾雅》用正字、《毛傳》用俗字之例,又將如何解釋?尤其文中也未將雙方正俗字之比例歸納,如何謂多?而且既是就用字差異而言,則俗字也不應是唯一之考慮,猶有假借字、或體字,甚至二書皆用假借字、同義詞的例子,都應是考慮、比較之重點。由此可知,其第三項結論是過於武斷了。

另外,此文在二書訓例之考證上簡略了些,而且在比較之過程,往往就涉於主觀,以《毛傳》在前來討論二書差異,而後得出上述三點結論,自無可怪,不過大體言之,此文仍是目前參考性極佳的論文。尤其要考察《爾雅》成書時代、性質,也還必須與其他典籍做比較才算完整,因此在這個長期研究中,多一些正反意見做參考,對最後結論而言,必定是有客觀之助益的。

三、杜其容〈詩毛氏傳引書考〉:此文在《學術季刊》四卷二期中,以《毛傳》所引群書之時代,考訂《毛傳》之成書時代。文中將《毛傳》引書之比例,一一尋出以為論據,這是科學的態度與方法,因此在引書考完成後,其所得之結論:《毛傳》成書於西漢初葉,也頗受後人贊同及使用,可說是目前論《毛傳》成書時代,頗為重要的論文之一。

不過此文在《毛傳》引書例中,獨缺《爾雅》,而僅辨《爾雅》非劉歆偽作一部分,這是全文最令人感到不足之處。尤其《爾雅》與《毛傳》之關係,又是群書中最複雜的一環,未能詳考,總是遺憾。

## 第四節　本文使用術語之定義

為使本文使用之訓詁術語有明確義界，特將所有用詞定義如下：

一、訓　例

指包括被訓詞、訓釋用詞、經訓釋所產生之意義三部分完整的訓詁。如〈釋詁〉：「初、始也」，《毛傳》：「涖、臨也」。

二、字　同

指《爾雅》與《毛傳》訓例比較時，被訓詞形、音、義全同。如〈釋詁〉：「基、始也」，《毛傳》：「基、始也」。「基」字二書同。

三、字　異

指《爾雅》與《毛傳》訓例比較時，被訓詞及訓釋用詞或形異、或音異、或形音皆異。如〈釋詁〉：「漠、謀也」；《毛傳》：「莫、謀也」。「漠」、「莫」字異。〈釋詁〉：「適、往也」；《毛傳》：「適、之也」。「往」、「之」字異。

四、訓　同

指《爾雅》與《毛傳》訓例比較時，訓釋用詞、訓詁方法、訓詁術語、用詞繁簡全同。如〈釋訓〉：「襢裼、肉袒也」；《毛傳》：「襢裼、肉袒也」。「肉袒也」二書全同。

五、訓　異

指《爾雅》與《毛傳》訓例比較時，或訓釋用詞不同、或訓詁方法不同、或訓詁術語不同、或用詞繁簡不同。如〈釋宮〉：「隄謂之梁」；《毛傳》：「石絕水曰梁」。

六、義　同

指《爾雅》與《毛傳》二書，對被訓詞之訓釋意義全同、或義近、或義可相成。

七、義　異

指《爾雅》與《毛傳》二書，對被訓詞之訓釋意義完全不同。

八、正　字

與假借字、或體字、俗體字相對，為表示本義的字，或古音通假中被通假的字，早於假借字、或體字、俗體字。

九、假借字

因音同或音近而用來替代正字的字。

十、或體字

與正字音同或音近而形體不同的字。

十一、俗體字

指通俗流行的字，亦或體字的一種，與正字音義同而形體不同。

十二、古今字

古今用字不同謂之古今字，《說文》「誼」段《注》：「古今無定時，周時爲古則漢爲今，漢爲古則晉、宋爲今，隨時異用者謂之古今字。」本文所有古今字依《說文》及段《注》爲準。

十三、同義詞

指或異形、或異音但意義相同之詞（包括單字）。如〈釋言〉：「畯、農夫也」；《毛傳》：「田畯、田大夫也」。「農夫」、「田大夫」義同。

十四、訓詁材料

指訓詁時所依據的語言材料，如《詩經》即《毛傳》之訓詁材料。

十五、訓詁方法

指根據文獻用詞選擇訓釋語句，和運用訓詁材料探求詞義的傳統釋義方法。如統言、析言。

十六、訓詁術語

指訓詁中使用的代表訓詁的條例、方式、方法的專門術語。如「曰」、「猶」、「爲」。

十七、統　言

訓詁學中分析同義詞的術語，渾統稱說之意。用以說明同義詞共同的意義，而不計較其細微的差別。與析言相對。

十八、析　言

訓詁學中分析同義詞的術語，分析稱說之意。用以辨析、說明同義詞之間的細微差別。與統言相對。

十九、說字之訓詁

指綜合釋義之訓詁，即注重解釋詞的概括義。與解文之訓詁相對。

二十、解文之訓詁

指隨文釋義之訓詁，即注重解釋詞的具體意義。與說文之訓詁相對。

二十一、訓詁專著

　　指通釋語義的專著。所釋詞語不局限于某一書或某一句中的含義，而是某一詞語在各個文獻使用過程中概括出來的常用的、基本的、或全部的含義。其釋義方法不是隨文而釋，而是全面研究各個詞語的含義，融會貫通。

二十二、傳注之訓詁

　　保存在後人解釋古代文獻注釋中的訓詁材料，又稱注疏之訓詁。

# 第二章　《爾雅》相關問題之提出與舊說之析論

## 第一節　《爾雅》作者與成書時代諸說之檢討

　　自漢至清，對於這個龐大議題的討論，始終是眾說紛云，而且在宋以前與以後的說法，有著極大之差異。漢、晉以來之學者，或謂周公所作，或繫之於孔徒，初無定說，然大抵皆以爲是先秦之書，其制作在姬周之世。至宋·歐陽修始不信漢、晉人說，以爲乃秦漢間學《詩》者纂集《詩》博士解詁而成。其後宋、明人遂多以《爾雅》爲《詩》訓詁，並就此推尋其撰作時代，如呂南公因《爾雅》訓詁與《毛傳》多同，而定其作於秦漢之間；葉夢得以其言多是《詩》類中語，而取毛氏說爲正，又定爲漢人所作；曹粹中又舉其訓詁與《毛傳》異、與鄭箋同者，證其書出於毛公以後，至此世人遂疑《爾雅》晚出，而爭議之焦點，即爲《爾雅》與《毛傳》之關係。因此本節析論舊說亦以毛公爲界，以凸顯《毛傳》在此議題中之重要性。

### 一、出於毛公以前諸說

#### （一）周公所制後人所補

　　此說起於漢·劉歆《西京雜記》，在歷代最爲通行，茲先舉舊說如下：
漢·劉歆《西京雜記》：

> 郭威，字文偉，茂陵人也。好讀書，以謂《爾雅》周公所制，而《爾雅》有「張仲孝友」。張仲，宣王時人，非周公之制明矣。余嘗以問

揚子雲，子雲曰：「孔子門徒游、夏之儔所記，以解釋六藝者也。」家君以爲〈外戚傳〉稱史佚教其子以《爾雅》，《爾雅》小學也。又記言孔子教魯哀公學《爾雅》，《爾雅》之出遠矣。舊傳學者皆云周公所記也，「張仲孝友」之類，後人所足耳。

魏·張揖〈上廣雅表〉：

臣聞：昔在周公，纘述唐、虞。宗翼文武，剋定四海。勤相成王，踐阼理政。日昃不食，坐而待旦。德化宣流，越裳徠貢，嘉禾貫桑。六年制禮，以導天下。著《爾雅》一篇，以釋其義。傳於後嗣，歷載五百。墳典散落，惟《爾雅》恆存。《禮·三朝記》：「哀公曰：『寡人欲學小辯，以觀於政，其可乎。』子曰：『爾雅以觀於古，足以辯言矣。』」《春秋元命包》言子夏問夫子作《春秋》，不以初、哉、首、基爲始何，是以知周公所造也。率斯以降，超絕六國，越踰秦楚。爰暨帝劉，魯人叔孫通，撰《置禮記》，文不違古。今俗所傳三篇《爾雅》，或言仲尼所增，或言子夏所益，或言叔孫通所補，或言沛郡梁文所考：皆解家所說。先師口傳，既無證驗，聖人所言，是故疑不能明也。

北齊顏之推《顏氏家訓·書證篇》：

《爾雅》周公所作，而云張仲孝友，由後人所羼，非本文也。

唐·陸德明《經典釋文·敘錄》：

〈釋詁〉一篇，蓋周公所作；〈釋言〉以下，或言仲尼所增，子夏所足，叔孫通所益，梁文所補，張揖論之詳矣。

宋·晁公武《郡齋讀書志》：

世傳〈釋詁〉周公書也，餘篇仲尼、子夏、叔孫通、梁文增補之。

宋·王應麟〈漢書藝文志考證〉：

〈釋詁〉一篇，蓋周公所作。〈釋言〉以下，或言仲尼所增，子夏所定，叔孫通所益，梁文所補。漢·郭威謂《爾雅》周公所制，而有「張仲孝友」等語，疑之，以問揚雄。雄曰：記孔子教魯哀公學《爾雅》，《爾雅》之出遠矣。自古學者，皆云周公作，當有所據。其後孔子弟子游、夏之儔，又有所記，以解釋六藝，故有「張仲孝友」等語。

清·邵晉涵《爾雅正義》：

今考周公賦憲受臚，作諡法解。其訓釋字義云：「勤，勞也。肇，始也。怙，恃也。典，常也。康，虛也。惠，愛也。綏，安也。考，成也。懷，思也。……」俱與《爾雅》同義，是周公作《爾雅》之證也。……今按孔子作《十翼》，以贊《周易》。〈彖傳〉云：「師，眾也。比，輔也。晉，進也。遘，遇也。」〈序卦傳〉云：「師者，眾也。履者，禮也。頤者，養也。晉者，進也。遘者，遇也。震者，動也。」聖義闡敷，式昭雅訓，是孔子增修《爾雅》之證也。發明章句，始於子夏。《儀禮・喪服傳》爲子夏所作，其親屬稱謂與《爾雅・釋親》同。世所傳《子夏易傳》，或云僞託。至於《經典釋文》、李鼎祚集解所徵引者，如云：「元，始也。苬，小者。」觀象玩辭，必求近正，是子夏增益《爾雅》之證也。……今按《爾雅》之文，間有漢儒增補，如〈釋地〉「八陵」云雁門是也。〈釋山〉云：「泰山爲東嶽，華山爲西嶽，恆山爲北嶽，嵩高爲中嶽。」〈釋獸〉「鼮鼠」下云：「秦人謂之小驢」，疑皆漢初傳《爾雅》者所附益。後儒遽以此爲《爾雅》作自漢儒，則非也；以此證張揖之說之非虛。

清・鄂爾泰序姜兆錫《爾雅補注》：

《西京雜記》有云：「郭偉，好讀書，以謂《爾雅》周公所制，而《爾雅》有『張仲孝友』。張仲，宣王時人，非周公之制明矣。」劉子駿嘗問揚子雲，亦答云「聖門游、夏之儔所記，以解釋六藝也。」劉向嘗稱：「〈外戚傳〉稱史佚教其子以《爾雅》，又記言孔子教魯哀公學《爾雅》，《爾雅》之出遠矣。舊傳學者皆云周公所記也，『張仲孝友』之類，後人所足耳。」當漢之時，去古未遠，或以爲周公作，或以爲非周公作，其無定說也久矣。張揖亦云：「今所傳三篇《爾雅》，或言仲尼所增，或言子夏所益，或言叔孫通所補，或言沛郡梁文所考。皆解家所說，先師口傳，既無正驗，故疑不能明也。」由前諸說觀之，大抵是書也，始以周公，繼以孔子，增以子夏，益以叔孫通、梁文之徒。

清・江藩《爾雅小箋・自序》：

《爾雅》之名，見於《孔子三朝記》，則〈釋詁〉一篇，爲周公所著無疑。〈釋言〉以下，則秦漢儒生遞相增益之文矣。

清・嚴元照《爾雅匡名・徐養原序》：

《爾雅》乃總釋群經之書，非小學家言也。前漢諸儒，無兼治《五經》者，故班氏志藝文，以石渠《五經》雜議附《孝經》後，而《爾雅》次之，此深得《爾雅》之恉者也。凡《爾雅》所釋之文，皆經典所有，不見經典者，蓋後世逸之。自張揖著《廣雅》，多汜濫於經外，而《爾雅》始列小學，失作書之恉矣。然則漢儒說經，有古文，有今文，《爾雅》古文邪，今文邪，仲尼所增，子夏所益，叔孫通所補，梁文所考。子夏以前尚矣，梁文不知何人。若通之委蛇從時，則不違見行之小篆，而從前代之古文，是《爾雅》固今文之學。然班固曰：「古文讀應《爾雅》」，賈逵亦言：「《古文尚書》與經傳《爾雅》訓詁相應」，則《爾雅》雖主今文，亦不繆於古文，此所以為經義之總匯，而漢學之權輿也。

清‧孔廣森《大戴禮記補注》：

《爾雅》即《爾雅書》也，〈釋詁〉一篇，周公所作。詁者，古也，所以詁訓言語，通古今之殊異，故足以辨言。

按：是皆以為周公所制，後人有所增補，此雖為歷代通說，然各家之論，不無可疑與缺失，茲析論如下：

1. 此說源起《西京雜記》，但只言周公所制、後人所補，未有任何驗證。

2. 張揖雖舉有《大戴禮‧小辯篇》、《春秋元命包》二證，但後人頗為懷疑，余嘉錫《四庫提要辨證》云：

今考哀公之問孔子，見《大戴禮‧小辯篇》：「子曰：『辨而不小。夫小辨破言，小言破義，小義破道，道小不通，通道必簡。是故循弦以觀於樂，足以辨風矣；爾雅以觀於古，足以辨言矣。傳言以象，反舌皆至，可謂簡矣。』北周盧辯注云：『爾，近也，謂依於《雅頌》。』……是盧氏不以爾雅為書名，與稚讓之說不同。然以文意考之，似盧義為長。蓋所謂循弦者，循乎弦也。爾雅者，爾乎雅也。循弦、爾雅，本為對文。夫哀公欲學小辨，以觀於政，而孔子非之，以為為政之道在求簡易，無貴小辨。苟順乎琴瑟之音，以審聲樂之情，則足以辨民風之美惡。依乎雅正之音，以通故訓之同異，則足以辨殊方異俗之言語。辨給之事，無所取焉。蓋能言中夏之正音，則傳言以象反舌皆至，此正簡易之道也。其所謂雅者，即《論語》「子所雅言」之雅。雅者，夏也，謂中夏也。爾雅乃古之成語，《漢

書‧儒林傳》所謂「文章爾雅」，爾雅即近正之義也。由是觀之，稚讓以〈小辨〉篇之爾雅爲書名，誤矣。至於《春秋元命包》，本爲讖緯之書，後漢張衡已稱其爲成、哀之世虛僞之徒所作，以要世取資者（見《後漢書‧張衡傳》），則其所記聖門弟子之言，又未必盡實也。稚讓即據此以證《爾雅》遠在孔子之前，而爲周公之書，亦不經之甚矣。

余氏謂《春秋元命包》爲成、哀時緯書，不足據信，此論是也。但以《大戴禮‧小辨篇》之爾雅非書名，則又是個爭議之點，高師仲華〈《爾雅》之作者及其撰作時代〉一文云：

> 余氏謂《春秋元命包》爲成、哀時緯書，不足據信，是也。然必謂《大戴禮‧小辨篇》孔子對魯哀公所言之爾雅非書名，則未必是。劉向言「記言孔子教魯哀公學《爾雅》」（見《西京雜記》），是漢人以《大戴禮記》所言之爾雅爲書名也。張揖，魏人，亦爲是言。北周盧辯遠在劉向、張揖之後，且所注爲望文生義之說。今反信後人望文生義之說，而鄙棄漢魏先儒相傳篤信之言，安可爲法？且即以文義觀之，爾雅與循弦對言，亦係借對之法，有何不可？古人行文，如此者甚多，必刻鑿求之，非善讀書者也。

再如前引孔廣森之言，也以爾雅爲書名，故余氏之論也未必正確。不過即使「孔子教魯哀公學《爾雅》」，爾雅是個書名，也僅能證孔子以前已有此書，並不能證《爾雅》即爲周公所作，因此張揖雖沿述前儒舊說，其取證則不夠堅強。

3. 張揖雖言周公所作爲一篇，但未言何篇，至唐‧陸德明則以爲乃〈釋詁〉一篇。其後晁公武、王應麟、乃至清儒各說，逕以周公作〈釋詁〉，餘爲後人所補立論。其實此亦世傳之言，未有確據。

4. 邵晉涵《爾雅正義》最主此說，且舉證歷歷，然缺失亦多，高師仲華〈《爾雅》作者及其撰作時代〉一文，曾一一駁辨，最爲詳盡，綜合高師之言，邵氏之失，蓋有四端：

其一：《逸周書》載有太子晉事，則必成於靈王之後；《左傳》引書之文，多在篇中，或春秋時已有其書；書中雜有儒、道、名、法、陰陽、縱橫諸家之說，當爲戰國時人所續爲；其中〈周月解〉以日月俱起於牽牛之初，〈時訓解〉以雨水爲正月中氣，漢太初

曆始云然，是則書中又有漢人筆墨，不得盡信其爲周代之舊典。〈謚法解〉一篇，未必爲周公之作，若果爲周公之作，其中所釋有與《爾雅》同者，亦但能證作《爾雅》者有取於周公之〈謚法解〉，而不能證作《爾雅》者即爲周公。《逸周書‧謚法解》既不足據，則邵氏此說亦不足取。

其二：孔子作《十翼》之說，蓋起於《易緯‧乾鑿度》，緯書謬悠，原不足據。觀夫〈文言〉、〈繫辭〉二傳皆有「子曰」，其非孔子所作甚明。程迥、李邦直、朱新仲、朱彝尊、戴震等皆疑〈序卦傳〉非孔子之言，今人李鏡池作《易傳探源》，更證〈象傳〉非孔子作。此二傳既非孔子所作，則其中所釋自亦未必爲孔子之訓詁，其與《爾雅》同者自亦不能證爲孔子所增補，此又邵氏之失也。

其三：《儀禮‧喪服傳》訓釋字義有與《爾雅》同者，但能證《爾雅》中採擷有子夏〈喪服傳〉之訓釋，不能證《爾雅》即爲子夏所增益。至於《子夏易傳》一書，又未必爲孔子弟子卜商字子夏者所作，其與《爾雅》同者，非作《爾雅》者採擷《子夏易傳》，即作《子夏易傳》者採擷《爾雅》，均不能證作《子夏易傳》者，即增益《爾雅》之人。

其四：邵氏舉〈釋地〉、〈釋山〉、〈釋獸〉諸文，證有漢人增補之跡，是也。然此等證據並不能證明其爲叔孫通或梁文之所增補，故邵氏雖欲以證張揖之說爲不虛，而實則於張說並無所裨益。

綜上所述，《爾雅》爲周公所制、後人所補之說法，其實大有疑問，然在宋人疑經以前，此乃最通行之說法，且無論歷代學者所言補者爲誰，要之皆以爲《爾雅》乃先秦之書，既非關釋《詩》，自然也就與《毛傳》無涉了。

## （二）周公所制孔門所補

劉歆、張揖所謂後人所補，乃是周公之後，代有增益之意，至清‧邵晉涵則直以爲乃孔子門徒所補。《爾雅正義》曰：

> 然則《爾雅》之作，究屬何人？竊以漢世大儒，惟鄭康成囊括大典，網羅眾家。審六藝之指歸，翊古文之正訓。其《駁五經異義》云：「玄之聞也，《爾雅》者孔子門人所作，以釋六藝之言，蓋不誤也。」今由鄭君之言釋之，《公羊》、《穀梁》皆孔子門人，其訓釋字義悉符《爾

雅》，是則《爾雅》者始於周公，成於孔子門人，斯爲定論。粵自讚
《易》正樂，垂爲六經，門弟子身通六藝，共撰微言，申以訓釋。《爾
雅》既著，六經以彰。周末學校既廢，小學不講，是非無正，人用
其私。經訓就衰，鈎鈲析亂，故七十子喪而大義乖。

邵氏以《公羊》、《穀梁》二傳既成於孔門，訓義又符《爾雅》，遂以爲《爾雅》
亦孔門所作，故得相符。

　　按：此乃似是而非之論，其一，《公羊》、《穀梁》並非孔門親炙之徒，明
朱睦㮮《授經圖》：

公羊高，齊人，受《春秋》於卜子夏，傳其子平，平傳其子地，地
傳其子敢，敢傳其子壽。至漢景帝時，乃與弟子董仲舒、胡毋子都，
著以竹帛。

則公羊高非孔子門人，乃孔子之再傳弟子。又：

穀梁赤，一名淑，字元始，魯人。作《春秋傳》，授荀卿，卿授魯申
公授瑕丘江公，江公授子及孫博士公，其後寖微，惟榮廣、皓星公
二人傳其學。

穀梁赤爲秦孝公時人，以授荀卿，故不得親受於子夏，則更非孔徒矣。

　　其次，二傳與《爾雅》有訓詁相同一事，根本就與《爾雅》之作者是無
關的，而是先後援引之關係。或者是詞義本同，不必定爲同時代之孔子門徒
「身通六藝，共撰微言，申以訓釋。」者，可見邵氏此說是未必可靠的。

## （三）皆周公所作，後人又附益

　　前述二說，大抵以周公作〈釋詁〉一篇，餘爲後人增補，此說則謂今《爾
雅》十九篇，皆有周公之說，後人再分別附益增補。清孫星衍序錢坫《爾雅
釋地四篇注》曰：

〈釋地〉以下四篇，皆禹所名，周公之所述也。張揖上〈廣雅表〉，
言周公著《爾雅》一篇，今俗所傳三篇《爾雅》，或言仲尼所增云云。
揖意蓋言古本《爾雅》，合〈釋詁〉以下爲一篇，後儒附以傳注，廣
爲三篇云。三篇者，即〈藝文志〉之三卷。是今十九篇，皆周公之
說也。〈釋詁〉等十九篇之名，蓋後儒所分。陸德明乃以〈釋詁〉篇
爲周公所作，〈釋言〉以下爲仲尼等所增，疑其誤會張揖一篇之
義。……且案〈釋詁〉之文，亦有「黃髮齯齒」、「謔浪笑敖」之類，
眞釋《詩》辭，何得盡周公所作也。是知〈釋詁〉一篇，非無孔、

卜所增。〈釋言〉以下，皆有周公之說矣。

同書孫氏〈後序〉又曰：

> 星衍序〈釋地〉四篇，以爲〈釋詁〉以下，皆有周公之說，獻之讐
> 之。然自唐以來，無有信是論者矣。無有舍陸德明之言，而深求張
> 揖之說者矣。星衍有所見，當以告讀全書者，以附獻之書以著焉。……
> 其諸儒所廣，亦自可考。按〈釋詁〉文有：「舒業順敘也」，下云：「舒
> 業順敘緒也」，明是解上四字。又「粵于爰曰也」下云：「爰粵于也」，
> 郭璞說轉相訓。又「治肆古故也」下云：「肆故今也」，璞說此義相
> 反而兼通者，星衍謂郭說非也，此類即後儒所增矣。其〈釋訓〉有
> 「如切如磋，道學也」云云，按《禮記》云，是孔子之言，其直引
> 《詩》辭，當是子夏之言，子夏實治《詩》也。又〈釋親〉一篇，
> 亦有所增。考《史記》田文問其父嬰曰：「子之子爲何。曰：爲孫。
> 孫之孫爲何，曰：元孫。元孫之孫爲何，曰：不能知也。」今〈釋
> 親〉則有「元孫之子爲來孫」云云，當是戰國後叔孫通等所增矣。

孫氏此說蓋本之張揖〈上廣雅表〉：「（周公）六年制禮，以導天下，著《爾雅》
一篇，以釋其意義……今俗所傳三篇，或言仲尼所增，或言子夏所益，或言
叔孫通所補，或言沛郡梁文所考。」孫氏據此謂周公所作全書合爲一篇，後
儒附益又廣爲三篇，而三篇即《漢志》所謂三卷，故《爾雅》十九篇皆有周
公之言。

　　按：張揖所謂周公所制爲一篇，魏時所傳爲三篇，乃後人附續，此雖前
人所未言者，然亦並無實據。且《漢志》已著錄三卷二十篇，今傳十九篇，
漢在魏前，安得有三篇之本？或者張揖逕以三卷爲三篇，然《漢志》既已篇
卷並舉，明是篇不同於卷，豈容混淆。張揖之說，篇卷不分，殆已考之不審，
孫氏則又因其說而附會之，且明言三篇即《漢志》之三卷，亦是失考。

　　孫氏又謂〈釋詁〉之文有直釋《詩》文者，斷爲孔子、子夏所增，此等
訓詁相同之證據，謂有後人補作之跡則是，然不得證即某人所增也。後序中
又引〈釋詁〉、〈釋訓〉、〈釋親〉之文謂即子夏、叔孫通所增，其病亦同也。
據此則孫氏謂十九篇皆周公所作，後人再附益之說，蓋亦不足據也。

## （四）作於孔子門徒

　　此說源於揚雄，劉歆《西京雜記》：

> 余嘗以問揚子雲，子雲曰：「孔子門徒游、夏之儔所記，以解釋六藝

者也。」

其後鄭玄服膺此說，《駁五經異義》云：

> 玄之聞也，《爾雅》者孔子門人所作，以釋六藝之言，蓋不誤矣。

是鄭玄據揚雄之說，以爲《爾雅》乃孔門所作。後世信此說者亦夥，如劉勰
《文心雕龍・鍊字篇》：

> 《爾雅》者，孔子之徒所纂，而詩書之襟帶也。

又唐・賈公彥《周禮疏》云：

> 《爾雅》者，孔子門人作，所以釋六藝之文。

清・臧庸亦主是說，《爾雅漢注・盧文弨序》曰：

> 《爾雅》一書，舊說謂始於周公、孔子，而子夏、叔孫通輩續成。
> 今臧生在東從揚子雲、鄭康成之言，斷以爲孔子門人所作。

按：揚雄所言乃憑臆之詞，並無確證，鄭玄承其說亦未舉證，則《爾雅》
孔門所作之說，殊難確信。前引邵晉涵取鄭玄之言，並舉《公羊》、《穀梁》
證孔門所補之說已予辯析，則是揚雄以來類似說法，皆無證驗，至後儒復上
紹揚、鄭之言，亦未可信也。

## （五）作於孔子刪詩之後

明・高承《事物紀原》曰：

> 《爾雅》大抵解詁詩人之旨，或云周公所作。以其文考之，如「瑟
> 兮僩兮」，衛武公之詩也。「猗嗟名兮」，齊人刺魯莊公也。而文皆及
> 之，則周公安得述之，當是出於孔子刪《詩》、《書》之後耳。

按：所謂「刪《詩》之後」是個漫長的時期，又無說明下限，故稍嫌籠
統。其舉證雖理或有之，但《爾雅》引有《詩》文，也可能是後人增補，並
不足以推翻舊說。是高承之論，也僅能備爲一說而已。

## （六）子夏所作

據《西京雜記》，揚雄但言「孔子門徒游、夏之儔所記」未嘗專指何人。
明・鄭曉《古言》則直指子夏所作：

> 《爾雅》蓋《詩》訓詁也，子夏嘗傳《詩》，今所存在小序，又非盡
> 出子夏，然則《爾雅》即子夏之《詩》傳也。

按：子夏傳《詩》容或有之，《漢志》中即載毛公之學授自子夏。但《漢
志》遍載齊、魯、韓、毛四家《詩》傳，子夏有《詩》傳之作固未見記錄；

陸璣《毛詩草木蟲魚疏》述《毛詩》傳授源流，亦未言子夏曾作《詩》傳，因此鄭氏言子夏《詩》傳一事，恐不易成立。另外，以《爾雅》爲《詩》訓詁，宋人所說，標準何在，至今猶有爭議，也一樣難成立。

## （七）成於六經未殘之時

此清‧戴震之說，其序任基振《爾雅注疏箋補》曰：

> 《爾雅》，六經之通釋也。援《爾雅》附經而經明，證《爾雅》以經而《爾雅》明。然或義具《爾雅》而不得於經，殆《爾雅》之作，其時六經未殘闕歟，爲之旁摭百氏，下及漢代，凡載籍去古未遠者，咸資證實，亦勢所必至。

「六經未殘闕之時」，與前述高承「刪《詩》之後」一樣是個廣泛的說法，無從確認。依其說，《爾雅》全書成於六經未殘闕時，然則於所謂增補之跡，也無從交代。

## （八）作於《離騷》之後

此宋‧鄭樵之說，《爾雅注》自序曰：

> 大道失而後有六經，六經失而後有《爾雅》，《爾雅》失而後有箋注。《爾雅》與箋注，俱奔走六經者也。但《爾雅》逸，箋注勞。《爾雅》者，約六經而歸《爾雅》，故逸。箋注者，散《爾雅》以投六經，故勞。有《詩》、《書》而後有《爾雅》，《爾雅》憑《詩》、《書》以作，往往出自漢代箋注未行之前，其孰以爲周公哉。……《爾雅》所釋，盡本《詩》、《書》，見《爾雅》自可見，不待言也。《離騷》云：「令飄風兮先驅，使凍雨兮灑塵」，故釋風雨云：「暴雨謂之凍」。此句專爲《離騷》釋，知《爾雅》在《離騷》後，不在《離騷》前。謂華爲荂，謂草木初生爲蘆，謂蘆爲虇，謂藕紹緒爲茇，皆江南人語，又知作《爾雅》者江南人。

按：鄭氏肯定《爾雅》成於箋注未行之先秦。但《爾雅》有《離騷》之文，可能是釋《離騷》而作，也可能是後人增補，無法斷定必晚於《離騷》。正如《爾雅》載有秦漢制度，也不能逕謂漢人所作，是相同之理。

以上八說雖頗有差異，但以成書下限言，則皆不晚於秦、漢之際，相對於宋儒所謂出毛公以後，是完全相反的，因此這八種主張，自然也就都無涉於《毛傳》了。

## 二、出於毛公以後諸說

### （一）秦漢間學者所纂集

此說始於宋・歐陽修《詩本義》，後世凡說《爾雅》出毛公以後者，多是此說之推演。《詩本義》云：

> 《爾雅》非聖人之書，不能無失。考其文理，乃是秦、漢之間學《詩》者纂集《詩》博士解詁。

又謝啓昆《小學考》引宋・呂南公〈題爾雅後〉曰：

> 《爾雅》非三代之書也，其作於秦漢之經家乎。鄭康成以爲出於孔子門人者，妄也。三代之學，其學在於持氣正心，充德性於神明，以爲行業。彼且不貴著書，不貴傳經，而曾形名訓詁之肯爲哉。世俗之儒，善望影之象形，見孔子云「商可言詩」，遂以〈詩序〉爲子夏所作。且孔子亦言「賜可與言詩矣」，今獨何愛而不言商、賜共作〈詩序〉乎。蓋孔子教人讀詩，而以多識鳥獸草木之名，爲足以辨之，要將由此以究觀性命之理焉耳。今夫謂《爾雅》爲出於孔門者，非據此言之歟。嗟乎，幸而《論語》所記，此段不明所告何人耳。即令明之，說者肯舍之邪。甚矣，說儒之喜妄也。余考此書所陳訓例，往往與他書不合，唯對毛氏《詩》說則多同，余故知其作於秦、漢之間。今世所傳《五經正義》者，引用辨證，每取此書，然反時時破毀焉。原作《爾雅》之意，正欲以定形名，通訓詁，爲後世之宗例。是故，傳合經家而陳之乃合，不果定，又或不通，則謂之何。欲助說儒，而儒隨復攻之，借盜糧，而資賊兵，《爾雅》亦有是哉。

又清・崔述《考信錄》曰：

> 世或以《爾雅》爲周公所作，或云周公止作〈釋詁〉一篇，餘皆非也。余按〈釋詁〉等篇，乃解釋經傳之文義。經傳之作，大半在周公之後，周公何由預知之而預釋之乎。至於他篇所記名物制度之屬，往往有與經傳異者，其非周公所作尤爲明著。大抵秦、漢間書，多好援古聖人以爲重，或明假其名，若《素問》、《靈樞》之屬。或傳之者謬相推奉，若《本草》、〈周官〉之類；皆不可信。」歐陽修之說乃以《爾雅》爲《詩》訓詁，呂南公則進一步以《爾雅》訓例多合於《毛傳》，證成其說。至崔述則又謂〈釋詁〉等篇，乃解釋經傳之文義，意同於呂南公。

按：《爾雅》是否爲《詩》訓詁，抑是爲《五經》而作，《四庫提要》有不同之看法：

> 其書歐陽修《詩本義》以爲「學《詩》者纂集博士解詁」，高承《事物紀原》亦以爲大抵解詁詩人之旨。然釋《詩》者不及十之一，非專爲《詩》作。揚雄《方言》以爲孔子門徒解釋六藝，王充《論衡》亦以爲五經之訓詁。然釋五經者，不及十之三四，更非專爲五經作。今觀其文，大抵採諸書訓詁名物之同異，以廣見聞，實自爲一書，不附經義。如〈釋天〉云：「暴雨謂之涷。」〈釋草〉云：「卷施草，拔心不死。」此取《楚辭》之文也。〈釋天〉云：「扶搖謂之猋」，〈釋蟲〉云：「蒺藜，蝍蛆」，此取《莊子》之文也。〈釋詁〉云：「嫁，往也」，〈釋水〉云：「漢，大出尾下」，此取《列子》之文也。〈釋地〉云：「西至西王母」，〈釋畜〉云「小領，盜驪」，此取《穆天子傳》之文也。〈釋地〉云：「東方有比目魚焉，不比不行，其名謂之鰈。南方有比翼鳥焉，不比不飛，其名謂之鶼鶼」，此取《管子》之文也。又云：「邛邛岠虛，負而走，其名謂之蟨」，此取《呂氏春秋》之文也。又云：「北方有比肩民焉，迭食而迭望。」〈釋地〉云：「河出崑崙墟」，此取《山海經》之文也。〈釋詁〉：「帝、皇、王、后、辟、公、侯」，又云：「洪、廓、宏、溥、介、純、夏、幠」，〈釋天〉云：「春爲青陽」，至「謂之醴泉」，此《尸子》之文也。〈釋鳥〉曰：「爰居，雜縣」，此取《國語》之文也。如是之類，不可殫數。

如《四庫提要》之考，《爾雅》訓例與他書多合，釋《詩》者不及十之一，釋《五經》者不及十之三四，則是《爾雅》不止《詩》訓詁，也不止五經訓詁而已，因此歐陽修的說法，是不夠完備的。不過，宋儒以《爾雅》爲《詩》訓詁，且開啓《爾雅》與《毛傳》關係之討論，倒是在漢、晉以來舊說中，開了一條比較講求證據與可行的新路了，這是特別值得注意的。

## （二）漢人所作

宋・葉夢得《石林集》云：

> 《爾雅》訓釋最爲近古，世言周公所作，妄矣。其言多是《詩》類中語，而取毛氏說爲正，予意此漢人所作耳。

清・姚際恆《古今僞書考》云：

> 《漢志》附於《孝經》後，《隋志》附於《論語》後，皆不著撰人名。

唐‧陸德明《釋文》謂〈釋詁〉周公作，蓋本於魏‧張揖〈上廣雅表〉，言「周公制禮以安天下，著《爾雅》一篇以釋其義」，此等之說，固不待人舉「張仲孝友」而後知其誣妄矣。鄭漁仲註後序曰：「《離騷》云：「使凍雨灑塵。」故釋風雨曰：「暴雨謂之凍」。此句專爲《離騷》釋，故知《爾雅》在《離騷》後。」案奚止《離騷》後，古年不係干支，此係干支，殆是漢世。又案此書釋經者也，後世列之爲經，亦非是。

葉夢得之依據，一如前述之呂南公，蓋以《爾雅》乃依傍《毛傳》成書，故謂在毛公之後。

按：《爾雅》與《毛傳》有同者，究係孰先孰後，未經全面比證，猶未能定，且既是文同，說《爾雅》在前，《毛傳》取之，不亦可乎！況且《爾雅》之訓解亦有不同於《毛傳》者，則此又如何解釋。葉氏以二書合論，方向是對的，但說《爾雅》必定在後，成於漢人，就嫌武斷了。

另外姚際恆以《爾雅‧釋天》有干支之文證爲漢作，更是失考。干支繫年始於漢世，是也，然此等現象，只能證《爾雅》有漢人增補羼入之跡，不能證《爾雅》一書全爲漢人所作。直接以此便指《爾雅》全爲漢作，恐難服人。

## （三）作於毛公以後王莽以前

宋曹粹中《放齋詩說》：

昔人謂《爾雅‧釋詁》一篇，周公所作。〈釋言〉以下，仲尼所增，子夏從而足之，叔孫通、梁文又從而補益之。今考其書，知毛公以前，其文猶略。至康成時，則加詳矣。何以言之，如「學有緝熙于光明」，毛公云：「光，廣也。」康成則以爲「欲學于有光明者。」而《爾雅》曰：「緝熙，光明也。」又「齊子豈弟，猶言發夕也。」而《爾雅》曰：「豈弟，發行也」。「薄言觀者」，毛公無訓。「振古如茲」，毛公云：「振，自也。」康成則以「觀」爲「多」，以「振」爲「古」，其說皆本於《爾雅》。使《爾雅》成書在毛公之前，顧得爲異哉。按平帝元始四年，王莽始令天下通《爾雅》者詣公車，固出自毛公之後矣。

此亦主漢人所作，惟特限於毛公以後，王莽以前。曹說亦以《爾雅》爲《詩》訓詁，又以《毛傳》與鄭箋相較，《爾雅》之訓詁有同於鄭箋而不同於《毛傳》

者，故以爲《爾雅》撰於毛公以後，鄭玄乃得從而取之。

　　按：《爾雅》非專爲《詩》訓詁，《四庫提要》辨之甚詳。且縱然是《詩》訓詁，也未必晚於毛公，此其一。《爾雅》之訓詁有同於《毛傳》者，或毛公以後學者，取《毛傳》以增益，或則毛公取《爾雅》以說《詩》，皆有可能，實在不能僅據一二訓例，即遽論先後，此其二。

　　曹氏以王莽爲《爾雅》成書下限，也待商榷，趙岐《孟子題辭》曰：「孝文皇帝欲廣遊學之路，《論語》、《孝經》、《孟子》、《爾雅》皆置博士，後罷傳記博士，獨立《五經》而已。」是《爾雅》成書猶在文帝之前。又〈釋獸〉「豹文鼮鼠」郭注云：「鼠，文彩如豹者，漢武帝時得此鼠，孝廉郎終軍知之，賜絹百匹。」終軍所據，即是《爾雅》，〔註 1〕則《爾雅》縱在《毛傳》之後，也不致晚至王莽。此其三。

　　曹氏所言通《爾雅》者詣公車事，《漢書·平帝本紀》元始五年載此事曰：「徵天下通知逸經、古記……及以《五經》、《論語》、《孝經》、《爾雅》教授者，在所爲駕一封軺傳，遣詣京師，至者數千人。」此事乃王莽奏請，《漢書》莽傳所載略同。當時至京數千人，通《爾雅》者亦在其中，則是書之成，必不始於當時，否則怎能有此盛況，此其四。

　　因此，曹氏論「毛公以後」猶有可說，以王莽爲下限則不待辯也。

## （四）成於毛公以後漢武以前

　　此《四庫提要》之說：

> 按《大戴禮·孔子三朝記》，稱「孔子教魯哀公學《爾雅》」，則《爾雅》之來遠矣，然不云《爾雅》爲誰作。據張揖〈進廣雅表〉稱：「周公著《爾雅》一篇，今俗所傳三篇，或言仲尼所增，或言子夏所益，或言叔孫通所補，或言沛郡梁文所考。皆解家所說，疑莫能明也。」於作書之人，亦無確指。其餘諸家所說，小異大同。今參互而考之。
> 郭璞《爾雅注·序》稱：「豹鼠既辨，其業亦顯」，邢昺《疏》以爲漢武帝時終軍事。《七錄》載犍爲文學《爾雅注》三卷，陸德明《經

---

〔註 1〕終軍辨《爾雅》事，《史記》、《漢書》〈武帝紀〉、《漢書·終軍傳》皆不載。《太平御覽》卷九一一引《竇氏家傳》曰：「竇攸治《爾雅》，舉孝廉爲郎。世祖與百寮遊於靈臺，得鼠身如豹文，瑩有光輝，群臣莫有知者，惟攸對曰：『此名鼮鼠，事見《爾雅》。』乃賜絹百匹。」酈道元《水經注》穀水注，李善《文選》任昉薦士表注，並引摰虞三輔決錄注，文亦相同，故因《爾雅》辨鼠者，或云終軍，亦有云竇攸者。

典釋文》以爲漢武帝時人。，則其書在武帝以前。曹粹中《放齋詩
說》曰：「《爾雅》，毛公以前，其文猶略，至鄭康成時則加詳。如『學
有緝熙于光明』，毛公云：「光，廣也。」康成則以爲學于有光明者，
而《爾雅》曰：「緝熙，光明也。」又「齊子豈弟」，康成以爲猶言
「發夕」也。而《爾雅》曰：「豈弟，發也。」「薄言觀者」，毛公無
訓。「振古如茲」，毛公云：「振，自也。」康成則以「觀」爲「多」，
以「振」爲「古」，其說皆本於《爾雅》。使《爾雅》成書在毛公之
前，顧得爲異哉。』則其書在毛公以後。大抵小學家綴緝舊文，遞
相增益，周公、孔子皆依託之詞。觀〈釋地〉有鶼鶼，〈釋鳥〉又有
鶼鶼，同文複出，知非纂自一手也。(《四庫全書總目提要‧卷四十‧
經部四十‧小學類一‧爾雅注疏十一卷》)

　　按：《提要》「出於毛公以後」之說，乃本曹粹中《放齋詩說》而來，曹
氏之論，有待商榷，已如前述。《提要》又舉終軍、犍爲文學注二證，謂在漢
武以前。按終軍辨鼠事，或云竇攸，[註2] 若然，則光武時事矣。此且不論，
若犍爲文學「舍人」之名，異說紛紜，尤不能定，孫志祖《讀書脞錄續編》、
周春《十三經音略》、邵晉涵《爾雅正義》、宋翔鳳《過庭錄》、郝懿行《爾雅
義疏》皆以《文選‧羽獵賦》李善注嘗引犍爲舍人注、又引郭舍注，遂定爲
一人，以爲舍人姓郭，即漢武帝時與東方朔同好隱語之郭舍人，如此則爲武
帝時事也。然今人余嘉錫《四庫提要辨證》、周祖謨〈爾雅作者及其成書之年
代〉，並謂清儒之說乃附會之論，而斷舍人爲後漢之人，余氏且論《提要》之
說法曰：「《提要》據豹鼠之辨爲終軍事，及舍人爲武帝時人，以謂《爾雅》
在武帝以前，其證據不能謂之精審，非其言必誤，其所徵引之事，理有不足
憑者也。」因此《提要》所舉二事，既疑不能定，則只徒生困惑而已。

## （五）劉歆偽作

康有爲《新學偽經考》：

《爾雅》不見於西漢前，突出於歆校書時，《西京雜記》又是歆作，
蓋亦歆所偽撰也。趙岐《孟子題辭》謂：「文帝時，《爾雅》置博士。」
考西漢以前皆無此說，唯歆〈移太常書〉有：「孝文諸子傳說立學官」
之說，蓋即歆作偽造以實其《爾雅》之眞。及歆與揚雄書，稱說《爾

〔註2〕余嘉錫《四庫提要辨證》：「辨豹鼠者，乃光武時竇攸之事，非終軍也。」其
　　　所據亦《竇氏家傳》等。參注1。

雅》，尤爲歆僞造之明證。歆既僞《毛詩》、《周官》，思以證成其説，故僞此書，欲以訓詁代正統。所稱子雲之言，史佚之教，皆歆假託，無俟辨……其犍爲文學無有姓名，亦歆所託。則徐敖傳《毛詩》、庸生傳《尚書》之故態也。考《爾雅》訓詁，以釋《毛詩》、《周官》爲主。〈釋山〉則有五嶽與《周官》合，與〈堯典〉、〈王制〉異，（〈王制〉：「五嶽視三公」，後人校改之名也）〈釋地・九州〉與〈禹貢〉異，與《周官》略同。〈釋樂〉與《周官・大司樂》同，〈釋天〉與〈王制〉異，祭名與〈王制〉異，與《毛詩》、《周官》合。若其訓詁，全爲《毛詩》。間有敏拇之訓，義長之釋。〈釋獸〉無騶虞之獸，〈釋木〉以唐棣爲栘。時訓三家，以弄狡獪。然按其大體，以陳氏《毛詩稽古編》列《爾雅》、《毛詩》異同考之，孰多孰少，孰重孰輕，不待辨也。蓋歆既遍僞群經，又欲以訓詁證之，而作《爾雅》。以思巧密，城壘堅嚴，此所以欺紿百代者歟。然自此經學遂變爲訓詁一派，破碎支離，則歆作俑也。或據《周易》：「師，眾也。比，輔也。震，動也。遘，遇也。」皆與《爾雅》合，〈喪服傳・親屬稱謂〉與〈釋親〉合，《春秋元命包》云：「子夏問夫子作《春秋》，不以初哉首基爲始何」（《爾雅序》，《正義》引），與〈釋詁〉合而信之。不知歆欲網羅其眞，以證成其僞，然後能堅人信，況《易・雜卦》亦歆所僞哉。鄭玄、張揖、郭璞之徒，爲其所漫，不亦宜乎。

康有爲謂《爾雅》乃劉歆僞作，其理有三：一謂《西京雜記》即是歆僞；二謂趙岐《孟子題辭》無證驗，而〈移太常博士書〉所稱亦歆僞造；三謂《爾雅》訓詁多合於古文經傳，乃歆既遍僞群經，又欲以訓詁證之，遂造《爾雅》。

　　按：康氏前二說無有憑據，故不可遽信。而《爾雅》訓詁合於經傳便是《爾雅》晚出一事，本節前文已屢言之，未有全面比證之前，難下斷語。則康氏之論，只能聊備一說而已。

　　其實康氏於此之用力，非眞爲《爾雅》溯源也，其意惟在攻擊劉歆而已，蓋康氏既主今文，見古文爭立自劉歆、推行自王莽，遂謂歆遍僞群經以媚莽助篡，故作《僞經考》。錢穆先生嘗作〈劉向歆父子年譜〉一文，於康氏之妄一一辨駁，其序文總結康氏不可通者二十八事，學者參看，自可明瞭。康氏以今古文爭，而將學術眞象輕易混淆，實不足爲法，對於《爾雅》時代之議題，自然也無所俾益。

## 三、舊說之檢討與解決之方向

綜合前文所述，歷來言《爾雅》作者與成書時代者，計有十三說：

（一）周公所制後人所補

（二）周公所制孔門所補

（三）皆周公所作，後人又附益之

（四）作於孔子門徒

（五）作於孔子刪《詩》之後

（六）子夏所作

（七）成於六經未殘之時

（八）作於《離騷》之後

（九）秦漢間學者所纂集

（十）漢人所作

（十一）作於毛公以後王莽以前

（十二）成於毛公以後漢武以前

（十三）劉歆偽作

此十三種說法，大別之則有毛公以前、毛公以後二說。以爲在毛公以前者，蓋漢以來之通說；以爲在毛公以後者，則依《爾雅》多《詩》類中語，似爲《詩》訓詁，且多同於《毛傳》立論。是二說爭議之關鍵，厥爲《爾雅》是否釋《詩》及與《毛傳》之關係。

按：成於毛公以前諸說，多爲前後相沿，因襲而已，缺乏實證，宋人疑之，不無道理。雖清儒邵晉涵舉證歷歷，欲證成舊說，卻多不成立。蓋世代久遠，疑不能明，托之周公或繫之孔徒，恐怕也是託古立言之類，缺乏科學性之論證，終難解出眞象。而成於毛公以後之說法，較前人講求證據，是可喜的，尤其呂南公、曹粹中、《四庫提要》，以《爾雅》與群書尤其《毛傳》之訓詁狀況比較立論，是一正確方向。但一以舉證過少、不夠全面；二以牽涉主觀成見，其結論終究不夠精確，同樣也未能解決《爾雅》時代乃至其與《毛傳》之爭議。

對於《爾雅》作者與成書時代之討論，時至今日，若依舊僅在歷史舊說中探索，恐怕已難有新義。從本文之歸納與討論，可以發現：以《爾雅》與群書之訓詁，作全面且精審之比較，方是解決問題勢所必行之正途，然此一

工程，牽涉龐大，必須處處周嚴且循序漸進，而《爾雅》與《毛傳》關係，乃至是否釋《詩》問題之澄清，當是可行的第一步。

# 第二節 《爾雅》是否依傍《毛傳》釋《詩》之爭議

《爾雅》是否依傍《毛傳》釋《詩》，原是成書性質的問題，但此問題之出現與被討論，則是因著歷來對《爾雅》作者與時代之討論而產生的。依前節所述，歷來對《爾雅》作者與時代之討論，大抵有成於毛公前之先秦、成於毛公後之秦、漢二說，而此種差異，正好也可以反應在《爾雅》是否依傍《毛傳》釋《詩》的問題上。

主張《爾雅》一書成於先秦之學者，大抵以爲《爾雅》乃總釋六藝、群經乃至群書而來，依此主張，則《爾雅》不止釋《詩》一端，且也不晚於《毛傳》，自然也就無所謂依傍之關係。主張《爾雅》一書成於毛公後者，則大抵以《爾雅》之訓詁同於《毛傳》爲多，而以《爾雅》一如《毛傳》爲《詩》訓詁，且是有取於《毛傳》而成的。

因此，本節探討的主題，便循著上述之方向，先敘此二說之主張，再從中尋出二說爭議之癥結所在。

## 一、《爾雅》爲群書訓詁非關《毛傳》諸說

以《爾雅》爲《五經》、六藝之訓詁，如郭璞所謂「六藝之鈐鍵」、「《詩》《書》之襟帶」，幾乎是一般人對《爾雅》的基本認識，甚至可以涵蓋宋以來《爾雅》爲《詩》訓詁一派的說法。此種認識始於《西京雜記》中揚雄的說法：

> 子雲曰：「孔子門徒游、夏之儔所記，以解釋六藝者也。」

此後《爾雅》與六藝群經之關係，在歷代學者眼中，一直便是密不可分的，如鄭玄《駁五經異義》：

> 《爾雅》者孔子門人所作，以釋六藝之言，蓋不誤也。

晉・郭璞《爾雅注・序》：

> 夫《爾雅》者，所以通訓詁之指歸，敘詩人之興詠，總絕代之離詞，辯同實而殊號者也。誠九流之津涉、六藝之鈐鍵、學覽者之潭奧、摛翰者之華苑。

梁・劉勰《文心雕龍・鍊字篇》：

《爾雅》者，孔子之徒所纂，而《詩》、《書》之襟帶也。

唐・賈公彥《周禮疏》云：

　　《爾雅》者，孔子門人作，所以釋六藝之文。

唐・陸德明《經典釋文・序》：

　　《爾雅》者，所以訓釋《五經》，辨章同異，實九流之通路、百氏之
　　指南。

宋・邢昺《爾雅疏・序》：

　　夫《爾雅》者，先儒授教之術、後進索隱之方，誠傳注之濫觴，爲經
　　籍之樞要者也。夫混元闢而三才肇位、聖人作而六藝斯興。本乎發德
　　於衷，將以納民於善。洎乎醇醨既異、步驟不同、一物多名，繫方俗
　　之語，片言殊訓，滯今古之情，將使後生若爲鑽仰。繇是聖賢間出，
　　訓詁遞陳，周公倡之於前、子夏和之於後。蟲魚草木爰自爾以昭彰、
　　禮樂詩書盡由斯而紛郁。

宋・鄭樵《爾雅注・序》：

　　大道失而後有六經，六經失而後有《爾雅》，《爾雅》失而後有箋注。
　　《爾雅》與箋注，俱奔走六經者也。但《爾雅》逸，箋注勞。《爾雅》
　　者，約六經而歸《爾雅》，故逸。箋注者，散《爾雅》以投六經，故
　　勞。有《詩》、《書》而後有《爾雅》，《爾雅》憑《詩》、《書》以作，
　　往往出自漢代箋注未行之前，其孰以爲周公哉。……《爾雅》所釋，
　　盡本《詩》、《書》，見《爾雅》自可見，不待言也。

清・戴震序任基振《爾雅注疏箋補》：

　　《爾雅》，六經之通釋也。援《爾雅》附經而經明，證《爾雅》以經
　　而《爾雅》明。然或義具《爾雅》而不得於經，殆《爾雅》之作，
　　其時六經未殘闕歟，爲之旁摭百氏，下及漢代，凡載籍去古未遙者，
　　咸資證實，亦勢所必至。

清・徐養原序嚴元照《爾雅匡名》：

　　《爾雅》乃總釋群經之書，非小學家言也。前漢諸儒，無兼治《五
　　經》者，故班氏志〈藝文〉，以《石渠五經》雜議附《孝經》後，而
　　《爾雅》次之，此深得《爾雅》之恉者也。凡《爾雅》所釋之文，
　　皆經典所有，不見經典者，蓋後世逸之。自張揖著《廣雅》，多汎濫
　　於經外，而《爾雅》始列小學，失作書之恉矣。然則漢儒說經，有

古文，有今文，《爾雅》古文邪，今文邪，仲尼所增，子夏所益，叔孫通所補，梁文所考。子夏以前尚矣，梁文不知何人。若通之委蛇從時，則不違見行之小篆，而從前代之古文，是《爾雅》固今文之學。然班固曰：「古文讀應《爾雅》」，賈逵亦言「《古文尚書》與經傳《爾雅》訓詁相應」，則《爾雅》雖主今文，亦不繆於古文，此所以爲經義之總匯，而漢學之權輿也。

清・邵晉涵《爾雅正義》：

然則《爾雅》之作，究屬何人？竊以漢世大儒，惟鄭康成囊括大典，網羅眾家。審六藝之指歸，翊古文之正訓。其《駁五經異義》云：「玄之聞也，《爾雅》者孔子門人所作，以釋六藝之言，蓋不誤也。」今由鄭君之言釋之，《公羊》、《穀梁》皆孔子門人，其訓釋字義悉符《爾雅》，是則《爾雅》者始於周公，成於孔子門人，斯爲定論。粵自讚易正樂，垂爲六經，門弟子身通六藝，共撰微言，申以訓釋。《爾雅》既著，六經以彰。周末學校既廢，小學不講，是非無正，人用其私。經訓就衰，鉤鈲析亂，故七十子喪而大義乖。

自漢至清，這可以說是一個最通行之說法，雖然偶有小異，但以爲《爾雅》之性質乃六藝群經之訓詁，則是一致的。以廣義的角度來看，這個說法其實是可以涵蓋《詩》訓詁一說的。另外，這些說法並未提及《爾雅》與《毛傳》之先後關係，蓋因其在討論《爾雅》作者成書時代時，皆以《爾雅》爲先秦之書，吾人自然了解，其態度是以《爾雅》早於《毛傳》，而《爾雅》乃非關《毛傳》的。

## 二、《爾雅》爲依傍《毛傳》之《詩》訓詁諸說

單純的以《爾雅》爲《詩》之訓詁，淵源於歐陽修，《詩本義》曰：

《爾雅》非聖人之書，不能無失。考其文理，乃是秦、漢之間學《詩》者纂集《詩》博士解詁。

此後，贊成並推衍其說者甚多，或以爲《爾雅》有取於《毛傳》、或直言《爾雅》爲《詩》訓詁，如宋・葉夢得《石林集》云：

《爾雅》訓釋最爲近古，世言周公所作，妄矣。其言多是《詩》類中語，而取毛氏說爲正，予意此漢人所作耳。

謝啓昆《小學考》引宋・呂南公〈題爾雅後〉：

《爾雅》非三代之書也，其作於秦漢之經家乎……余考此書所陳訓
例，往往與他書不合，唯對毛氏《詩》說則多同，余故知其作於秦、
漢之間。

明・鄭曉《古言》：

《爾雅》蓋《詩》訓詁也，子夏嘗傳《詩》，今所在大小序，又非盡
出子夏，然則《爾雅》即子夏之《詩》傳也。

明・高承《事物紀原》：

《爾雅》大抵解詁詩人之旨，或云周公所作。以其文考之，如「瑟
兮僩兮」，衛武公之詩也。「猗嗟名兮」，齊人刺魯莊公也。而文皆及
之，則周公安得述之，當是出於孔子刪《詩》、《書》之後耳。

明・焦竑《筆乘》：

《爾雅》，《詩》訓詁也，子夏傳《詩》者也。子夏輩六十人，纂先
師微言爲《論語》，《論語》中言《詩》者多矣，子夏獨能問逸《詩》。
晦菴〈讀詩綱領〉述《論語》十條而終之子夏，得無意乎。傳記中
言子夏嘗傳《詩》，今所存者《詩》大小序，又非盡出子夏，故曰《爾
雅》即子夏之《詩》傳也。

此種主張起於歐陽修，不過歐陽修只言「學《詩》者纂集《詩》博士解詁」，
未明言《爾雅》即《詩》訓詁，乃至晚於《毛傳》，且依傍《毛傳》。後繼者
則更進一步，或舉《爾雅》訓例多合於《毛傳》，而指《爾雅》有取於《毛傳》
釋《詩》；或舉《爾雅》爲子夏《詩》傳，證即《詩》訓詁。按：有關《子夏
詩傳》，前節已有說明，並不能肯定。而訓例與《毛傳》合，是否便晚於《毛
傳》，且有取於《毛傳》，甚至與《毛傳》同爲《詩》訓詁之性質，此更有待
詳考。因此宋以下的類似主張，似乎是忽略了在《詩》以外，《爾雅》的材料
來源，而顯得不夠周嚴了。

## 三、舊說之檢討與解決之方向

### （一）舊說之意義與缺失

《爾雅》是否爲依傍《毛傳》之《詩》訓詁，除前述二種主張外，其實
還有一種解釋更寬闊、涵義更廣泛的說法，那就是《四庫提要》的說法：

其書歐陽修《詩本義》以爲「學《詩》者纂集博士解詁」，高承《事
物紀原》亦以爲大抵解詁詩人之旨。然釋《詩》者不及十之一，非

專爲《詩》作。揚雄《方言》以爲孔子門徒解釋六藝，王充《論衡》亦以爲《五經》之訓詁。然釋《五經》者，不及十之三四，更非專爲《五經》作。今觀其文，大抵採諸書訓詁名物之同異，以廣見聞，實自爲一書，不附經義。如〈釋天〉云：「暴雨謂之涷。」〈釋草〉云：「卷施草，拔心不死。」此取《楚辭》之文也。〈釋天〉云：「扶搖謂之猋」，〈釋蟲〉云：「蒺藜，蝍蛆」，此取《莊子》之文也。〈釋詁〉云：「嫁，往也」，〈釋水〉云：「濆，大出尾下」，此取《列子》之文也。〈釋地‧四極〉云：「西至西王母」，〈釋畜〉云「小領，盜驪」，此取《穆天子傳》之文也。〈釋地〉云：「東方有比目魚焉，不比不行，其名謂之鰈。南方有比翼鳥焉，不比不飛，其名謂之鶼鶼」，此取《管子》之文也。又云：「邛邛岠虛，負而走，其名謂之蟨」，此取《呂氏春秋》之文也。又云：「北方有比肩民焉，迭食而迭望。」〈釋地〉云：「河出崐崙墟」，此取《山海經》之文也。〈釋詁〉云：「天、帝、皇、王、后、辟、公、侯」，又云：「洪、廓、宏、溥、介、純、夏、幠」，〈釋天〉云：「春爲青陽」，至「謂之醴泉」，此《尸子》之文也。〈釋鳥〉曰：「爰居，雜縣」，此取《國語》之文也。如是之類，不可殫數。（卷四十，爾雅注疏十一卷）

《提要》的結論有二：第一：《爾雅》非專爲《詩》作、非專爲《五經》作。第二：《爾雅》乃採諸書訓詁名物之同異，以廣見聞，自爲一書，不附經義。

　　這似乎截斷了《爾雅》與群經之關係，而與舊說不同。其實不然，《提要》的說法應是很寬闊的，所謂非「專」爲《詩》作，則說《詩》在其中，亦可；所謂非「專」爲《五經》作，而其實《五經》便在其中。從此角度來看，這與舊說應是相通的。

　　較前人更進一步之處，即是看到了經籍以外的「諸書」，說《爾雅》乃採諸書同異，自成一書，這是很新的說法，在一定程度上，可以成立。但《提要》在舉證上可能不足了些，其所舉證，皆是群書中已有之訓詁，但《爾雅》中不止此類而已，更多數是群書中未有訓詁之訓詁。因此《提要》於此乃是只見其一、不知其二，顧此失彼，若修改其說爲：《爾雅》乃群書之訓詁及記錄群書訓詁之書，可能就嚴謹些了。

　　綜合本節一、二點及此處《提要》之說法，歷來對《爾雅》釋《詩》問題之討論，可以說具有廣狹之三層意義：

第一：歐陽修至焦竑，以爲《爾雅》專爲《詩》作，乃《詩》之訓詁，
　　　此説犯了以偏蓋全的錯誤，只見到《爾雅》材料中，有關《詩》
　　　的部分、與《毛傳》訓例同的部分，至於其他，則視而不見，付
　　　之闕如。因此，這可説是一種最狹隘的主張，這種主張對《爾雅》
　　　之眞象來説，是比較危險的。

第二：揚雄以來，所謂解釋六藝群經的説法，是一種廣義的説法，可以
　　　涵蓋宋人之《詩》訓詁在內。不過此類説法，多數沒有《爾雅》
　　　訓例之舉證，因此《爾雅》與群經之關係，究竟如何，只是個概
　　　略與模糊的印象，比如郭璞注《爾雅》，於《爾雅》取《詩》文處，
　　　多能注出，但於他經則少，且注中云「未見」、「未詳」、「闕」之
　　　類，也不在少數。因此這個歷代通説，雖態度較寬，但值得探索
　　　的地方依舊很多。

第三：《提要》之説法，可説是最廣義的，前人之主張多可包括在內。雖
　　　然《提要》未直接言明《爾雅》與《毛傳》之關係，但他將《詩》、
　　　《五經》之範圍擴大至群書來討論，而不止《毛傳》，這凸顯了《爾
　　　雅》一書在從前被忽略之完整性質，提供了後人更多的討論方向
　　　與空間。不過以《提要》之篇幅、形式，自然不可能全備，而這
　　　也就是後人所應努力的了。

## （二）解決爭議之方法與觀念

　　其所以有《爾雅》是否依傍《毛傳》釋《詩》的爭議，起因是宋人以《爾雅》與《毛傳》關係密切，因而產生《詩》訓詁説。但從大處著眼，這其實牽涉了《爾雅》訓釋對象、材料內容、成書性質三大息息相關的原則：

1. 就訓釋對象言：《爾雅》若涵蓋有對《詩》、群經、群書之訓釋，則《爾
　　雅》可説是群書之訓詁，自然包括《詩》之訓詁。
2. 就材料內容言：《爾雅》材料中有群書本有之訓詁，如《提要》所舉之
　　例，則《爾雅》又不只是訓釋群書，且是群書訓詁之匯編。
3. 就成書性質言：若前二項可以成立，則《爾雅》可以説是秦漢以前訓
　　詁之總匯，不止《詩》訓詁之狹義性質而已。

　　要解開這三項原則的眞象，光從歷史舊中反覆辯説，是不可能的，宋人所提出來的參考條件「毛傳」，在此便有了意義。由於《毛傳》與《爾雅》的體例非常類似，時代也可能不遠，因此很難不讓人注意到二書之關係，如果

　　《爾雅》仍依《毛傳》而成書，則《詩》訓詁的成分便大；若《爾雅》不取《毛傳》而來，則顯然其目的更廣。可見《爾雅》與《毛傳》關係之澄清，乃是解釋《爾雅》一書眞象之基本工作。

　　《爾雅》全書有二○九一條，經緯萬端，是否釋《詩》，其實只是環節之一，之所以從《毛傳》開始，是建立在以下的研究觀念上的：

　　第一：由部分而全體：《爾雅》與《毛傳》之關係，只是《爾雅》的一部分，其他尚有《書》、《易》、《三禮》……因此循序漸進，由相近之《毛傳》擴及群書，條分縷析，始不爲亂。

　　第二：由下而上：以時代言，《毛傳》在下，而群書在上，將《爾雅》由下而上作溯源之研究，不但釋《詩》問題可解，乃至作者、成書時代，也可得到較合理之證驗。

　　第三：由狹義而廣義：《詩》訓詁只是《爾雅》單一、狹義之性質，由澄清與《毛傳》之關係，再逐部擴大至群書關係，乃至訓詁本身用語、方式、條例之討論，將可更寬廣的認識《爾雅》一書。

　　由前人之討論、史料之記錄中，可以理解，《爾雅》至少在其成書的初期，是單純的、無多爭議的。但是由於其條列式之鬆散體例，及先秦乃至秦、漢間書籍定形標準之鬆散，後人的增刪改竄，想必難免。甚至漢代今古文之爭，使訓詁大興，學者取資，用法各異、用處不同、用意也不單純，於是造成了異辭紛說、曖昧不明，而任意增刪改竄也有可能。因此「回歸原典」由《爾雅》本身單純化的全面檢討，可能才是今日面對《爾雅》疑惑時的正途了。

# 第三章 《毛傳》相關問題之提出與舊說之析論

　　就成書時代言，《毛傳》是較《爾雅》易於確定的，若能先確定其成書時代，則在比較《爾雅》與《毛傳》相關爭議時，便能有一明確之參考條件，故本章所論，以《毛傳》之成書時代為主，至於三家《詩》、今古文、鄭《箋》、〈詩序〉等問題，則不在此列。

## 第一節 《毛傳》成書時代之舊說

　　《毛傳》成書時代，歷來有三種主要的說法：

### 一、成於先秦

　　《詩·關雎》《正義》引鄭玄《詩譜》曰：

> 魯人大毛公為詁訓傳於其家，河間獻王得而獻之，以小毛公為博士。

又引鄭玄〈六藝論〉曰：

> 河間獻王好學，其博士毛公善說詩，獻王號之曰《毛詩》。

陸璣《毛詩草木鳥獸蟲魚疏》曰：

> 荀卿授魯國毛亨，亨作詁訓傳以授趙國毛萇。時人謂亨為大毛公，萇為小毛公。

魏源《齊魯韓毛異同論》曰：

> 毛亨，六國時魯人，或云河間人。作《詩》詁訓傳以授毛萇。時人謂亨為大毛公，萇為小毛公。

陳奐《詩毛氏傳疏・敘錄》曰：

> 卜子夏親受業於孔子之門，遂隱括詩人本志，爲三百一十篇作序。數傳至六國時，魯人毛公依序作傳……授趙人小毛公。時當秦燔錮之際，猶有齊、魯、韓三家《詩》萌芽間出……漢興，齊、魯、韓先立學官，置博士，而毛僅僻在河間。平帝末，得立學官。

按：諸說均以《毛傳》爲六國時魯人毛亨所作，趙人毛萇所傳，然則《毛傳》成書乃在先秦。

## 二、成於西漢初葉

《漢志》載有《毛詩》二十九卷、《毛詩故訓傳》三十卷。《漢書・儒林傳》曰：

> 漢興，魯申公爲《詩》訓故，而齊轅固、燕韓生皆爲之傳……又有毛公之學，自謂子夏所傳，而河間獻王好之，未得立。

又：

> 毛公，趙人也。治《詩》爲河間獻王博士。

《後漢書・儒林傳》：

> 趙人毛萇傳《詩》，是爲《毛詩》。未得立。

按：《漢書・儒林傳》說毛公爲河間獻王博士，據《漢書・河間獻王傳》及〈景帝紀〉，均謂河間獻王於孝景帝前二年立，則《毛傳》之成，約在景帝之時也。

## 三、成於西漢末年

廖平《古學考》曰：

> 初以《毛詩》爲西京以前古書，考之本書，徵之《史》、《漢》，積久乃知其不然。使《毛傳》累爲古書，移書何不引以爲證？《周禮》出於歆手，今《毛傳》、〈序〉全本之爲說；劉歆以前，何從得此僞說？〈藝文志〉之「毛傳」、〈劉歆傳〉、〈河間獻王傳〉、《後漢書・儒林傳》之「《毛詩》」字，皆爲六朝以後校史者誤羼，原文無此。

康有爲《新學僞經考》：

> 《史記・河間獻王世家》、〈儒林傳〉無《毛詩》，此是鐵案；南山可移，此文不可動也。歆爲《漢書》處處稱獻王，所以實《毛詩》、《周

官》之事。其云「毛公」者,眞託於無是公也。

又:

　　《毛詩》僞作於歆,付囑於徐敖、陳俠,傳授於謝曼卿。

以《毛傳》爲劉歆所僞造,劉歆乃西漢末哀、平時人,則《毛傳》成書晚至西漢末年。

　　按:以上三說,前二說猶有可信者,至第三說,則源於今古文之爭使然。劉歆僞造古文之事,近世學者,駁之者眾,如梁啓超《古書眞僞及其年代》、張心澂《僞書通考》,及錢穆《劉向歆父子年譜》等,皆舉證甚詳,大抵謂歆無僞造古文之能事,刪補則有焉,是《毛詩》成於西漢末年之說,難以成立。不過無論何說,歷來討論《毛傳》成書時代者,多據文獻及舊說立論,無有回歸原典,以《毛傳》本身材料,以解決爭議者。而歷史文獻所存線索,其實也不多,據此恐怕是難以澄清眞象的。

# 第二節　《毛傳》與群籍之關係

　　從歷史文獻與舊說中,討論《毛傳》成書時代,雖是必要,但恐怕得到的結論,只能是大約的時代,無法精確。要縮小這個時代的上下限,最好的方法,是從《毛傳》訓例的來源上討論,意即從其所引書或引舊說的時代,來檢討《毛傳》的時代。前人在這方面作得較完整,且結論中肯的,是杜其容的《詩毛氏傳引書考》及施師炳華的《毛傳釋例》二文,二文除《毛傳》與《爾雅》的部分,因牽涉太廣,難以全備外,餘則詳審。茲參酌二文,將《毛傳》與群籍之關係論列如下。

## 一、《毛傳》與先秦典籍之關係

　　《毛傳》訓例有來自《易》、《周禮》、《儀禮》、《禮記》、《論語》、《孟子》、《荀子》、《左傳》、《國語》諸書者,茲各舉一例如下:

　△〈召南・殷其靁〉:「殷其靁,在南山之陽。」

　　《毛傳》:「靁出地奮,震驚百里。」

　　按:此引《易》豫、震兩卦,象、彖辭文。

　△〈大雅・生民〉:「載謀載惟,取蕭祭脂。」

　　《毛傳》:「嘗之日涖卜來歲之芟。獮之日,涖卜來歲之戒。杜之日,涖

卜來歲之稼。所以興來而繼往也。」

按:「嘗之日」至「來歲之稼」,《周禮・肆師》文。

△〈王風・君子陽陽〉:「右招我由房」

《毛傳》:「國君有房中之樂」

按:《儀禮・燕禮》:「有房中之樂」

△〈邶風・簡兮〉:「赫如渥赭,公言錫爵。」

《毛傳》:「祭有畀煇胞翟閽寺者,惠下之道。」

按:此《禮記・祭統》文。

△〈大雅・抑〉:「人亦有言,靡哲不愚。」

《毛傳》:「國有道則知,國無道則愚。」

按:此《論語・公冶長》文。

△〈豳風・七月〉:「遵彼微行,爰求柔桑。」

《毛傳》:「五畝之宅,樹之以桑。」

按:此《孟子・梁惠王》文。

△〈小雅・小旻〉:「不敢暴虎,不敢馮河。人知其一,莫知其他。」

《毛傳》:「一、非也。他,不敬小人之危殆也。」

按:《荀子・臣道篇》:「仁者必敬人,凡人非賢,則案不肖也。人賢而不敬,則是禽獸也;人不肖而不敬,則是狎虎也。禽獸則亂,狎虎則危,災及其身也。《詩》曰:『不敢暴虎,不敢馮河。人知其一,莫知其他。』」《毛傳》之義蓋本於《荀子》。

△〈小雅・小明〉:「靖共爾位,正直是與。」

《毛傳》:「正直為直,能正人之曲曰直。」

按:《左傳》襄公七年:「恤民為德,正直為正,正曲為直。」《毛傳》之義蓋本於《左傳》。

△〈小雅・小旻〉:「匪先民是程」

《毛傳》:「古曰在昔,昔曰先民。」

按:此《國語・魯語》文。

《毛傳》或引諸書成文、或據以立說。此諸書除《周禮・考工記》、《禮記》〈王制〉、〈月令〉、〈明堂位〉諸篇有疑義外,餘皆成於先秦,因此對討論《毛傳》成書時代,較無影響,只供了解《毛傳》成書之上限,不早於此。

## 二、《毛傳》與古逸典籍之關係

所謂「古逸」者，疑古有是書，而未詳其所出，或後世未見者。據孔穎達疏所言，《毛傳》引古逸之書凡十三則。其中明著立說之人者三條，如下：

△〈鄘風・定之方中〉：「定之方中，作於楚宮。」

《毛傳》：「《仲梁子》曰：『初立楚宮也』」

△〈周頌・維天之命〉：「維天之命，於穆不已。」

《毛傳》：「《孟仲子》曰：『大哉天命之無極，而美周之禮也。』」

△〈魯頌・閟宮〉：「閟宮有侐，實實枚枚。」

《毛傳》：「《孟仲子》曰：『是禖宮也』」

按：《仲梁子》、《孟仲子》似有專書，然《漢志》俱不載。《漢志》源於劉向，可能劉向已未見此書，且孔疏曰：「鄭志張逸問：『楚宮今何地？仲梁子何時人？』答曰：『……仲梁子，先師魯人，當六國時，在毛公前。』」又：「譜云：『孟仲子者，子思弟子。』」可見仲梁子、孟仲子二氏之書，其亡佚必早，至晚也在劉向《別錄》以前。

《毛傳》所引為古籍，而不詳其為何書者十條，茲舉二條如下：

△〈邶風・靜女〉：「靜女其孌，貽我彤管。」

《毛傳》：「古者后夫人必有女史彤管之法，女史不記過，其罪殺之。后妃群妾，以禮御於君所，女史書其日月，授之以環，以進退之。生子月辰，則以金環退之，當御者，以銀環進之，箸于左手，既御，箸於右手。事無大小，記以成法。」

孔疏：「此似有成文，未聞所出。」

△〈王風・黍離〉：「悠悠蒼天，此何人哉。」

《毛傳》：「蒼天，以体言之：尊而君之，則稱皇天；元氣廣大，則稱昊天；仁覆閔下，則稱旻天；自上降鑒，則稱上天；據遠視之，蒼蒼然，則稱蒼天。」

孔疏：「因蒼天而總釋之，當有成文，不知出何書。」

按：此類成文，皆不見《漢志》所載書中，是諸書當在劉向之前，《毛傳》既引之，則其成書也不晚於劉向。

## 三、《毛傳》與〈考工記〉、〈王制〉、〈月令〉、〈明堂位〉之關係

《毛傳》引《周禮・考工記》者凡四條，如下：

△〈秦風‧終南〉:「君子至止,黻衣繡裳。」

　《毛傳》:「黑與青謂之黻,五色備謂之繡。」

　按:此〈考工記‧繢人〉之文。

△〈小雅‧采菽〉:「又何予之,玄袞及黼。」

　《毛傳》:「白與黑謂之黼」

　按:此〈考工記‧繢人〉之文。

△〈秦風‧無衣〉:「脩我戈矛,與子同仇。」

　《毛傳》:「戈長六尺六寸」

　按:此〈考工記‧廬人〉之文。

△〈大雅‧行葦〉:「敦弓既句,既挾四鍭。」

　《毛傳》:「天子之弓,合九而成規。」

　按:此〈考工記‧弓人〉之文。

　按:《漢志》載有《周官經》六篇,顏師古注曰:「即今《周禮》也,亡
　　其〈冬官〉,以〈考工記〉充之。」未言何時所補。《隋書‧經籍志》
　　曰:「漢時有李氏得《周官》,蓋周公所制官政之法,上於河間獻王,
　　獨闕〈冬官〉一篇。獻王購之千金不得,遂取〈考工記〉以補其處,
　　合成六篇。」此謂〈考工記〉補於河間獻王時,約當景帝之世,然
　　未嘗言其作於何時也。《禮記正義》云:「孝文時求得此書,不見〈冬
　　官〉一篇,乃使博士作〈考工記〉補之。」則此篇之作,在文帝之
　　時。梁啓超《古書眞僞及其年代》,復就其內容考之:「〈考工記〉有
　　『粵無鎛,燕無函,秦無廬,胡無弓車。』之語,燕至春秋中葉始
　　與諸侯往來,秦至東周初方立國,粵、胡至戰國末方傳名中國,因
　　此可知爲戰國末之書。」如梁氏之說,則〈考工記〉至早亦爲戰國
　　末葉,《禮記正義》之說,蓋可信也。

　《毛傳》引《禮記‧王制》者一條:

△〈魯頌‧泮水〉:「思樂泮水,薄采其芹。」

　《毛傳》:「天子辟廱,諸侯泮宮。」

　按:〈王制〉一篇,《史記》以爲文帝時作,〈封禪書〉:「文帝乃召公孫臣
　　拜爲博士,與諸生草改曆服色事,於是貴平上大夫賜累千金,而使
　　博士諸生刺六經中作〈王制〉,謀議巡狩封禪事。」《漢書‧郊祀志》、
　　《禮記正義》引盧植說亦謂漢文帝時博士所作。

　　《毛傳》引《禮記》〈月令〉、〈明堂位〉者，各二條：

△〈豳風・七月〉：「一之日于貉，取彼狐狸，爲公子裘。」

　　《毛傳》：「孟冬，天子始裘。」

△〈大雅・生民〉：「克禋克祀，以弗無子。」

　　《毛傳》：「玄鳥至之日，以大牢祠於郊禖，天子親往，后妃率九嬪卿，乃禮天子所御，帶以弓韣，授以弓矢於郊禖之前。」

△〈大雅・行葦〉：「或獻或酢，洗爵奠斝。」

　　《毛傳》：「夏曰醆，殷曰斝，周曰爵。」

△〈商頌・那〉：「猗與那與，置我鞉鼓。」

　　《毛傳》：「夏后氏足鼓，殷人置鼓，周人縣鼓。」

　　按：〈月令〉中有「乃命太尉」之語，鄭玄以爲「三王之官有司馬無太尉」，因斷其書爲呂不韋所作。（《經義考》引）鄭樵《六經奧論》，復舉六證，以明其爲秦時之書，而又經後人所增益。何異孫《十一經對問》、章潢《圖書編》，更因〈月令〉中之制度典禮，有合於漢，而不合於秦者，謂其書爲漢人所增，其說良是。〈明堂位〉之文與〈月令〉相關，其著成時，當亦與〈月令〉相類。要之，〈月令〉、〈明堂位〉兩篇，其著成時代，亦當在漢初時也。

　　以上〈考工記〉、〈王制〉、〈月令〉、〈明堂位〉四篇之成書時代，約而言之，秦末漢初也，《毛傳》既引此四篇，然則其成書時代，至早也是秦、漢之際而非先秦可知。

## 四、《毛傳》與緯書、僞書之關係

　　《毛傳》引《孝經鉤命決》、《孔子家語》、《孔叢子》、《司馬法》各一條，如下：

△〈小雅・鼓鐘〉：「以雅以南，以籥不僭。」

　　《毛傳》：「東夷之樂曰昧，南夷之樂曰南，西夷之樂曰朱離，北夷之樂曰禁。」

△〈鄘風・于旄〉：「素絲紕之，良馬四之。」

　　《毛傳》：「總紕於此，成文於彼。」

△〈衛風・木瓜〉：「非報也，永以爲好也。」

　　《毛傳》：「吾於木瓜，見苞苴之禮行。」

△〈小雅・六月〉：「元戎十乘，以先啟行。」

《毛傳》：「……夏后氏曰鉤車……殷曰寅車……周曰元戎……」

按：緯書之起，始於哀、平之際；《孔子家語》、《孔叢子》二書，乃魏・王肅僞造（詳《四庫全書總目》、《古史辨・孔叢子探原》、顧實《重考古今僞書考》），若謂《毛傳》確係引用此三書，則《毛傳》之成，不惟遲至東漢初，且必晚至三國後，此不可能。蓋非《毛傳》引用此三書，而係此三書與《毛傳》各有所據，或三書襲用《毛傳》才是。另外，《司馬法》一書，或以爲齊威王時諸臣所輯成（見《史記・司馬穰苴列傳》），或以爲後人所僞作（見姚際恆《古今僞書考》），迄今尚無定論。若非僞書，則《毛傳》用其文，自無足異；若爲僞書，則亦必襲用《毛傳》爲說者，於《毛傳》著成之時代，無大影響。

## 第三節　論《毛傳》之成書時代

歸納前文所述，從群籍來觀察《毛傳》成書時代，蓋有四端：

一、《毛傳》引有《周易》、《周禮》、《儀禮》、《禮記》、《論語》、《孟子》、《荀子》、《左傳》、《國語》諸書之文，皆爲先秦之書，對《毛傳》成書之下限，並無影響。

二、《毛傳》引有古逸典籍，此類古逸之書俱不見載於《漢志》，則當早於劉向《別錄》之前。

三、《毛傳》引有〈考工記〉、〈王制〉、〈月令〉、〈明堂位〉之文，此四篇中，最早不過戰國末葉，當是秦、漢之際或漢初之作，則《毛傳》亦不得早於此時。

四、《毛傳》中有《孝經緯》、《孔子家語》、《孔叢子》、《司馬法》之文，其時代甚至晚至三國，故不可能是《毛傳》引此四書。

〈王制〉、〈月令〉、〈明堂位〉四篇，《毛傳》既引諸書，則其成書上限不得早於秦末漢初可知。至於下限則不晚於劉向，關於此點，杜其容《詩毛氏傳引書考》云：

劉向生於昭帝元鳳二年壬寅，至校書之歲，年已五十有四。向等校書，除據中秘之本外，復廣收私家藏本，倘孟仲子、仲梁子等逸說，

　　劉向曾於未校書以前，知有其書，亦必設法求得，以入於錄，觀乎
朝廷命陳農求天下之書，則其事可見也。以此言之，是此類逸書，
即劉向幼時，亦未曾見之。今姑以劉向年二十而知書計之，則上距
〈王制〉著成之歲，（文帝十六年）不及百二十年，亦即《毛傳》之
成書，不出於此一百二十年之間。而河間獻王之立，在景帝前二年，
上去文帝十六年者，凡九載，河間得古文諸經之事，雖未詳在何年：
然在景帝前二年之後，自無疑義。則是《毛詩》出於河間獻王之說，
證以《毛傳》引書之實際情形，其情勢恰合。知漢儒舊說，固信而
有徵也。

綜合《毛傳》引書之例，及杜氏所論，茲定《毛傳》成書時代爲秦末漢初。
本文中凡論《爾雅》與《毛傳》成書時代時，《毛傳》部份，即以此爲準。

# 第四章 《爾雅》與《毛傳》字同訓同義同例之比較研究

## 第一節 訓例之比較

　　本節所列《爾雅》與《毛傳》字同訓同義之例，計四五七條，以毋須考說，故表列如后：

| 編 號 | 《爾雅》 | 《毛傳》 | 《詩》文 |
|---|---|---|---|
| 〈釋 詁〉 第 一 | | | |
| 1 | 基、始也 | 基、始也 | 〈周頌・昊天有成命〉「夙夜基命宥密」 |
| 2 | 肇、始也 | 肇、始也 | 〈大雅・生民〉「以歸肇祀」<br>〈周頌・維清〉「肇禋」 |
| 3 | 俶、始也 | 俶、始也 | 〈大雅・既醉〉「令終有俶」 |
| 4 | 落、始也 | 落、始也 | 〈周頌・訪落〉「訪予落止」 |
| 5 | 權輿、始也 | 權輿、始也 | 〈秦風・權輿〉「不承權輿」 |
| 6 | 林、君也 | 林、君也 | 〈小雅・賓之初筵〉「有壬有林」 |
| 7 | 烝、君也 | 烝、君也 | 〈大雅・文王有聲〉「文王烝哉」 |
| 8 | 天、君也 | 天、君也 | 〈大雅・蕩〉「天降滔德」 |
| 9 | 皇、君也 | 皇、君也 | 〈小雅・正月〉「有皇上帝」 |
| 10 | 后、君也 | 后、君也 | 〈大雅・文王有聲〉「王后烝哉」 |
| 11 | 辟、君也 | 辟、君也 | 〈大雅・蕩〉「下民之辟」<br>〈商頌・殷武〉「天命多辟」 |

| 12 | 公、君也 | 公、君也 | 〈周頌・臣工〉「敬爾在公」 |
|---|---|---|---|
| 13 | 侯、君也 | 侯、君也 | 〈鄭風・羔裘〉「洵直且侯」 |
| 14 | 弘、大也 | 弘、大也 | 〈小雅・節南山〉「喪亂弘多」 |
| 15 | 廓、大也 | 廓、大也 | 〈大雅・皇矣〉「憎其式廓」 |
| 16 | 溥、大也 | 溥、大也 | 〈小雅・北山〉「溥天之下」<br>〈大雅・公劉〉「瞻彼溥泉」 |
| 17 | 介、大也 | 介、大也 | 〈小雅・小明〉「介爾景福」<br>〈大雅・生民〉「攸介攸止」 |
| 18 | 純、大也 | 純、大也 | 〈周頌・維天之命〉「文王之德之純」 |
| 19 | 夏、大也 | 夏、大也 | 〈秦風・權輿〉「於我乎夏屋渠渠」<br>〈周頌・時邁〉「肆于時夏」 |
| 20 | 憮、大也 | 憮、大也 | 〈小雅・巧言〉「亂如此憮」 |
| 21 | 墳、大也 | 墳、大也 | 〈小雅・苕之華〉「牂羊墳首」 |
| 22 | 嘏、大也 | 嘏、大也 | 〈小雅・賓之初筵〉「錫爾純嘏」<br>〈大雅・卷阿〉「純嘏爾常矣」 |
| 23 | 洪、大也 | 洪、大也 | 〈商頌・長發〉「洪水芒芒」 |
| 24 | 誕、大也 | 誕、大也 | 〈大雅・生民〉「誕彌厥月」<br>〈大雅・生民〉「誕寘之隘巷」 |
| 25 | 戎、大也 | 戎、大也 | 〈大雅・緜〉「戎醜攸行」<br>〈大雅・思齊〉「肆戎疾不殄」<br>〈大雅・民勞〉「戎雖小子」<br>〈大雅・烝民〉「纘戎祖考」<br>〈大雅・江漢〉「肇敏戎公」<br>〈周頌・烈文〉「念茲戎公」 |
| 26 | 駿、大也 | 駿、大也 | 〈大雅・文王〉「駿命不易」<br>〈大雅・崧高〉「駿極于天」<br>〈商頌・長發〉「為下國駿厖」 |
| 27 | 假、大也 | 假、大也 | 〈大雅・思齊〉「烈假不瑕」<br>〈大雅・卷阿〉「湯孫奏假」<br>〈魯頌・泮水〉「昭假烈祖」<br>〈魯頌・那〉「湯孫奏假」<br>〈商頌・烈祖〉「以假以享」<br>〈商頌・烈祖〉「鬷假無言」 |
| 28 | 京、大也 | 京、大也 | 〈大雅・文王〉「祼將于京」<br>〈大雅・大明〉「曰嬪于京」 |

| 29 | 碩、大也 | 碩、大也 | 〈檜風・狼跋〉「公孫碩膚」 |
|---|---|---|---|
| 30 | 濯、大也 | 濯、大也 | 〈大雅・文王有聲〉「王公伊濯」<br>〈大雅・常武〉「濯征徐國」 |
| 31 | 訏、大也 | 訏、大也 | 〈鄭風・溱洧〉「洵訏且樂」<br>〈大雅・生民〉「實覃實訏」<br>〈大雅・抑〉「訏謨定命」<br>〈大雅・韓奕〉「川澤訏訏」 |
| 32 | 壬、大也 | 壬、大也 | 〈小雅・賓之初筵〉「有壬有林」 |
| 33 | 路、大也 | 路、大也 | 〈大雅・皇矣〉「串夷載路」<br>〈大雅・生民〉「厥聲載路」 |
| 34 | 淫、大也 | 淫、大也 | 〈周頌・有客〉「既有淫威」 |
| 35 | 甫、大也 | 甫、大也 | 〈齊風・甫田〉「無田甫田」<br>〈小雅・車攻〉「東有甫草」 |
| 36 | 景、大也 | 景、大也 | 〈小雅・小明〉「介爾景福」<br>〈小雅・車舝〉「景行行止」<br>〈商頌・玄鳥〉「景員維河」 |
| 37 | 壯、大也 | 壯、大也 | 〈小雅・采芑〉「克壯其猶」 |
| 38 | 冢、大也 | 冢、大也 | 〈大雅・緜〉「迺立冢土」 |
| 39 | 簡、大也 | 簡、大也 | 〈邶風・簡兮〉「簡兮簡兮」 |
| 40 | 昄、大也 | 昄、大也 | 〈大雅・卷阿〉「爾土宇昄章」 |
| 41 | 將、大也 | 將、大也 | 〈周南・樛木〉「福履將之」<br>〈檜風・破斧〉「亦孔之將」<br>〈小雅・正月〉「亦孔之將」<br>〈周頌・我將〉「我將我享」<br>〈商頌・玄鳥〉「有戎方將」 |
| 42 | 迄、至也 | 迄、至也 | 〈大雅・生民〉「以迄於今」<br>〈周頌・維清〉「迄用有成」 |
| 43 | 臻、至也 | 臻、至也 | 〈邶風・泉水〉「遄臻于衛」<br>〈大雅・雲漢〉「饑饉薦臻」 |
| 44 | 極、至也 | 極、至也 | 〈鄘風・載馳〉「誰因誰極」<br>〈齊風・南山〉「曷又極止」<br>〈小雅・菀柳〉「後予極焉」<br>〈大雅・崧高〉「駿極于天」 |
| 45 | 來、至也 | 來、至也 | 〈小雅・采薇〉「我行不來」 |

| 46 | 弔、至也 | 弔、至也 | 〈小雅・伐木〉「神之弔矣」<br>〈小雅・節南山〉「不弔昊天」 |
|---|---|---|---|
| 47 | 格、至也 | 格、至也 | 〈大雅・抑〉「神之格思」 |
| 48 | 戾、至也 | 戾、至也 | 〈小雅・采芑〉「其飛戾天」<br>〈小雅・小宛〉「翰飛戾天」<br>〈小雅・采芑〉「亦是戾矣」 |
| 49 | 摧、至也 | 摧、至也 | 〈大雅・雲漢〉「先祖于摧」 |
| 50 | 詹、至也 | 詹、至也 | 〈小雅・采綠〉「六月不詹」 |
| 51 | 徂、往也 | 徂、往也 | 〈小雅・四月〉「六月徂暑」 |
| 52 | 逝、往也 | 逝、往也 | 〈邶風・二子乘舟〉「汎汎其逝」<br>〈陳風・東門之枌〉「穀旦于逝」<br>〈小雅・杕杜〉「期逝不至」 |
| 53 | 賚、賜也 | 賚、賜也 | 〈商頌・烈祖〉「賚我思成」 |
| 54 | 貺、賜也 | 貺、錫也 | 〈小雅・彤弓〉「中心貺之」 |
| 55 | 儀、善也 | 儀、善也 | 〈周頌・我將〉「儀式刑文王之德」 |
| 56 | 祥、善也 | 祥、善也 | 〈大雅・大明〉「文定厥祥」 |
| 57 | 淑、善也 | 淑、善也 | 〈周南・關雎〉「窈窕淑女」<br>〈大雅・韓奕〉「淑旂綏章」 |
| 58 | 臧、善也 | 臧、善也 | 〈鄭風・野有蔓草〉「與子偕臧」<br>〈齊風・還〉「揖我謂我臧兮」<br>〈小雅・頍弁〉「庶幾有臧」 |
| 59 | 類、善也 | 類、善也 | 〈大雅・既醉〉「永錫爾類」<br>〈大雅・桑柔〉「貪人敗類」<br>〈大雅・瞻卬〉「威儀不類」 |
| 60 | 穀、善也 | 穀、善也 | 〈陳風・東門之枌〉「穀旦於差」 |
| 61 | 衎、樂也 | 衎、樂也 | 〈小雅・南有嘉魚〉「嘉賓式燕以衎」<br>〈商頌・那〉「衎我烈祖」 |
| 62 | 喜、樂也 | 喜、樂也 | 〈小雅・彤弓〉「中心喜之」<br>〈菁菁・者莪〉「我心則喜」 |
| 63 | 愉、樂也 | 愉、樂也 | 〈唐風・山有樞〉「他人是愉」 |
| 64 | 康、樂也 | 康、樂也 | 〈唐風・蟋蟀〉「無己太康」<br>〈周頌・臣工〉「迄用康年」 |
| 65 | 懌、服也 | 懌、服也 | 〈小雅・節南山〉「既夷既懌」 |

| 66 | 遵、循也 | 遵、循也 | 〈周南・汝墳〉「遵彼汝墳」<br>〈鄭風・遵大路〉「遵大路兮」 |
|---|---|---|---|
| 67 | 率、循也 | 率、循也 | 〈小雅・北山〉「率土之濱」<br>〈大雅・緜〉「率西水滸」<br>〈周頌・訪落〉「率時昭考」 |
| 68 | 靖、謀也 | 靖、謀也 | 〈小雅・小明〉「靖共爾位」<br>〈大雅・召旻〉「實靖夷我邦」<br>〈周頌・我將〉「日靖四方」 |
| 69 | 圖、謀也 | 圖、謀也 | 〈小雅・常棣〉「是究是圖」 |
| 70 | 究、謀也 | 究、謀也 | 〈大雅・皇矣〉「爰究爰度」 |
| 71 | 謨、謀也 | 謨、謀也 | 〈大雅・抑〉「訏謨定命」 |
| 72 | 肇、謀也 | 肇、謀也 | 〈大雅・江漢〉「肇敏戎公」 |
| 73 | 訪、謀也 | 訪、謀也 | 〈周頌・訪落〉「訪予落止」 |
| 74 | 典、常也 | 典、常也 | 〈周頌・我將〉「儀式刑文王之典」 |
| 75 | 彝、常也 | 彝、常也 | 〈大雅・烝民〉「民之秉彝」 |
| 76 | 秩、常也 | 秩、常也 | 〈小雅・賓之初筵〉「不知其秩」<br>〈商頌・烈祖〉「有秩斯祜」 |
| 77 | 憲、法也 | 憲、法也 | 〈大雅・桑柔〉「百辟爲憲」 |
| 78 | 刑、法也 | 刑、法也 | 〈大雅・文王〉「儀刑文王」<br>〈大雅・思齊〉「刑于寡妻」<br>〈大雅・抑〉「克共明刑」<br>〈周頌・我將〉「儀式刑文王之典」 |
| 79 | 辟、法也 | 辟、法也 | 〈小雅・雨無正〉「辟言不信」<br>〈大雅・生民〉「無菑立辟」 |
| 80 | 則、法也 | 則、法也 | 〈小雅・六月〉「閑之則維」<br>〈大雅・烝民〉「有物有則」 |
| 81 | 允、信也 | 允、信也 | 〈鄘風・定之方中〉「終然允臧」 |
| 82 | 孚、信也 | 孚、信也 | 〈大雅・文王〉「萬邦作孚」 |
| 83 | 亶、信也 | 亶、信也 | 〈小雅・常棣〉「亶其然乎」 |
| 84 | 展、誠也 | 展、誠也 | 〈鄘風・君子偕老〉「展如之人兮」 |
| 85 | 諶、誠也 | 諶、誠也 | 〈大雅・蕩〉「其命匪諶」 |
| 86 | 愼、誠也 | 愼、誠也 | 〈小雅・白駒〉「愼爾優游」<br>〈小雅・巧言〉「予愼無辜」 |
| 87 | 亶、誠也 | 亶、誠也 | 〈小雅・祁父〉「亶不聰」<br>〈大雅・板〉「不實於亶」 |

| 88 | 爰、於也 | 爰、於也 | 〈鄘風‧桑中〉「爰采唐兮」<br>〈大雅‧緜〉「周爰執事」 |
|---|---|---|---|
| 89 | 翕、合也 | 翕、合也 | 〈小雅‧常棣〉「兄弟既翕」<br>〈周頌‧般〉「允猶翕河」 |
| 90 | 仇、匹也 | 仇、匹也 | 〈秦風‧無衣〉「無子同仇」<br>〈大雅‧皇矣〉「詢爾仇方」 |
| 91 | 儀、匹也 | 儀、匹也 | 〈鄘風‧柏舟〉「實爲我儀」 |
| 92 | 紹、繼也 | 紹、繼也 | 〈大雅‧抑〉「弗念厥紹」 |
| 93 | 武、繼也 | 武、繼也 | 〈大雅‧下武〉「下武維周」 |
| 94 | 摽、落也 | 摽、落也 | 〈召南‧摽有梅〉「摽有梅」 |
| 95 | 令、告也 | 令、告也 | 〈齊風‧東方未明〉「自公令之」 |
| 96 | 悠、遠也 | 悠、遠也 | 〈周頌‧訪落〉「於乎悠哉」 |
| 97 | 遐、遠也 | 遐、遠也 | 〈周南‧汝墳〉「不我遐棄」<br>〈大雅‧棫樸〉「遐不作人」 |
| 98 | 邈、遠也 | 邈、遠也 | 〈大雅‧蕩〉「用邈蠻方」 |
| 99 | 垝、毀也 | 垝、毀也 | 〈衛風‧氓〉「乘彼垝垣」 |
| 100 | 矢、陳也 | 矢、陳也 | 〈大雅‧大明〉「矢於牧野」<br>〈大雅‧皇矣〉「無矢我陵」<br>〈大雅‧卷阿〉「以矢其音」 |
| 101 | 繹、陳也 | 繹、陳也 | 〈大雅‧常武〉「徐方繹騷」<br>〈周頌‧賚〉「敷時繹思」 |
| 102 | 尸、陳也 | 尸、陳也 | 〈小雅‧祁父〉「有母之尸饔」 |
| 103 | 旅、陳也 | 旅、陳也 | 〈小雅‧賓之初筵〉「郁核維旅」<br>〈商頌‧殷武〉「旅楹有閑」 |
| 104 | 尸、主也 | 尸、主也 | 〈召南‧采蘋〉「誰其尸之」 |
| 105 | 職、主也 | 職、主也 | 〈唐風‧蟋蟀〉「職思其居」<br>〈大雅‧抑〉「亦職維疾」 |
| 106 | 寮、官也 | 寮、官也 | 〈大雅‧板〉「及爾同寮」 |
| 107 | 采、事也 | 采、事也 | 〈周南‧卷耳〉「采采卷耳」 |
| 108 | 貫、事也 | 貫、事也 | 〈魏風‧碩鼠〉「三歲貫女」 |
| 109 | 公、事也 | 公、事也 | 〈小雅‧天保〉「于公先王」<br>〈大雅‧靈臺〉「矇瞍奏公」<br>〈大雅‧江漢〉「肇敏戎公」 |

| 110 | 永、長也 | 永、長也 | 〈周南・卷耳〉「維以不永懷」<br>〈周南・漢廣〉「江之永矣」<br>〈小雅・常棣〉「況也永嘆」<br>〈大雅・文王〉「永言配命」 |
|---|---|---|---|
| 111 | 引、長也 | 引、長也 | 〈小雅・楚茨〉「忽替引之」<br>〈大雅・行葦〉「以引以翼」<br>〈大雅・卷阿〉「以引以翼」<br>〈大雅・召旻〉「職兄斯引」 |
| 112 | 融、長也 | 融、長也 | 〈大雅・既醉〉「昭明有融」 |
| 113 | 駿、長也 | 駿、長也 | 〈小雅・雨無正〉「不駿其德」<br>〈周頌・清廟〉「駿奔走在廟」 |
| 114 | 喬、高也 | 喬、高也 | 〈小雅・伐木〉「遷於喬木」<br>〈周頌・時邁〉「及河喬嶽」 |
| 115 | 捷、勝也 | 捷、勝也 | 〈小雅・采薇〉「一月三捷」 |
| 116 | 劉、殺也 | 劉、殺也 | 〈周頌・武〉「勝殷遏劉」 |
| 117 | 亹、勉也 | 亹、勉也 | 〈大雅・文王〉「亹亹文王」 |
| 118 | 勖、勉也 | 勖、勉也 | 〈邶風・燕燕〉「以勖寡人」 |
| 119 | 茂、勉也 | 茂、勉也 | 〈小雅・節南山〉「方茂爾惡」 |
| 120 | 卬、我也 | 卬、我也 | 〈邶風・谷風〉「人涉卬否」<br>〈小雅・白華〉「卬烘于煁」<br>〈大雅・生民〉「卬盛于豆」 |
| 121 | 予、我也 | 予、我也 | 〈周頌・小毖〉「予又集于蓼」 |
| 122 | 言、我也 | 言、我也 | 〈周南・葛覃〉「言告師氏」<br>〈小雅・彤弓〉「受言藏之」<br>〈大雅・文王〉「永言配命」 |
| 123 | 賚、予也 | 賚、予也 | 〈小雅・楚茨〉「徂賚孝孫」 |
| 124 | 畀、予也 | 畀、予也 | 〈鄘風・干旄〉「何以畀之」 |
| 125 | 卜、予也 | 卜、予也 | 〈小雅・天保〉「君曰卜爾」 |
| 126 | 餤、進也 | 餤、進也 | 〈小雅・巧言〉「亂是用餤」 |
| 127 | 迪、進也 | 迪、進也 | 〈大雅・桑柔〉「弗求弗迪」 |
| 128 | 烝、進也 | 烝、進也 | 〈小雅・信南山〉「是烝是享」<br>〈小雅・甫田〉「烝我髦士」 |
| 129 | 藎、進也 | 藎、進也 | 〈大雅・文王〉「王之藎臣」 |
| 130 | 左右、助也 | 左右、助也 | 〈商頌・長發〉「實左右商王」 |

| 131 | 相、助也 | 相、助也 | 〈大雅·生民〉「有相之道」<br>〈周頌·清廟〉「肅雝顯相」<br>〈周頌·雝〉「相維辟公」 |
|---|---|---|---|
| 132 | 烈、光也 | 烈、光也 | 〈周頌·烈文〉「烈文辟公」 |
| 133 | 顯、光也 | 顯、光也 | 〈大雅·文王〉「有周不顯」<br>〈周頌·執競〉「不顯成康」 |
| 134 | 熲、光也 | 熲、光也 | 〈小雅·無將大車〉「不出於熲」 |
| 135 | 鞏、固也 | 鞏、固也 | 〈大雅·瞻卬〉「無不克鞏」 |
| 136 | 虔、固也 | 虔、固也 | 〈大雅·韓奕〉「虔共爾位」<br>〈商頌·長發〉「有虔秉鉞」 |
| 137 | 膠、固也 | 膠、固也 | 〈小雅·隰苗〉「德音孔膠」 |
| 138 | 皇皇、美也 | 皇皇、美也 | 〈魯頌·泮水〉「烝烝皇皇」 |
| 139 | 藐藐、美也 | 藐藐、美也 | 〈大雅·崧高〉「既成藐藐」 |
| 140 | 穆穆、美也 | 穆穆、美也 | 〈大雅·文王〉「穆穆文王」 |
| 141 | 休、美也 | 休、美也 | 〈豳風·破斧〉「亦孔之休」<br>〈大雅·民勞〉「以爲王休」 |
| 142 | 嘉、美也 | 嘉、美也 | 〈大雅·大明〉「文王嘉止」 |
| 143 | 懿、美也 | 懿、美也 | 〈大雅·烝民〉「好是懿德」 |
| 144 | 鑠、美也 | 鑠、美也 | 〈周頌·酌〉「於鑠王師」 |
| 145 | 輯、和也 | 輯、和也 | 〈大雅·板〉「民之輯矣」<br>〈大雅·抑〉「輯爾柔顏」 |
| 146 | 燮、和也 | 燮、和也 | 〈大雅·大明〉「燮伐大商」 |
| 147 | 申、重也 | 申、重也 | 〈小雅·采菽〉「福祿申之」<br>〈大雅·假樂〉「自天申之」<br>〈商頌·烈祖〉「申錫無疆」 |
| 148 | 崇、重也 | 崇、重也 | 〈大雅·鳧鷖〉「福祿來崇」 |
| 149 | 卒、盡也 | 卒、盡也 | 〈小雅·節南山〉「國既卒斬」 |
| 150 | 罄、盡也 | 罄、盡也 | 〈小雅·天保〉「罄無不宜」<br>〈小雅·蓼莪〉「瓶之罄矣」 |
| 151 | 空、盡也 | 空、盡也 | 〈小雅·大東〉「杼柚其空」 |
| 152 | 殲、盡也 | 殲、盡也 | 〈秦風·黃鳥〉「殲我良人」 |
| 153 | 殄、盡也 | 殄、盡也 | 〈大雅·瞻卬〉「邦國殄瘁」 |
| 154 | 收、聚也 | 收、聚也 | 〈周頌·維天之命〉「我其收之」 |

| 155 | 戩、聚也 | 戩、聚也 | 〈小雅・桑扈〉「不戩不難」<br>〈周頌・時邁〉「載戢干戈」 |
|---|---|---|---|
| 156 | 袞、聚也 | 袞、聚也 | 〈小雅・常棣〉「原隰哀矣」<br>〈周頌・般〉「哀時之對」<br>〈商頌・殷武〉「哀荊之旅」 |
| 157 | 肅、疾也 | 肅、疾也 | 〈召南・小星〉「肅肅宵征」 |
| 158 | 遄、疾也 | 遄、疾也 | 〈邶風・泉水〉「遄臻于衛」<br>〈小雅・巧言〉「亂庶遄已」<br>〈大雅・烝民〉「式遄其歸」 |
| 159 | 亹、速也 | 亹、速也 | 〈鄭風・遵大路〉「不亹故也」 |
| 160 | 遄、速也 | 遄、速也 | 〈鄘風・相鼠〉「胡不遄死」 |
| 161 | 庶、眾也 | 庶、眾也 | 〈小雅・天保〉「以莫不庶」 |
| 162 | 烝、眾也 | 烝、眾也 | 〈豳風・東山〉「烝在栗薪」 |
| 163 | 醜、眾也 | 醜、眾也 | 〈大雅・縣〉「戎醜悠行」<br>〈大雅・民勞〉「以謹醜厲」<br>〈魯頌・泮水〉「屈此群醜」 |
| 164 | 師、眾也 | 師、眾也 | 〈小雅・采芑〉「師干之試」<br>〈大雅・韓奕〉「燕師所完」 |
| 165 | 旅、眾也 | 旅、眾也 | 〈小雅・北山〉「旅力方剛」<br>〈大雅・大明〉「殷商之旅」 |
| 166 | 那、多也 | 那、多也 | 〈小雅・桑扈〉「受福不那」<br>〈商頌・那〉「猗與邵與」 |
| 167 | 差、擇也 | 差、擇也 | 〈小雅・吉日〉「既差我馬」<br>〈大雅・韓奕〉「燕師所完」 |
| 168 | 竦、懼也 | 竦、懼也 | 〈商頌・長發〉「不戁不竦」 |
| 169 | 痡、病也 | 痡、病也 | 〈周南・卷耳〉「我僕痡矣」 |
| 170 | 瘏、病也 | 瘏、病也 | 〈周南・卷耳〉「我馬瘏矣」<br>〈豳風・鴟鴞〉「予口卒瘏」 |
| 171 | 瘑、病也 | 瘑、病也 | 〈小雅・正月〉「瘑憂以痒」 |
| 172 | 疧、病也 | 疧、病也 | 〈小雅・無將大車〉「祇自疧兮」<br>〈小雅・白華〉「俾我疧兮」 |
| 173 | 閔、病也 | 閔、病也 | 〈邶風・柏舟〉「覯閔既多」<br>〈周頌・閔予小子〉「閔予小子」 |

| 174 | 疚、病也 | 疚、病也 | 〈小雅・采薇〉「憂心孔疚」<br>〈周頌・閔予小子〉「嬛嬛在疚」 |
|---|---|---|---|
| 175 | 瘏、病也 | 瘏、病也 | 〈衛風・伯兮〉「使我心瘏」<br>〈小雅・十月〉「亦孔之瘏」 |
| 176 | 瘥、病也 | 瘥、病也 | 〈小雅・節南山〉「天方薦瘥」 |
| 177 | 瘵、病也 | 瘵、病也 | 〈大雅・瞻卬〉「士民有瘵」 |
| 178 | 瘼、病也 | 瘼、病也 | 〈小雅・四月〉「亂離瘼矣」 |
| 179 | 恤、憂也 | 恤、憂也 | 〈小雅・杕杜〉「而多爲恤」<br>〈小雅・祈父〉「胡轉予于恤」 |
| 180 | 罹、憂也 | 罹、憂也 | 〈王風・兔爰〉「逢此百罹」 |
| 181 | 勩、勞也 | 勩、勞也 | 〈小雅・雨無正〉「莫知我勩」 |
| 182 | 勤、勞也 | 勤、勞也 | 〈周頌・賚〉「文王既勤止」 |
| 183 | 來、勤也 | 來、勤也 | 〈小雅・大東〉「職勞不來」 |
| 184 | 悠、思也 | 悠、思也 | 〈周南・關雎〉「悠哉悠哉」 |
| 185 | 傷、思也 | 傷、思也 | 〈周南・卷耳〉「維以不永傷」 |
| 186 | 懷、思也 | 懷、思也 | 〈周南・卷耳〉「嗟我懷人」<br>〈召南・野有死麕〉「有女懷春」<br>〈齊風・南山〉「曷又懷止」<br>〈小雅・常棣〉「兄弟孔懷」 |
| 187 | 惄、思也 | 惄、思也 | 〈小雅・小弁〉「惄焉如擣」 |
| 188 | 祿、福也 | 祿、福也 | 〈大雅・既醉〉「天被爾祿」 |
| 189 | 祉、福也 | 祉、福也 | 〈小雅・六月〉「既多受祉」 |
| 190 | 穀、福也 | 穀、福也 | 〈小雅・天保〉「俾爾戩穀」 |
| 191 | 恪、敬也 | 恪、敬也 | 〈商頌・那〉「執事有恪」 |
| 192 | 翼、敬也 | 翼、敬也 | 〈大雅・行葦〉「以引以翼」 |
| 193 | 熯、敬也 | 熯、敬也 | 〈小雅・楚茨〉「我孔熯矣」 |
| 194 | 夙、早也 | 夙、早也 | 〈召南・采蘩〉「夙夜在公」<br>〈齊風・東方未明〉「不夙則莫」<br>〈大雅・生民〉「載震載夙」 |
| 195 | 幾、危也 | 幾、危也 | 〈大雅・瞻卬〉「維其幾矣」 |
| 196 | 古、故也 | 古、故也 | 〈邶風・日月〉「逝不古處」<br>〈大雅・烝民〉「古訓是式」 |

| 197 | 肆、故今也 | 肆、故今也 | 〈大雅・縣〉「肆不殄厥慍」<br>〈大雅・思齊〉「肆戎疾不殄」 |
|---|---|---|---|
| 198 | 篤、厚也 | 篤、厚也 | 〈唐風・椒聊〉「碩大且篤」<br>〈大雅・大明〉「篤生武王」<br>〈大雅・公劉〉「篤公劉」 |
| 199 | 埤、厚也 | 埤、厚也 | 〈邶風・北門〉「政事一埤益我」 |
| 200 | 腹、厚也 | 腹、厚也 | 〈小雅・蓼莪〉「出入腹我」 |
| 201 | 顯、見也 | 顯、見也 | 〈周頌・敬之〉「天維顯思」 |
| 202 | 昭、見也 | 昭、見也 | 〈大雅・文王〉「於昭于天」 |
| 203 | 覲、見也 | 覲、見也 | 〈大雅・韓奕〉「入覲于王」 |
| 204 | 監、視也 | 監、視也 | 〈小雅・節南山〉「何用不監」 |
| 205 | 瞻、視也 | 瞻、視也 | 〈邶風・雄雉〉「瞻彼日月」<br>〈小雅・節南山〉「民具爾瞻」 |
| 206 | 相、視也 | 相、視也 | 〈鄘風・相鼠〉「相鼠有皮」 |
| 207 | 鞫、盈也 | 鞫、盈也 | 〈小雅・節南山〉「降此鞫訕」 |
| 208 | 按、止也 | 按、止也 | 〈大雅・皇矣〉「以按徂旅」 |
| 209 | 定、止也 | 定、止也 | 〈邶風・日月〉「胡能有定」 |
| 210 | 遏、止也 | 遏、止也 | 〈大雅・文王〉「無遏爾躬」 |
| 211 | 烈、業也 | 烈、業也 | 〈大雅・思齊〉「烈假不遐」<br>〈周頌・執競〉「無競維烈」<br>〈周頌・武〉「無競維烈」 |
| 212 | 績、業也 | 績、業也 | 〈大雅・文王有聲〉「維禹之績」 |
| 213 | 質、成也 | 質、成也 | 〈大雅・縣〉「虞芮質厥成」<br>〈大雅・抑〉「質爾人民」 |
| 214 | 登、成也 | 登、成也 | 〈大雅・崧高〉「登是南邦」 |
| 215 | 考、成也 | 考、成也 | 〈衛風・考槃〉「考槃在澗」<br>〈大雅・江漢〉「作召公考」<br>〈周頌・絲衣〉「胡考之休」 |
| 216 | 庭、直也 | 庭、直也 | 〈小雅・甫田〉「既庭且碩」<br>〈大雅・韓奕〉「榦不庭方」<br>〈周頌・訪落〉「陟降庭止」 |
| 217 | 寧、安也 | 寧、安也 | 〈周南・葛覃〉「歸寧父母」 |
| 218 | 綏、安也 | 綏、安也 | 〈周南・樛木〉「福履綏之」<br>〈小雅・楚茨〉「以綏後祿」 |

| 219 | 柔、安也 | 柔、安也 | 〈大雅・民勞〉「柔遠能邇」<br>〈周頌・時邁〉「懷柔百神」 |
|---|---|---|---|
| 220 | 夷、易也 | 夷、易也 | 〈周頌・有客〉「降福孔夷」 |
| 221 | 弟、易也 | 弟、易也 | 〈小雅・蓼蕭〉「孔燕豈弟」 |
| 222 | 鮮、寡也 | 鮮、寡也 | 〈小雅・蓼莪〉「鮮民之生」 |
| 223 | 酢、報也 | 酢、報也 | 〈小雅・楚茨〉「萬壽攸酢」<br>〈小雅・瓠葉〉「酌言酢之」 |
| 224 | 翰、榦也 | 翰、榦也 | 〈小雅・桑扈〉「之屏之翰」<br>〈大雅・文王有聲〉「王后維翰」<br>〈大雅・崧高〉「維周之翰」 |
| 225 | 圉、垂也 | 圉、垂也 | 〈大雅・桑柔〉「孔棘我圉」<br>〈大雅・召旻〉「居圉卒荒」 |
| 226 | 應、當也 | 應、當也 | 〈大雅・下武〉「應侯順德」<br>〈周頌・賚〉「我應受之」 |
| 227 | 丁、當也 | 丁、當也 | 〈大雅・雲漢〉「寧丁我躬」 |
| 228 | 俶、作也 | 俶、作也 | 〈大雅・崧高〉「有俶其城」 |
| 229 | 斯、此也 | 斯、此也 | 〈召南・殷其雷〉「何斯違斯」 |
| 230 | 閑、習也 | 閑、習也 | 〈秦風・駟驖〉「四牡既閑」 |
| 231 | 串、習也 | 串、習也 | 〈大雅・皇矣〉「串夷載路」 |
| 232 | 佇、久也 | 佇、久也 | 〈邶風・燕燕〉「佇立以泣」 |
| 233 | 及、與也 | 及、與也 | 〈豳風・七月〉「殆及公子同歸」 |
| 234 | 間、代也 | 間、代也 | 〈周頌・桓〉「皇以間之」 |
| 235 | 饁、饋也 | 饁、饋也 | 〈豳風・七月〉「饁彼南畝」 |
| 236 | 遷、徙也 | 遷、徙也 | 〈衛風・氓〉「以我賄遷」<br>〈小雅・賓之初筵〉「舍其坐遷」<br>〈商頌・殷武〉「是斷是遷」 |
| 237 | 假、嘉也 | 假、嘉也 | 〈大雅・假樂〉「假樂君子」<br>〈周頌・維天之命〉「假我溢我」 |
| 238 | 憩、息也 | 憩、息也 | 〈召南・甘棠〉「召伯所憩」 |
| 239 | 休、息也 | 休、息也 | 〈大雅・瞻卬〉「休其蠶織」 |
| 240 | 惠、愛也 | 惠、愛也 | 〈邶風・北門〉「惠而好我」<br>〈鄭風・狡童〉「子惠思我」 |
| 241 | 蠢、動也 | 蠢、動也 | 〈小雅・采芑〉「蠢爾荊蠻」 |

| | | | |
|---|---|---|---|
| 242 | 震、動也 | 震、動也 | 〈大雅・生民〉「載震載夙」<br>〈周頌・時邁〉「莫不震疊」<br>〈魯頌・閟宮〉「不震不騰」 |
| 243 | 妯、動也 | 妯、動也 | 〈小雅・鐘鼓〉「憂心且妯」 |
| 244 | 騷、動也 | 騷、動也 | 〈大雅・常武〉「徐方繹騷」 |
| 245 | 感、動也 | 感、動也 | 〈召南・野有死麕〉「無感我帨兮」 |
| 246 | 訛、動也 | 訛、動也 | 〈小雅・無羊〉「或寢或訛」 |
| 247 | 蹶、動也 | 蹶、動也 | 〈大雅・緜〉「文王蹶厥生」<br>〈大雅・板〉「天之方蹶」 |
| 248 | 殄、絕也 | 殄、絕也 | 〈邶風・新臺〉「籧篨不殄」 |
| 249 | 訓、道也 | 訓、道也 | 〈大雅・烝民〉「古訓是式」<br>〈周頌・烈文〉「四方其訓之」 |
| 250 | 胥、皆也 | 胥、皆也 | 〈小雅・桑扈〉「君子樂胥」 |
| 251 | 育、長也 | 育、長也 | 〈邶風・谷風〉「昔育恐育鞫」<br>〈大雅・生民〉「載生載育」 |
| 252 | 正、長也 | 正、長也 | 〈曹風・鳲鳩〉「正是四國」<br>〈小雅・斯干〉「噲噲其正」<br>〈小雅・節南山〉「覆怨其正」<br>〈商頌・玄鳥〉「正域彼四方」 |
| 253 | 伯、長也 | 伯、長也 | 〈小雅・正月〉「將伯助予」 |
| 254 | 胥、相也 | 胥、相也 | 〈大雅・緜〉「聿來胥宇」<br>〈大雅・公劉〉「于胥斯原」 |
| 255 | 乂、治也 | 乂、治也 | 〈小雅・小旻〉「或肅或乂」 |
| 256 | 靖、治也 | 靖、治也 | 〈小雅・菀柳〉「俾予靖之」 |
| 257 | 艾、養也 | 艾、養也 | 〈小雅・南山有臺〉「保艾爾後」<br>〈小雅・鴛鴦〉「福祿艾之」 |
| 258 | 隕、墜也 | 隕、墜也 | 〈小雅・小弁〉「涕既隕之」<br>〈大雅・緜〉「亦不隕厥問」 |
| 259 | 毖、慎也 | 毖、慎也 | 〈大雅・桑柔〉「為謀為毖」<br>〈周頌・小毖〉「予其懲而毖後患」 |
| 260 | 溢、慎也 | 溢、慎也 | 〈周頌・維天之命〉「假以溢我」 |
| 261 | 馘、獲也 | 馘、獲也 | 〈大雅・皇矣〉「攸馘安安」 |
| 262 | 阻、難也 | 阻、難也 | 〈邶風・雄雉〉「自詒伊阻」<br>〈邶風・谷風〉「既阻我德」 |

| 263 | 俾、使也 | 俾、使也 | 〈邶風・綠衣〉「俾無訧乎」<br>〈大雅・蕩〉「俾晝作夜」 |
|---|---|---|---|
| 264 | 享、獻也 | 享、獻也 | 〈小雅・天保〉「是用孝享」<br>〈周頌・我將〉「我將我享」<br>〈周頌・載見〉「以孝以享」 |
| 265 | 元、首也 | 元、首也 | 〈魯頌・閟宮〉「建爾元子」 |
| 266 | 邇、近也 | 邇、近也 | 〈鄭風・東門之墠〉「其室則邇」<br>〈小雅・杕杜〉「征夫邇止」<br>〈小雅・小旻〉「維邇言是予」 |
| 267 | 昵、近也 | 昵、近也 | 〈小雅・菀柳〉「無自昵焉」 |
| 268 | 妥、安坐也 | 妥、安坐也 | 〈小雅・楚茨〉「以妥以侑」 |
| 269 | 伊、維也 | 伊、維也 | 〈召南・何彼襛矣〉「維絲伊緡」<br>〈邶風・雄雉〉「自詒伊阻」<br>〈秦風・蒹葭〉「所謂伊人」 |
| 270 | 時、是也 | 時、是也 | 〈秦風・駟驖〉「奉時辰牡」<br>〈小雅・十月之交〉「豈曰不時」<br>〈大雅・文王〉「帝命不時」<br>〈周頌・訪落〉「率時昭考」 |
| 271 | 寔、是也 | 寔、是也 | 〈召南・小星〉「寔命不同」 |
| 272 | 酋、終也 | 酋、終也 | 〈大雅・卷阿〉「似先公酋矣」 |
| 〈釋言〉　第　二 | | | |
| 273 | 宣、徧也 | 宣、徧也 | 〈大雅・公劉〉「既順迺宣」 |
| 274 | 荒、奄也 | 荒、奄也 | 〈周南・樛木〉「葛藟荒之」 |
| 275 | 格、來也 | 格、來也 | 〈小雅・楚茨〉「神保是格」 |
| 276 | 懷、來也 | 懷、來也 | 〈周頌・時邁〉「懷柔百神」 |
| 277 | 怙、恃也 | 怙、恃也 | 〈唐風・鴇羽〉「父母合怙」 |
| 278 | 若、順也 | 若、順也 | 〈大雅・烝民〉「天子是若」<br>〈魯頌・閟宮〉「魯侯是若」 |
| 279 | 惠、順也 | 惠、順也 | 〈邶風・燕燕〉「終溫且惠」 |
| 280 | 邁、順也 | 邁、順也 | 〈王風・黍離〉「行邁靡靡」<br>〈唐風・蟋蟀〉「日月其邁」<br>〈陳風・東門之枌〉「越以鬷邁」<br>〈周頌・時邁〉「時邁其邦」 |
| 281 | 爽、差也 | 爽、差也 | 〈衛風・氓〉「女也不爽」<br>〈小雅・蓼蕭〉「其德不爽」 |

| 282 | 翩、齊也 | 翩、齊也 | 〈魯頌・閟宮〉「實始翩商」 |
|---|---|---|---|
| 283 | 將、送也 | 將、送也 | 〈召南・鵲巢〉「百兩將之」 |
| 284 | 造、為也 | 造、為也 | 〈大雅・思齊〉「小子有造」<br>〈周頌・酌〉「蹻王之造」<br>〈周頌・閔予小子〉「遭家不造」 |
| 285 | 餱、食也 | 餱、食也 | 〈小雅・伐木〉「乾餱以愆」 |
| 286 | 究、窮也 | 究、窮也 | 〈小雅・鴻鴈〉「其究安宅」<br>〈大雅・蕩〉「靡屆靡究」 |
| 287 | 干、求也 | 干、求也 | 〈大雅・旱麓〉「干祿豈弟」 |
| 288 | 流、求也 | 流、求也 | 〈周南・關雎〉「左右流之」 |
| 289 | 覃、延也 | 覃、延也 | 〈周南・葛覃〉「葛之覃兮」 |
| 290 | 穀、生也 | 穀、生也 | 〈王風・大車〉「穀則異室」 |
| 291 | 茹、度也 | 茹、度也 | 〈邶風・柏舟〉「不可以茹」 |
| 292 | 虞、度也 | 虞、度也 | 〈大雅・文王〉「有虞殷自天」 |
| 293 | 試、用也 | 試、用也 | 〈小雅・采芑〉「師干之試」 |
| 294 | 式、用也 | 式、用也 | 〈邶風・式微〉「式微式微」 |
| 295 | 競、彊也 | 競、彊也 | 〈大雅・桑柔〉「秉心無競」<br>〈周頌・烈文〉「無競維人」 |
| 296 | 窒、塞也 | 室、塞也 | 〈豳風・七月〉「穹窒熏鼠」 |
| 297 | 穀、祿也 | 穀、祿也 | 〈小雅・天保〉「俾爾戩穀」 |
| 298 | 履、祿也 | 履、祿也 | 〈周南・樛木〉「福履綏之」 |
| 299 | 憯、憎也 | 憯、憎也 | 〈小雅・節南山〉「憯莫懲嗟」<br>〈大雅・民勞〉「憯不畏明」 |
| 300 | 祺、吉也 | 祺、吉也 | 〈大雅・行葦〉「壽考維祺」 |
| 301 | 髦、俊也 | 髦、俊也 | 〈小雅・甫田〉「烝我髦士」<br>〈大雅・棫樸〉「髦士攸宜」 |
| 302 | 替、廢也 | 替、廢也 | 〈小雅・楚茨〉「勿替引之」<br>〈大雅・召旻〉「胡不自替」 |
| 303 | 琛、寶也 | 琛、寶也 | 〈魯頌・泮水〉「來獻其琛」 |
| 304 | 猶、若也 | 猶、若也 | 〈召南・小星〉「寔命不猶」<br>〈小雅・鼓鍾〉「其德不猶」 |
| 305 | 迨、及也 | 迨、及也 | 〈邶風・匏有苦葉〉「迨冰未泮」<br>〈豳風・鴟鴞〉「迨天之未陰雨」 |
| 306 | 寁、幼也 | 寁、幼也 | 〈小雅・斯干〉「噲噲其寁」 |

| 307 | 降、下也 | 降、下也 | 〈召南・草蟲〉「我心則降」 |
|---|---|---|---|
| 308 | 傭、均也 | 傭、均也 | 〈小雅・節南山〉「昊天不傭」 |
| 309 | 烘、燎也 | 烘、燎也 | 〈小雅・白華〉「卬烘于煁」 |
| 310 | 煁、烓也 | 煁、烓也 | 〈小雅・白華〉「卬烘于煁」 |
| 311 | 樊、藩也 | 樊、藩也 | 〈齊風・東方未明〉「折柳樊圃」<br>〈小雅・青蠅〉「營營青蠅止于樊」 |
| 312 | 洵、均也 | 洵、均也 | 〈鄭風・羔裘〉「洵直且侯」 |
| 313 | 懠、怒也 | 懠、怒也 | 〈大雅・板〉「天之方懠」 |
| 314 | 葵、揆也 | 葵、揆也 | 〈小雅・采菽〉「天子葵之」 |
| 315 | 惄、飢也 | 惄、飢也 | 〈周南・汝墳〉「惄如調飢」 |
| 316 | 里、邑也 | 里、邑也 | 〈大雅・韓奕〉「于蹶之里」 |
| 317 | 襄、除也 | 襄、除也 | 〈鄘風・牆有茨〉「不可襄也」<br>〈小雅・出車〉「玁狁于襄」 |
| 318 | 苞、稹也 | 苞、稹也 | 〈鄘風・鴇羽〉「集于苞栩」 |
| 319 | 務、侮也 | 務、侮也 | 〈小雅・常棣〉「外禦其務」 |
| 320 | 貽、遺也 | 貽、遺也 | 〈邶風・靜女〉「貽我彤管」 |
| 321 | 賄、財也 | 賄、財也 | 〈衛風・氓〉「以我賄遷」 |
| 322 | 甲、狎也 | 甲、狎也 | 〈衛風・芄蘭〉「能不我甲」 |
| 323 | 渝、變也 | 渝、變也 | 〈鄭風・羔裘〉「舍命不渝」 |
| 324 | 宜、肴也 | 宜、肴也 | 〈鄭風・女曰雞鳴〉「與之宜之」 |
| 325 | 耋、老也 | 耋、老也 | 〈秦風・車鄰〉「逝者其耋」 |
| 326 | 輶、輕也 | 輶、輕也 | 〈秦風・駟驖〉「輶車鸞鑣」 |
| 327 | 俴、淺也 | 俴、淺也 | 〈秦風・小戎〉「小戎俴收」 |
| 328 | 綯、絞也 | 綯、絞也 | 〈豳風・七月〉「宵爾索綯」 |
| 329 | 跋、躐也 | 跋、躐也 | 〈豳風・狼跋〉「狼跋其胡」 |
| 330 | 疐、跆也 | 疐、跆也 | 〈豳風・狼跋〉「載疐其尾」 |
| 331 | 戎、相也 | 戎、相也 | 〈小雅・常棣〉「烝也無戎」 |
| 332 | 飫、私也 | 飫、私也 | 〈小雅・常棣〉「飲酒之飫」 |
| 333 | 孺、屬也 | 孺、屬也 | 〈小雅・常棣〉「和樂且孺」 |
| 334 | 煽、熾也 | 煽、熾也 | 〈小雅・十月〉「豔妻煽方處」 |
| 335 | 熾、盛也 | 熾、盛也 | 〈小雅・六月〉「玁狁孔熾」 |
| 336 | 淪、率也 | 淪、率也 | 〈小雅・雨無正〉「淪胥以鋪」<br>〈大雅・抑〉「無淪胥以亡」 |

| 337 | 虹、潰也 | 虹、潰也 | 〈大雅・抑〉「實虹小子」 |
|---|---|---|---|
| 338 | 孔、甚也 | 孔、甚也 | 〈周南・汝墳〉「父母孔邇」<br>〈鄭風・羔裘〉「孔武有力」<br>〈秦風・小戎〉「俴駟孔群」 |
| 339 | 囚、拘也 | 囚、拘也 | 〈魯頌・泮水〉「在泮獻囚」 |
| 340 | 攸、所也 | 攸、所也 | 〈大雅・皇矣〉「攸馘安安」 |
| 341 | 宅、居也 | 宅、居也 | 〈大雅・皇矣〉「此維與宅」<br>〈魯頌・閟宮〉「遂荒徐宅」 |
| 342 | 濬、深也 | 濬、深也 | 〈商頌・長發〉「濬哲維商」 |
| 343 | 幽、深也 | 幽、深也 | 〈小雅・伐木〉「出自幽谷」 |
| 344 | 尹、正也 | 尹、正也 | 〈小雅・都人士〉「謂之尹吉」 |
| 345 | 克、能也 | 克、能也 | 〈齊風・南山〉「匪斧不克」 |
| 346 | 訩、訟也 | 訩、訟也 | 〈小雅・節南山〉「降此鞠訩」 |
| 347 | 諗、念也 | 諗、念也 | 〈小雅・四牡〉「將母來諗」 |
| 348 | 屆、極也 | 屆、極也 | 〈小雅・節南山〉「君子如屆」 |
| 349 | 恫、痛也 | 恫、痛也 | 〈大雅・思齊〉「神罔時恫」 |
| 350 | 對、遂也 | 對、遂也 | 〈大雅・皇矣〉「以對于天下」<br>〈大雅・蕩〉「流言以對」<br>〈大雅・江漢〉「對揚王休」 |
| 351 | 燬、火也 | 燬、火也 | 〈周南・汝墳〉「王室如燬」 |
| 352 | 宵、夜也 | 宵、夜也 | 〈召南・小星〉「肅肅宵征」<br>〈豳風・七月〉「宵爾索綯」 |
| 353 | 矧、況也 | 矧、況也 | 〈小雅・伐木〉「矧伊人矣」 |
| 354 | 干、扞也 | 干、扞也 | 〈周南・兔罝〉「公侯干城」 |
| 355 | 趾、足也 | 趾、足也 | 〈召南・麟之趾〉「麟之趾」 |
| 356 | 忝、辱也 | 忝、辱也 | 〈小雅・小宛〉「毋忝爾所生」 |
| 357 | 將、齊也 | 將、齊也 | 〈小雅・楚茨〉「或肆或將」 |
| 358 | 啟、跪也 | 啟、跪也 | 〈小雅・四牡〉「不遑啟處」 |
| 359 | 覥、姡也 | 覥、姡也 | 〈小雅・何斯人〉「有覥面目」 |
| 360 | 威、則也 | 威、則也 | 〈周頌・有客〉「既有淫威」 |
| 361 | 濟、渡也 | 濟、渡也 | 〈邶風・匏有苦葉〉「濟有深涉」 |
| 362 | 緝、績也 | 緝、績也 | 〈召南・何彼襛矣〉「維絲伊緝」 |
| 363 | 彌、終也 | 彌、終也 | 〈大雅・生民〉「誕彌厥月」<br>〈大雅・卷阿〉「俾爾彌爾性」 |

<table>
<tr><td colspan="4" align="center">〈釋 訓〉 第 三</td></tr>
<tr><td>364</td><td>明明、察也</td><td>明明、察也</td><td>〈大雅・大明〉「明明在下」</td></tr>
<tr><td>365</td><td>肅肅、敬也</td><td>肅肅、敬也</td><td>〈大雅・思齊〉「肅肅在廟」</td></tr>
<tr><td>366</td><td>優優、和也</td><td>優優、和也</td><td>〈商頌・長發〉「敷政優優」</td></tr>
<tr><td>367</td><td>兢兢、戒也</td><td>兢兢、戒也</td><td>〈小雅・小旻〉「戰戰兢兢」</td></tr>
<tr><td>368</td><td>繩繩、戒也</td><td>繩繩、戒也</td><td>〈大雅・下武〉「繩其祖武」</td></tr>
<tr><td>369</td><td>業業、危也</td><td>業業、危也</td><td>〈大雅・雲漢〉「兢兢業業」</td></tr>
<tr><td>370</td><td>翹翹、危也</td><td>翹翹、危也</td><td>〈豳風・鴟鴞〉「予室翹翹」</td></tr>
<tr><td>371</td><td>惴惴、懼也</td><td>惴惴、懼也</td><td>〈秦風・黃鳥〉「惴惴其慄」</td></tr>
<tr><td>372</td><td>番番、勇也</td><td>番番、勇也</td><td>〈大雅・崧高〉「申伯番番」</td></tr>
<tr><td>373</td><td>烈烈、威也</td><td>烈烈、威也</td><td>〈商頌・長發〉「相士烈烈」</td></tr>
<tr><td>374</td><td>洸洸、武也</td><td>洸洸、武也</td><td>〈大雅・江漢〉「武夫洸洸」</td></tr>
<tr><td>375</td><td>赳赳、武也</td><td>赳赳、武也</td><td>〈周南・兔罝〉「赳赳武夫」</td></tr>
<tr><td>376</td><td>增增、眾也</td><td>增增、眾也</td><td>〈魯頌・閟宮〉「烝徒增增」</td></tr>
<tr><td>377</td><td>祁祁、徐也</td><td>祁祁、徐也</td><td>〈小雅・大田〉「興雨祁祁」</td></tr>
<tr><td>378</td><td>簡簡、大也</td><td>簡簡、大也</td><td>〈周頌・執競〉「降福簡簡」</td></tr>
<tr><td>379</td><td>爰爰、緩也</td><td>爰爰、緩也</td><td>〈王風・兔爰〉「有兔爰爰」</td></tr>
<tr><td>380</td><td>夢夢、亂也</td><td>夢夢、亂也</td><td>〈大雅・抑〉「視爾夢夢」</td></tr>
<tr><td>381</td><td>佌佌、小也</td><td>佌佌、小也</td><td>〈小雅・正月〉「佌佌彼有屋」</td></tr>
<tr><td>382</td><td>瑣瑣、小也</td><td>瑣瑣、小也</td><td>〈小雅・節南山〉「瑣瑣姻亞」</td></tr>
<tr><td>383</td><td>惙惙、憂也</td><td>惙惙、憂也</td><td>〈召南・草蟲〉「憂心惙惙」</td></tr>
<tr><td>384</td><td>不徹、不道也</td><td>不徹、不道也</td><td>〈小雅・十月〉「天命不徹」</td></tr>
<tr><td>385</td><td>諼、忘也</td><td>諼、忘也</td><td>〈衛風・淇奧〉「終不可諼兮」</td></tr>
<tr><td>386</td><td>每、雖也</td><td>每、雖也</td><td>〈小雅・皇皇者華〉「每懷靡及」</td></tr>
<tr><td>387</td><td>饎、酒食也</td><td>饎、酒食也</td><td>〈小雅・天保〉「吉蠲爲饎」<br>〈大雅・泂酌〉「可以餴饎」</td></tr>
<tr><td>388</td><td>既微且尰。骭瘍爲微、腫足爲尰。</td><td>骭瘍爲微、腫足爲尰。</td><td>〈小雅・巧言〉「既微且尰」</td></tr>
<tr><td>389</td><td>履帝武敏。武、跡也。</td><td>武、跡也。</td><td>〈大雅・生民〉「履帝武敏」</td></tr>
<tr><td>390</td><td>張仲孝友。善父母爲孝、善兄弟爲友。</td><td>善父母爲孝、善兄弟爲友。</td><td>〈小雅・六月〉「張仲孝友」</td></tr>
</table>

| 391 | 猗嗟名兮、目上爲名。 | 目上爲名 | 〈齊風・猗嗟〉「猗嗟名兮」 |
|---|---|---|---|
| 392 | 襢裼、肉袒也 | 襢裼、肉袒也 | 〈鄭風・大叔于田〉「襢裼暴虎」 |
| 393 | 暴虎、徒搏也 | 暴虎、徒搏也 | 〈小雅・小旻〉「不敢暴虎」 |
| 394 | 馮河、徒涉也 | 馮河、徒涉也 | 〈小雅・小旻〉「不敢馮河」 |
| 395 | 婆娑、舞也 | 婆娑、舞也 | 〈陳風・東門之枌〉「婆娑其下」 |
| 396 | 辟、拊心也 | 辟、拊心也 | 〈邶風・柏舟〉「寤辟有摽」 |
| 397 | 俴、張誑也 | 俴、張誑也 | 〈陳風・防有鵲巢〉「誰俴予美」 |

|  | 〈釋　親〉　第　四 | | |
|---|---|---|---|
| 398 | 兩婿相謂爲亞 | 兩婿相謂爲亞 | 〈小雅・節南山〉「瑣瑣姻亞」 |
| 399 | 嬪、婦也 | 嬪、婦也 | 〈大雅・大明〉「曰嬪于京」 |

|  | 〈釋　宮〉　第　五 | | |
|---|---|---|---|
| 400 | 西北隅謂之屋漏 | 西北隅謂之屋漏 | 〈大雅・抑〉「尚不愧于屋漏」 |
| 401 | 行、道也 | 行、道也 | 〈召南・行露〉「厭浥行露」<br>〈邶風・北門〉「攜手同行」<br>〈衛風・載馳〉「亦各有行」<br>〈小雅・鹿鳴〉「示我周行」<br>〈大雅・行葦〉「敦彼行葦」 |

|  | 〈釋　器〉　第　六 | | |
|---|---|---|---|
| 402 | 罿、罬也 | 罿、罬也 | 〈王風・兔罝〉「雉離于罿」 |
| 403 | 罬、覆車也 | 罬、覆車也 | 〈王風・兔罝〉「雉離于罬」 |
| 404 | 卣、器也 | 卣、器也 | 〈大雅・江漢〉「秬鬯一卣」 |
| 405 | 璲、瑞也 | 璲、瑞也 | 〈小雅・大東〉「鞙鞙佩璲」 |

|  | 〈釋　天〉　第　七 | | |
|---|---|---|---|
| 406 | 穹蒼、蒼天也 | 穹蒼、蒼天也 | 〈大雅・桑柔〉「以念穹蒼」 |
| 407 | 霡霂、小雨也 | 霡霂、小雨也 | 〈小雅・信南山〉「益之以霡霂」 |
| 408 | 乃立冢土、戎醜攸行。起大事、動大眾、必先有事乎社而後出、謂之宜。 | 起大事、動大眾、必先有事乎社而後出、謂之宜。 | 〈大雅・緜〉「迺立冢土、戎醜攸行」 |

| | 〈釋　地〉　第　九 | | |
|---|---|---|---|
| 409 | 下濕曰隰 | 下濕曰隰 | 〈邶風・簡兮〉「隰有苓」<br>〈秦風・車鄰〉「隰有栗」<br>〈小雅・皇皇者華〉「于彼原隰」 |
| 410 | 高平曰陸、大陸曰阜、大阜曰陵。 | 高平曰陸、大陸曰阜、大阜曰陵。 | 〈小雅・天保〉「如山如阜、如岡如陵」 |
| 411 | 陂者曰阪 | 陂者曰阪 | 〈秦風・車鄰〉「阪有漆」 |
| 412 | 田一歲曰菑、二歲曰新田、三歲曰畬 | 田一歲曰菑、二歲曰新田、三歲曰畬 | 〈小雅・采芑〉「于彼新田」<br>〈小雅・采芑〉「于此菑畝」 |
| | 〈釋　丘〉　第　十 | | |
| 413 | 墳、大防也 | 墳、大防也 | 〈周南・汝墳〉「遵彼汝墳」 |
| | 〈釋　水〉　第　十　二 | | |
| 414 | 決復入爲氾 | 決復入爲氾 | 〈召南・江有氾〉「江有氾」 |
| 415 | 滸、水厓也 | 滸、水厓也 | 〈大雅・緜〉「率西水滸」 |
| 416 | 天子造舟、諸侯維舟、大夫方舟、士特舟 | 天子造舟、諸侯維舟、大夫方舟、士特舟 | 〈大雅・大明〉「造舟爲梁」 |
| 417 | 水中可居者曰洲 | 水中可居者曰洲 | 〈周南・關雎〉「在河之洲」 |
| 418 | 蘩、皤蒿也 | 蘩、皤蒿也 | 〈召南・采蘩〉「于以采蘩」 |
| 419 | 蒿、菣也 | 蒿、菣也 | 〈小雅・鹿鳴〉「食野之蒿」 |
| 420 | 蔚、牡菣也 | 蔚、牡菣也 | 〈小雅・蓼莪〉「匪莪伊蔚」 |
| 421 | 荼、苦菜也 | 荼、苦菜也 | 〈邶風・谷風〉「誰謂荼苦」 |
| 422 | 白華、野菅也 | 白華、野菅也 | 〈小雅・白華〉「白華菅兮」 |
| 423 | 菲、芴也 | 菲、芴也 | 〈邶風・谷風〉「采葑采菲」 |
| 424 | 瓞、瓝也 | 瓞、瓝也 | 〈大雅・緜〉「緜緜瓜瓞」 |
| 425 | 芑、白苗也 | 芑、白苗也 | 〈大雅・生民〉「維穈維芑」 |
| 426 | 秬、黑黍。秠、一稃二米。 | 秬、黑黍。秠、一稃二米。 | 〈大雅・生民〉「維秬維秠」 |
| 427 | 稌、稻也 | 稌、稻也 | 〈周頌・豐年〉「豐年多黍多稌」 |
| 428 | 臺、夫須也 | 臺、夫須也 | 〈小雅・南山有臺〉「南山有臺」 |

| 429 | 茨、蒺蔾也 | 茨、蒺蔾也 | 〈鄘風‧牆有茨〉「牆有茨」 |
|---|---|---|---|
| 430 | 女蘿、菟絲也 | 女蘿、菟絲也 | 〈小雅‧頍弁〉「蔦與女蘿」 |
| 431 | 稂、童梁也 | 稂、童梁也 | 〈曹風‧下泉〉「浸彼苞稂」 |
| 432 | 芣苢、馬舄。馬舄、車前也。 | 芣苢、馬舄。馬舄、車前也。 | 〈周南‧芣苢〉「采采芣苢」 |
| 433 | 蒹、薕也 | 蒹、薕也 | 〈秦風‧蒹葭〉「蒹葭蒼蒼」 |
| 434 | 葭、蘆也 | 葭、蘆也 | 〈召南‧騶虞〉「彼茁者葭」<br>〈衛風‧碩人〉「葭菼揭揭」<br>〈秦風‧蒹葭〉「蒹葭蒼蒼」 |

## 〈釋木〉　第十四

| 435 | 栲、山樗也 | 栲、山樗也 | 〈唐風‧山有樞〉「山有栲」<br>〈小雅‧南山有臺〉「南山有栲」 |
|---|---|---|---|
| 436 | 杻、檍也 | 杻、檍也 | 〈小雅‧南山有臺〉「北山有杻」 |
| 437 | 栩、杼也 | 栩、杼也 | 〈唐風‧鴇羽〉「集于苞栩」<br>〈陳風‧東門之枌〉「宛丘之栩」 |
| 438 | 檉、河柳也 | 檉、河柳也 | 〈大雅‧皇矣〉「其檉其椐」 |
| 439 | 杜、赤棠也 | 杜、赤棠也 | 〈唐風‧杕杜〉「有杕之杜」 |
| 440 | 杞、枸檵也 | 杞、枸檵也 | 〈小雅‧四牡〉「集于苞杞」<br>〈小雅‧四月〉「隰有杞桋」 |
| 441 | 楰、鼠梓也 | 楰、鼠梓也 | 〈小雅‧南山有臺〉「北山有楰」 |
| 442 | 桋、赤楝也 | 桋、赤楝也 | 〈小雅‧四月〉「隰有杞桋」 |
| 443 | 棫、白桵也 | 棫、白桵也 | 〈大雅‧棫樸〉「芃芃棫樸」 |
| 444 | 唐棣、栘也 | 唐棣、栘也 | 〈召南‧何彼襛矣〉「唐棣之華」 |
| 445 | 常棣、棣也 | 常棣、棣也 | 〈小雅‧常棣〉「常棣之華」 |
| 446 | 檜、柏葉松身也。 | 檜、柏葉松身也。 | 〈衛風‧竹竿〉「檜楫松舟」 |

## 〈釋蟲〉　第十五

| 447 | 螗、蜩也 | 螗、蜩也 | 〈豳風‧七月〉「五月鳴蜩」 |
|---|---|---|---|
| 448 | 蟋蟀、蛬也 | 蟋蟀、蛬也 | 〈唐風‧蟋蟀〉「蟋蟀在堂」 |
| 449 | 伊威、委黍也 | 伊威、委黍也 | 〈豳風‧東山〉「伊威在室」 |
| 450 | 蠨蛸、長踦也 | 蠨蛸、長踦也 | 〈豳風‧東山〉「蠨蛸在戶」 |
| 451 | 螟蛉、桑蟲也 | 螟蛉、桑蟲也 | 〈小雅‧小宛〉「螟蛉有子」 |

| 〈釋　鳥〉　第　十　七 | | | |
|---|---|---|---|
| 452 | 燕燕、鳦也 | 燕燕、鳦也 | 〈邶風・燕燕〉「燕燕于飛」 |
| 453 | 鴟鴞、鸋鴂也 | 鴟鴞、鸋鴂也 | 〈豳風・鴟鴞〉「鴟鴞鴟鴞」 |
| 454 | 晨風、鸇也 | 晨風、鸇也 | 〈秦風・晨風〉「鴥彼晨風」 |
| 〈釋　獸〉　第　十　八 | | | |
| 455 | 貔、白狐也 | 貔、白狐也 | 〈大雅・韓奕〉「獻其貔皮」 |
| 456 | 駮如馬倨、牙食虎豹。 | 駮如馬倨、牙食虎豹。 | 〈秦風・晨風〉「隰有六駮」 |
| 〈釋　畜〉　第　十　九 | | | |
| 457 | 尨、狗也 | 尨、狗也 | 〈召南・野有死麕〉「無使尨也吠」 |

## 第二節　二書相同訓例所引起之爭議

　　《爾雅》與《毛傳》完全相同之訓例，如前述有四五七條之多，因此此類最易使人聯想其間之淵源關係，歷來學者也多有論及者，不過究竟孰先孰後、後者是否援引前者，其意見則至今依舊分歧，甚至有對立之勢。

　　在宋之前，以《爾雅》為先秦之書，不晚於秦、漢，大約是沒有異議的。雖然直接說《毛傳》是援引《爾雅》而來的，並不多見，但既以為《爾雅》早於《毛傳》，故其基本態度應也是如此，而無需紛說。其中說得最清楚的，則是唐孔穎達的《毛詩》疏：「毛以《爾雅》之作，多為釋《詩》，而篇有〈釋詁〉、〈釋訓〉，故依《爾雅》訓而為《詩》立傳。」如此的見解，大抵就是宋以前人對二書相同訓例之態度。雖然各家紛論其時代互有異同，但對於《爾雅》與《毛傳》之先後，則無異議。

　　到了宋代，反向之立論群起，發難者為歐陽修《詩本義》：「《爾雅》非聖人之書，不能無失。考其文理，乃是秦、漢之間學《詩》者纂集《詩》博士解詁。」此說一出，繼起者眾，多以《爾雅》乃取《毛傳》而成，如葉夢得《石林集》：「其言多是《詩》類中語，而取毛氏說為正，予意此漢人所作耳。」又曹粹中《放齋詩說》：「今考其書，知毛公以前，其文猶略，至康成時則加詳矣……使《爾雅》成書在毛公之前，顧得為異哉。」呂南公〈題爾雅後〉：「余考此書所陳訓例，往往與他書不合，唯對毛氏《詩》說則多同，余故知其作於秦漢之間。」《朱子語錄》：「《爾雅》是取傳注以作，後人卻以《爾雅》

證傳注。」皆是以《爾雅》乃有取於《毛傳》而成書。宋人所憑藉之證據，亦是《爾雅》與《毛傳》相同訓例之部份，與宋以前無異，但證據相同，結果竟是相反，眞是令人疑惑了。

　　清代雖考據學大興，但對此問題，則依舊莫衷一是。疏釋《爾雅》的兩位大家，邵晉涵的《爾雅正義・序》，力陳《爾雅》爲周公之書，其以爲《爾雅》早於《毛傳》，無庸置疑；郝懿行的《爾雅義疏》則於疏釋之間，多引《毛傳》，直言乃取《爾雅》以來。另一位用力《爾雅》之大家嚴元照，其《爾雅匡名・自序》亦曰：「嘗考漢儒之詁訓，大半出於《爾雅》，而《毛詩》之傳箋，用《雅》訓者尤多。」凡此皆是見《雅》、《毛》同訓，而主《毛》取於《雅》者。

　　至於研究《毛詩》的，本身也有不同之意見。陳奐《詩毛氏傳疏》〈毛詩說〉之「《毛傳》《爾雅》訓異義同說」中云：「毛公詁訓傳……其言具法乎《爾雅》，亦不泥乎《爾雅》。」故其〈毛詩說〉中另有兩則，一曰「《毛傳》用《爾雅》說」引四條二書訓例同者爲證；一曰「《毛傳》不用《爾雅》說」以爲《毛傳》不同於《爾雅》處，乃《爾雅》遭後人改竄立論，顯然陳奐的看法，也是《毛傳》依《爾雅》立訓。不過馬瑞辰則否是，其《毛詩傳箋通釋》〈毛詩故訓傳名義考〉云：「(《毛詩》)《正義》謂其：『依《爾雅》訓詁爲《詩》立傳』，又引一說謂其：『依故昔典訓而爲傳』，其說非也。」以爲《毛傳》非據《雅》訓而來。可見清儒在此問題上，也是沒有一個定見，而奇怪的是，雙方引據之證據，也是《爾雅》、《毛傳》同訓之例，其結論則亦是相反。

　　時至今日，近人對此問題之看法，猶有分歧。錢玄同〈重論經古今文學問題〉曰：「竊疑此書當是秦、漢時人編的一部『名物雜記』……據我看來，〈釋親〉至〈釋畜〉十六篇或是原書所固有，而〈釋詁〉、〈釋言〉、〈釋訓〉三篇，就大體上看，可稱爲『《毛詩》訓詁雜鈔』。」又胡適之《胡適文存》卷二云：「《爾雅》非可據之書也，其書殆出於漢儒之手，如《方言》、《急就》之流，盡說經之家纂集博士解詁，取便檢點……今觀《爾雅》一書，其釋經者居泰半，其說或合於毛、或合於鄭、或合於何休、孔安國。似《爾雅》成於說經之家，而非說經之家引據《爾雅》也。」雖二人所論不盡同，但條理其說，以《爾雅》晚於《毛傳》而有取之的論點，則是一致的。

　　至於不同的意見，如齊珮瑢《訓詁學概論》：「古文家既用《雅》訓以解經，但他們的訓詁又想託之於古，故多不明言所用者爲《雅》訓，《毛詩故訓傳》爲古文家訓詁之最著者，後出轉精，自較周詳，於是後人又取《毛傳》訓詁以入

《爾雅》。」其下文則舉《爾雅》直引《詩》文之例，以爲即後人所纂入，是其以爲《毛傳》原是取《雅》訓而來也，又不同錢、胡二位。其實這種截然相異之論點，基本上猶是延續宋以來之分歧，且討論這個問題的態度與方法，仍是就二書同處立論，因此到了現在，這個爭議，依然還是存在著。

## 第三節　處理二書相同訓例之態度與方法

綜觀前人之論，其所以爭議未決，大約是犯了兩個毛病：第一、宋以前人，在《爾雅》成書先秦，未有疑義的前提下，見《毛傳》有同於《爾雅》者多，自然就以《毛》取於《雅》，此病在主觀偏向《爾雅》。第二、宋以後，反向立論者，則又在相反之前提下，以《毛傳》爲主，認爲《爾雅》晚出，乃取《毛》而來，此病則在主觀偏向《毛傳》。這兩個毛病，其實是一樣有偏差的，高師仲華在〈爾雅之作者及其撰作時代〉一文中云：「宋人好創新說，以與漢人立異。漢人舊傳《爾雅》周公作，宋人則言非周公作，甚且斥之爲妄。歐陽修發難之初，尚以爲秦、漢之間學《詩》者所纂集，至南宋諸儒則群指爲漢儒所作矣。其論證亦爲《爾雅》多取於毛氏之《詩》說，然呂南公嘗據以證《爾雅》作於秦、漢之間，而此則據以證《爾雅》作於漢人，證據相同而結論乃不同如此，亦可知其論證之不足取信矣。」正是這種矛盾的最佳批判。

其實舊說眞正的缺失在：「只見其同而不知其異」。無論說《毛傳》引《爾雅》，或《爾雅》引《毛傳》，其依據都是二書所同之訓例，這種例子，根據本節所收有四五七條，回歸《爾雅》原書體例則是二八三條，似乎不少，但《爾雅》全書計有二〇九一條之多，這樣看來，二書所同之比例，就不算太高了，因此前人據相同之訓例，便下斷語，恐怕是先天上就已有偏失、不足之弊；何況二書猶有許多用字、訓解、意義不盡相同、甚至相反之例（見以下各章），若見其同，便說援引，則彼此相異之處，又將如何解釋？

二書全同之四五七條例子，可能有援引之關係、可能有後人之纂入，當然也可能是詞義之本然。以《毛傳》證《爾雅》、以《爾雅》證《毛傳》，其間是非得失、先後關係，實未易言。前人其實已多有見其異者，但多約略言之，證據不充分，故今後正確的態度及解決方向，應是就二書異處來立論，作精密之比對、分析、考證，推敲何以不同？何以異？始能有較新、較科學之依據，本文以下幾章的目的，也就在此了。

# 第五章　《爾雅》與《毛傳》字異訓同義同例之比較研究

## 第一節　訓例之比較與考證

### 〈釋詁〉第一

1　攻、善也。

　　〈小雅‧楚茨〉：「工祝致告」

　　《毛傳》：「善其事曰工」

　　按：

（1）「攻」、「工」皆有「善」義，如《戰國策‧西周策》：「敗韓魏、殺犀武……皆白起，是攻用兵，又有天命也」，《周禮‧考工記》：「巧者述之守之，世謂之工」。故郝懿行《爾雅義疏》曰：「攻者治之善也，又堅之善也，攻訓堅又訓治，兼之爲善。詩曰『工祝致告』，《毛傳》『善其事曰工』，是工與攻聲義同。」是《毛傳》「善其事」之義，同於《爾雅》，唯一作「攻」、一作「工」而已。

（2）然而〈小雅‧楚茨〉之「工」，當爲「官」義，非「善」也。馬瑞辰《毛詩傳箋通釋》曰：「〈少牢‧饋食禮〉『皇尸命工祝』，鄭注：『工，官也』，〈周頌〉『嗟嗟臣工』，《毛傳》：『工、官也』，〈皋陶謨〉『百工』即百官。『工祝』正對『皇尸』，爲君尸言之，猶書言

『官占』也。傳謂『善其事曰工』，失之。」衡諸《詩》義，馬說為長，則《毛傳》以「善」訓「工祝」之「工」乃錯解也。

(3) 由此例可推測：《毛傳》未審〈楚茨〉「工」為「官」，見《爾雅》「攻、善也」，以「工」、「攻」通用，遂取《爾雅》以釋《詩》。若此推測成立，則《爾雅》猶在《毛傳》前矣。

## 2 妉、樂也。

〈衛風‧氓〉：「無與士耽」

《毛傳》：「耽、樂也」

按：

(1)《說文》：「媅，樂也。」段《注》：「耽、湛皆假借字，媅其眞字也，假借行而眞字廢矣。」知耽乃媅之假借，故有樂義。《說文》無妉字，《華嚴經音義》上引《字林》：「聲類媅作妉」，《一切經音義》四：「媅古文妉」，知「妉」又為「媅」之古文。

(2)「耽」又通作「湛」，「湛」亦樂也。〈釋詁上〉：「湛、樂也」，〈小雅‧鹿鳴〉：「和樂且湛」，《毛傳》：「湛，樂之久也」。〈小雅‧常棣〉：「和樂且湛」，《禮記‧中庸》引作「和樂且耽」。

(3)「耽」、「湛」俱見《說文》，群書多作此二字，《詩經》至《毛傳》皆然。「妉」字則《說文》既無，群書亦少見，是「妉」字在早期流傳過，至秦漢之際，早已不通行了。

(4) 綜上所述，此例可作如下之分析推測：

「妉」、「耽」、「湛」俱訓樂，《詩》及《毛傳》作「耽」或「湛」皆與《爾雅》作「妉」不同，因此《毛傳》是否取用《爾雅》「妉、樂也」而來，很難確知。較可肯定的是：《爾雅》非取《毛傳》而來。「妉」字在秦漢時早已不流行，若《爾雅》在《毛》以後，且是取《毛》以成書，則作「耽」即可，何必作「妉」。三家《詩》亦不作「妉」，可見「妉」字另有取材之源，不是《毛傳》，也不必專為《詩》，而且取材的時代，可能還甚早。

## 3 般、樂也。

〈衛風‧考槃〉：「考槃在澗」

《毛傳》：「槃、樂也」

按：

（1）《說文》：「般，辟也。象舟之旋，從舟從殳，殳令舟旋者也。」舟旋爲「般」，因而陸行之回旋者亦謂「般」，此「般旋」之名義所由起。至於「般」之訓樂，馬瑞辰《毛詩傳箋通釋》：「凡人於意之所欣，未忍遽去，必往復舟旋于其間，此般之所以訓樂，即般桓之謂也。」《說文》「般」段《注》云：「引申爲般遊、般樂。」即此意也。

（2）其實「般」、「槃」訓樂，均爲假借字，本字爲「昪」，《說文》：「昪、喜樂貌。」〈小雅・小弁〉：「弁彼鸒斯」，《毛傳》：「弁，樂也」，是「昪」、「弁」、「般」、「槃」乃同音假借。《爾雅》若有《詩》訓詁成分，則此處是以假借字釋「槃」；否則當是有其他材料來源而作「般」。

（3）《說文》：「槃、承槃也，從木般聲。古文從金、籀文從皿。」「鎜」、「槃」、「盤」三字皆由「般」所孳乳，蓋「般」爲般旋，其形必圓，因而器之圓者亦名「般」，後再孳乳從金、從木、從皿三字。

（4）《爾雅》作「般」，《毛傳》作「槃」，此例可作如此之了解：「槃」之本義爲承槃，即今所謂「盤子」，而《毛傳》訓作樂者，殆本《爾雅》「般、樂也」而來，且「般」字之使用，當是早於「槃」字的。

## 4 漠、謀也。

〈小雅・巧言〉：「聖人莫之」

《毛傳》：「莫、謀也」

按：

（1）《說文》：「漠，北方之流沙也，一曰清也，從水莫聲。」則「漠」是沙漠之義。《說文》：「莫，日且冥也，從日在茻中。」「莫」乃今「暮」之義。

（2）《毛傳》「莫」訓「謀」者，蓋「謨」之假借，《說文》：「謨、議謀也。」

（3）《爾雅》「漠」之訓「謀」，亦「謨」之假借，〈小雅・巧言〉《釋文》云：「云莫，又作漠，同。本又作謨」，〈大雅・抑〉「訏謨定命」，《釋文》云：「謨本亦作漠」，是「漠」、「謨」互通。

（4）《毛傳》作「莫」乃古文，《韓詩》作「謨」，《漢書敘傳》注引《詩》

「秩秩大猷，聖人謨之。」《後漢書・文苑傳》注引《詩》亦作「聖人謨之」，皆本《韓詩》也。

(5)《詩》齊、魯、韓、毛，本有今古之分，由《釋文》又知「莫」、「漠」、「謨」各本皆有，然則《爾雅》縱爲《詩》訓詁，也未必由《毛傳》而來，此條或可爲證也。

## 5 諶、信也。

〈大雅・大明〉：「天難忱斯」

《毛傳》：「忱、信也」

按：

(1)《說文》：「諶、誠諦也，從言甚聲。《詩》曰『天難諶斯』。」所引《詩》作「諶」，與《毛詩》異。段《注》：「諶、忱義同音近，古通用。」

(2)《說文》：「忱、誠也，從心尤聲，《詩》曰『天命匪忱』」，〈大雅・蕩〉：「天生烝民，其命匪諶」，則《說文》又異於《毛詩》，引作「忱」，足徵「諶」、「忱」聲義通。

(3)〈大雅・蕩〉：「其命匪諶」，《韓詩》作「其命匪訦」；〈大雅・大明〉：「天難忱斯」，《韓詩》作「天難訦斯」，《說文》：「訦，燕伐東齊謂信訦也」。是「諶」、「忱」、「訦」三字通用。

## 6 詢、信也。

〈陳風・宛丘〉：「洵有情兮」

《毛傳》：「洵、信也」

按：

(1)《說文》：「恂，信心也。」《方言》：「恂，信也。」《大戴禮・衛將軍文子篇》：「爲下國恂蒙」，盧辯注：「恂，信也。」

(2)「洵」爲「恂」之假借，《說文》：「洵，過水出也，從水旬聲。」，《詩・鄭風・溱洧》：「洵訏且樂」，《釋文》引《韓詩》作「恂」；《漢書・地理志》亦引作「恂盱」；《詩・檜風・羔裘》：「洵直且候」，《韓詩外傳》引作「恂」。則《毛詩》作「洵」乃假借字，《韓詩》作「恂」乃正字也。

(3)「詢」亦「恂」之假借，《詩・邶風・擊鼓》：「于嗟洵兮」，〈靜女〉：

「洵美且異」，《釋文》並云：「洵本又作詢」，則《爾雅》「詢」亦假借字也。

## 7　郃、合也。

〈小雅・正月〉：「洽比其鄰」

〈大雅・板〉：「民之洽矣」

《毛傳》：「洽、合也」

按：

（1）《說文》：「佮、合也。」《毛傳》訓「洽」爲合，「洽」爲「佮」之假借。「佮」又通「郃」，〈大雅・大明〉：「在洽之陽」，《釋文》：「應劭云：『在郃之陽』」，《說文》「佮」段《注》：「《詩》『在洽之陽』，引者多作郃。」蓋「郃」亦「佮」之借字也。

## 8　仇、合也。

〈大雅・民勞〉：「以爲民逑」

《毛傳》：「逑、合也」

按：

（1）「仇」、「逑」同音通用，郝懿行《爾雅義疏》：「仇者，逑之假音也。《說文》云『逑、斂聚也』又云『怨匹曰逑』，本《左傳》文。《詩》『以爲民逑』《毛傳》『逑、合也』鄭箋『合、聚也』，《正義》引〈釋詁〉文通作仇。」

（2）〈釋詁〉「仇、匹也」郝懿行《爾雅義疏》云：「仇者，《說文》云『讎也』，讎猶膺也，膺當亦匹對也。《詩》『與子同仇』、『詢爾仇方』，《毛傳》俱訓匹，鄭唯『賓載手仇』之仇讀輈音拘，其餘俱本《左傳》『怨耦曰仇』。仇與逑通，故《詩・關雎》《毛傳》『逑、匹也』，《釋文》『逑，本亦作仇』，《正義》引孫炎云『逑、相求之匹也。』、《一切經音義》九引李巡曰『仇、讎怨之匹也。』，然則李、孫所據《爾雅》蓋有二本，以相求爲義，則知孫本作逑，以讎怨爲義，則知李本作仇，然詩『君子好逑』、〈緇衣〉引作『君子好仇』，是其字通之證。」

（3）綜郝氏之言：以「合」爲義，則「仇」爲「逑」之假借；以匹之義言，則《詩》或作「仇」或作「逑」，《爾雅》亦有「仇」「逑」二

本，是二字通用已久。

9 纘、繼也。

〈豳風・七月〉：「載纘武功」

〈大雅・大明〉：「纘女維莘」

《毛傳》：「纘、繼也」

按：

(1)《說文》：「纘，繼也，從糸贊聲。」、《說文》：「纂、似組而赤，從糸算聲。」，「纂」乃「纘」之假借。

(2)《禮記・祭統》：「纂乃祖服」

《左傳》哀公十四年：「纂乃祖考」

《國語・周語》：「纂修其緒」

注並云：「纂、繼也。」

(3)《爾雅》用「纂」、《毛詩》用「纘」，《爾雅》似另有來源，不必專為《詩》作。

10 貉、靜也。

〈大雅・皇矣〉：「貊其德音」

《毛傳》：「貊、靜也」

按：

(1)《說文》：「貉、北方貉」段《注》：「或作貊」〈大雅・皇矣〉《釋文》：「貊本又作貉」。

(2)「貉」、「貊」、「莫」之訓靜，俱「嗼」之假借，《說文》：「嗼、唿嗼也」、《玉篇》：「嗼、靜也」《爾雅》此條全文：「貉、嗼靜也」二字俱收，《爾雅》或許猶有其他訓釋對象，不只《詩》而已。

11 蘦、落也。

〈鄘風・定之方中〉：「靈雨既零」

《毛傳》：「零、落也」

按：

(1)《說文》：「蘦、大苦也。」、「零、餘雨也」。

(2)「蘦」、「零」均無「落」義，乃「霝」之假借。《說文》：「霝、雨落

也。」是《爾雅》與《毛傳》俱爲假借字。

## 12　迥、遠也。

〈大雅・泂酌〉：「泂酌彼行潦」

《毛傳》：「泂、遠也」

按：

（1）《說文》：「迥、遠也。」、《說文》：「泂、滄也。」段《注》：「〈大雅・泂酌〉彼行潦，毛曰泂遠也，此謂泂即迥之假借。」

（2）依《說文》及段《注》，則《毛傳》「泂」乃假借字，《爾雅》「迥」始爲正字。

## 13　嵩、高也。

〈大雅・崧高〉：「崧高維嶽」

《毛傳》：「崧、高也」

按：

（1）郝懿行《爾雅義疏》「嵩」下云：「〈釋名〉云：『嵩、竦也、亦高稱也。』《白虎通》云：『嵩言其高大也』通作崧，〈釋山〉云：『山大而高崧』〈釋名〉崧作嵩，《詩》『崧高維嶽』，〈孔子閒居〉引作『嵩高維嶽』又通作崇，〈周語〉云：『融降於崇山』韋昭注：『崇山，高山也，夏居陽城，崇高所近。』是崇高即嵩高也。又通作嵒……然則，嵩古通作崇，又作嵒，別作崧。《玉篇》以崧爲正體，嵩爲重文，固非，今人又以嵩字《說文》所無，而欲以崇代嵩，不知《爾雅》此文嵩、崇並見，經典相承，嵩、崧通用，不得謂嵩字後人所作。《後漢書・靈帝紀》，熹平五年復崇高山名嵩高山，是嵩、崇非同字，與《爾雅》合矣。」是「崇」、「嵩」二字古通用，別作「嵒」、「崧」，「崧」乃「嵩」、「崇」之或體字。

（2）〈釋詁〉：「嵩、崇，高也」、〈釋山〉：「山大而高崧」是嵩、崇、崧三字，《爾雅》辨之甚明。《禮記・孔子閒居》引〈大雅・崧高〉作「嵩高維嶽」，則《毛傳》所作乃晚起或體字，而《爾雅》三字皆有所本矣。

## 14　肩、克也。

〈周頌・敬之〉：「佛時仔肩」

《毛傳》：「仔肩克也」

按：

（1）《說文》：「仔、克也」，是「仔」、「肩」二字並可訓克。鄭箋：「仔
肩、任也」肩任負何，力能勝之，「任」亦克意。

（2）毛、鄭連文爲訓，《爾雅》只訓「肩」字。又〈釋詁〉：「肩、勝也」、
「肩、作也」。是《爾雅》不與《毛傳》同，另有訓釋之材料來源
可知也。

15 虺隤、病也。

〈周南・卷耳〉：「我馬虺隤」

《毛傳》：「虺隤、病也」

按：

（1）《說文》：「䫄、禿貌」段《注》：「禿者病之狀也，此與阜部之隤迥
別，今《毛詩》作隤，誤字也……此從貴聲，今俗字作䫄。」是「䫄」
爲正字，《爾雅》「䫄」俗字，《毛傳》「隤」誤字。

（2）《爾雅》此條全文：「痛、瘏、虺隤、玄黃、劬勞……病也。」〈周
南・卷耳〉有「我馬虺隤」、「我馬玄黃」、「我馬瘏矣」三句，俱見
《爾雅・釋詁》此條，縱使《爾雅》此處爲《詩》訓詁，但「䫄」
不同於「隤」，因此也不必是據《毛傳》而來可知也。

16 頴、病也。

〈小雅・雨無正〉：「憯憯日瘁」

〈大雅・瞻卬〉：「邦國殄瘁」

《毛傳》：「瘁、病也」

按：

（1）《說文》：「頴、顯頴也。」，《說文》有「悴」無「瘁」：「悴、憂也。」，
「瘁」與「悴」古字通，《文選・歎逝賦》：「戚貌瘁而鮮歡」注：「瘁
與悴古字通」。是「頴」正字、「瘁」假借字。

（2）《玉篇》引《楚辭》云：「顏色醮頴」

《荀子・王霸篇》：「勞苦耗頴」

《一切經音義》六：「三蒼作顦頴」

〈詩・小雅・蓼莪〉：「生我勞瘁」

〈詩・小雅・四月〉:「盡瘁以逝」

《左傳》文公六年:「邦國殄瘁」

《莊子・達生》:「使天下瘁瘁焉」

　或者《爾雅》乃別有所本也。

## 17　癉、病也。

〈小雅・十月之交〉:「悠悠我里」

《毛傳》:「里、病也」

按:

（1）《說文》作「悝」:「悝、啁也,從心里聲,《春秋傳》有孔悝。一曰病也。」

（2）「悝」即「癉」字也,〈釋詁〉:「癉、病也」,郭注:「見《詩》」;又「悝、憂也」,郭注引《詩》:「悠悠我悝」。《玉篇》:「癉、病也」,引《詩》:「悠悠我癉」;又「悝、憂也、悲也、疾也。」。《廣韻》:「悝、憂也」,引《詩》「悠悠我悝」。而《說文》無「癉」有「悝」,是「癉」即「悝」也。段玉裁亦以爲同字,《說文》「悝」段《注》云:「〈釋詁〉曰:『悝、憂也』,又曰『癉、病也』,蓋憂與病相因,悝、癉同字耳。」

（3）《毛詩》「里」則爲「悝」、「癉」之假借,馬瑞辰《毛詩傳箋通釋》曰:「古文多省借,故《毛詩》只作里而訓爲病,三家《詩》蓋有用本字者,故或作癉,或作悝。」《說文》「悝」段《注》亦云:「《詩》悠悠我里,傳曰:里、病也。是則假借里爲悝。」

（4）如馬、段之說,則《毛詩》「里」爲借字、《爾雅》「癉」始爲正字矣。

## 18　痱、病也。

〈小雅・四月〉:「百卉具腓」

《毛傳》:「腓、病也」

按:

（1）郝懿行《爾雅義疏》:「《一切經音義》二五引《字略》云:『痱、瘋小腫也,通作腓。』……《文選・戲馬臺詩》注引《毛詩》作痱。今本作腓。《玉篇》引《詩》正作『百卉具痱』,可知腓古本作痱矣。」

（2）《說文》「痱」段《注》：「李善注《文選·戲馬臺詩》云：『《韓詩》
云：「百卉具痱。」薛君云：「腓、變也。」毛萇曰：「痱、病也。」』
今本作腓。據李，則《毛詩》本作痱，與〈釋詁〉合。」

（3）是「痱」爲正字，作「腓」者乃假借字。

## 19　瘅、病也。

〈大雅·板〉：「下民卒瘅」

《毛傳》：「癉、病也」

按：

（1）《說文》有「癉」無「瘅」；「癉、勞病也。」段《注》：「癉或作瘅」

（2）《禮記·緇衣》「章義癉惡」，引《詩》云：「下民卒瘅」。〈大雅·板〉
「下民卒癉」，《釋文》：「沈本作瘅」。

（3）知〈大雅·板〉，各本或作「瘅」、或作「癉」，《爾雅》、《毛傳》各
有所據也。

## 20　癉、勞也。

〈小雅·大東〉：「哀我憚人」

〈小雅·小明〉：「憚不我暇」

〈大雅·雲漢〉：「我心憚暑」

《毛傳》：「憚、勞也」

按：

（1）《說文》：「癉、勞病也。」、「憚、忌難也。」是「癉」正字、「憚」
假借字也。

（2）〈大東〉、〈小明〉《釋文》並云：「徐又音旦，字亦作癉。」是《詩》
有「癉」、「憚」二本，《爾雅》與《毛傳》所據未必同。

## 21　儼、敬也。

〈商頌·殷武〉：「下民有嚴」

《毛傳》：「嚴、敬也」

按：

（1）《說文》：「儼，昂頭也。」、「嚴，救命急也。」，「儼」段《注》：「〈陳
風〉『碩大且儼』傳曰：『儼，莊矜貌。』《曲禮》注同，古借嚴爲之。」

（2）「儼」通作「嚴」，《詩·柏舟》《釋文》：「儼本或作嚴」，《論語·
子張》「望之儼然」《釋文》：「本作嚴」，《釋名》云：「嚴、儼也，
儼然人憚之也」。是「儼」、「嚴」聲義同。

（3）《詩》或作「儼」、或作「嚴」、《爾雅》與《毛傳》各有取材，甚至
《爾雅》乃取材《論語》也未必。

## 22 竢、待也。

〈邶風·靜女〉：「俟我於城隅」

〈鄘風·相鼠〉：「不死何俟」

〈齊風·著〉：「俟我於著乎而」

《毛傳》：「俟、待也」

按：

（1）《說文》：「竢、待也」段《注》：「經傳多假俟爲之，俟行而竢廢矣。」

（2）《說文》：「俟、大也」段《注》：「立部曰：『竢、待也』廢竢而用俟，
則竢、俟爲古今字矣。」

（3）據段《注》「竢」、「俟」爲古今字，是《爾雅》用古字，《毛傳》用
今字。

## 23 惇、厚也。

〈邶風·北門〉：「王事敦我」

《毛傳》：「敦、厚也」

按：

（1）《說文》：「惇、厚也」，段《注》：「凡惇厚字當作此，今多作敦厚，
假借，非本字。」

（2）《說文》：「敦、怒也、詆也，一曰誰何也」，段《注》：「凡云敦厚者，
皆假敦爲惇。」

（3）《書·舜典》：「惇德允元」

《書·洛誥》：「惇宗將」

《書·皋陶謨》：「惇敍九族」

《書·禹貢》：「終南惇物」

皆作「惇」。

《詩·常武》：「鋪敦淮濆」

《詩‧閟宮》：「敦商之旅」

《禮記‧曲禮》：「敦善行而不怠」

《禮記‧樂記》：「及夫敦樂」

《左傳‧成公十六年》：「民生敦厖」

則作「敦」。

（4）是《爾雅》「惇」為正字，《毛傳》「敦」為假借字。《尚書》作「惇」，《詩》多作「敦」，或者《爾雅》此「惇」自《尚書》來也。

## 24 亶、厚也。

〈小雅‧天保〉：「俾爾單厚」

〈周頌‧昊天有成命〉：「單厥心」

《毛傳》：「單、厚也」

按：

（1）《說文》：「亶、多穀也」，段玉裁注：「引申之義為厚也，信也、誠也。」

（2）《說文》：「單，大也」，段玉裁注：「當為大言也，淺人刪言字，如詡加言也，淺人亦刪言字。《爾雅》、《廣雅》說大皆無單，引申為雙之反對。」

（3）《國語‧周語》引《詩》作「亶厥也」；《詩‧桑柔》《正義》引某氏曰：《詩》云：俾爾亶厚」；《尚書‧盤庚》「誕告用亶」，《釋文》曰：「馬本作單」。是「亶」、「單」各本通用。然「亶」字有厚義，「單」則為單雙之單，故「亶」應為正字，「單」為假借字。

## 25 遘、遇也。

〈召南‧草蟲〉：「亦既覯止」

《毛傳》：「覯、遇也」

按：

（1）《說文》：「遘，遇也。」、「覯，遇見也。」段《注》：「此謂覯同遘。」

（2）〈邶風‧柏舟〉「覯閔既多」《釋文》作「遘」云：「本或作覯」，《漢書‧敘傳》亦引作「遘」，是二字各本皆有。又《說文》「遘」段《注》云：《易‧姤卦》《釋文》曰：薛云古文作遘。按〈雜卦傳〉：遘、遇也，柔遇剛也。可以證全經皆當作遘矣。」

（3）則《爾雅》或者自有取材來源，不必全爲釋《詩》。縱釋《詩》，也
　　與《毛傳》不同本也。

## 26 遘、見也。

〈大雅・公劉〉：「乃覯於京」

〈大雅・抑〉：「莫予云覯」

《毛傳》：「覯、見也」

按：

（1）《爾雅》此條全文云：「遘、逢、遇也；遘、逢、遇、逆也；遘、逢、
　　遇、逆、見也。」其實訓見之字當如《毛傳》作「覯」爲是，《說
　　文》「覯」段《注》云：「覯從見，則爲逢遇之見。」《爾雅》「遘」
　　字或訓遇、或訓逆、或訓見，顯然其猶有其他訓釋之對象、取材，
　　而《毛傳》則是隨《詩》文注釋，二書性質之異，也由此可見。

## 27 射、厭也。

〈周南・葛覃〉：「服之無斁」

《毛傳》：「斁、厭也」

按：

（1）《說文》：「射、弓弩發於身而中於遠也，從矢從身。」《說文》：「斁、
　　解也，從攵睪聲。《詩》曰服之無斁，斁、厭也。一曰終也。」

（2）郝懿行《爾雅義疏》：「射者，斁之假音也。射，古音序，又音舍，
　　轉音石、又音亦，故射斁二字經典假借通用。《說文》云：『斁、厭
　　也』，引《詩》『服之無斁』、『一曰終也』。蓋懈怠於終，所以生厭，
　　其義相足成也，故《白虎通》云：『射者終也、無射者無厭也。』《易・
　　說卦》云：『水火不相射』，《釋文》：『射，食亦反，虞陸董姚王肅
　　音亦云厭也。』射俱斁之假借，故《詩》『無射于人』，《禮・大傳》
　　作『無斁於人斯』；『服之無斁』，《禮・緇衣》作『服之無射』。《爾
　　雅》、《釋文》：『射又作斁同』。《文選・月賦》注引《爾雅》即作『斁、
　　厭也』，與《釋文》合。」

（3）是「射」爲「斁」之假借，然《詩》各本或「射」或「斁」，《爾雅》
　　亦有作「射」、作「斁」之本，然則以此條看，《爾雅》、《毛傳》各
　　有所本，未必同也。

28 酬、報也。

〈小雅・彤弓〉:「一朝醻之」

《毛傳》:「醻、報也」

按:

（1）《說文》:「醻,獻醻主人進客也,從酉壽聲。」《說文》:「酬,醻或從州。」,「酬」爲「醻」之或體。

（2）《詩・彤弓》《釋文》:「本又作酬」,《詩・小雅・節南山》:「如相醻矣」《釋文》:「本又作酬」,《詩・小雅・楚茨》:「獻醻交錯」,《釋文》:「又作酬」。《一切經音義》八:「酬古文醻」

（3）「酬」、「醻」各本通用,《爾雅》、《毛傳》所據不一也。

29 繇、道也。

〈小雅・采芑〉:「克壯其猶」

〈小雅・斯干〉:「無相猶矣」

〈小雅・小旻〉:「不我告猶」

〈小雅・小旻〉:「匪大猶是經」

〈大雅・板〉:「爲猶不遠」

〈大雅・抑〉:「遠猶辰告」

〈周頌・訪落〉:「繼猶判渙」

《毛傳》:「猶、道也」

按:

（1）《說文》「繇」作「繇」:「隨從也」《說文》:「猶、玃屬。」

（2）郝懿行《爾雅義疏》:「《爾雅》上文云:『由、從也』是由與繇同,通作繇,《文選・典引》云:『孔繇先命聖孚也』〈上林賦〉則云:『仁者不繇也』……〈釋水〉、《釋文》:『繇古由字』……又通作猷……又通作猶……是猶、猷、由並與繇同。」

（3）是「繇」爲正字,「猶」爲假借字矣。

30 弗、治也

〈大雅・生民〉:「茀厥豐年」

《毛傳》:「茀、治也」

按:

（1）《說文》:「弗、矯也。」段《注》:「弗之訓矯也，今人矯弗皆作矯拂，用弗爲其不誤，蓋亦久矣。」《說文》:「茀、道多草不可行，從艸弗聲。」

（2）「弗」爲正字，「茀」爲假借字，郝懿行《爾雅義疏》:「弗者不之治也……通作茀，《詩》『茀厥豐年』，《毛傳》『茀、治也』。又通作拂，《釋文》茀，《韓詩》作拂。」

**31 剡、利也。**

〈小雅・大田〉:「以我覃耜」

《毛傳》:「覃、利也」

按：

（1）《說文》:「剡、銳利也，從刀炎聲。」，《說文》:「覃，長味也，從旱鹹省聲。」，《說文》「剡」段《注》云:「《毛詩》假借覃爲之」以爲「剡」本字，「覃」借字，但未說明假借之由。

（2）郝懿行亦以「剡」爲正字，「覃」爲借字，並疏通其原因曰:「剡通作覃，《詩》『以我覃耜』，《釋文》:『覃，以冉反、徐以簾反。』《爾雅釋文》:『剡、羊冉反』，今按三音俱非古讀也。古讀剡蓋如禫，《說文》剡從炎聲，木部棪亦從炎聲，讀若三年導服之導，士虞《禮記》注:『古文禫或導』，〈喪大記〉注:『禫或皆作道』，道與導同，是導服即禫服，古讀棪，若導亦當讀剡，若禫矣。剡讀若禫，故與覃通，此古音也。郭引《詩》『覃耜』作『剡耜』，蓋齊、魯、韓三家作剡，《毛詩》假借作覃耳。」

**32 畧、利也。**

〈周頌・載芟〉:「有略其耜」

《毛傳》:「略、利也」

按：

（1）《說文》「畧」爲「劉」之籀文:「劉，刀劍刃也，從刀咢聲。畧，籀文劉。」《說文》:「略，經略土地也。」

（2）《說文》「畧」段《注》云:「〈釋詁〉:『剡、畧、利也』，陸德明:『本作畧，顏籀孔沖遠引作略』，〈周頌〉:『有略其耜』，毛云:『略，利也』，張揖《古今字詁》云:『略，古作畧』。以《說文》折衷之：

　　　　掣者古字、劉者今字；劉者正字、略者假借字。」

　（3）依段玉裁注說，則《爾雅》作「掣」爲古字、正字；《毛傳》作「略」
　　　　爲假借字矣。

## 33 拼、使也。

〈大雅・桑柔〉：「荓云不逮」

《毛傳》：「荓、使也」

按：

（1）《說文》無「拼」、「荓」二字，殆「并」之假借，《說文》：「并、相
　　　從也。」

（2）郝懿行《爾雅義疏》：「拼者當作并，是從之使也。《說文》云：『并，
　　　相從也』從亦使也，使亦從也，故訓從之字，即可訓使。并別作拼，
　　　《釋文》拼，北萌反，以利使人曰拼，從手，按從手之拼，蓋後人
　　　所加，以利使人，此語未見所出。通作荓，《詩》『荓云不逮』，傳
　　　『荓、使也』，《釋文》『荓本或作拼』，又通作絣……絣、荓、拼俱
　　　并之假音矣。」

（3）「并」爲本字，「拼」、「荓」俱同音假借字。《詩》或作「荓」、或
　　　作「拼」，則《爾雅》與《毛傳》未必同源也。

## 34 迓、迎也。

〈大雅・思齊〉：「以御于家邦」

《毛傳》：「御、迎也」

按：

（1）《說文》有「訝」無「迓」：「訝、相迎也，《周禮》曰：『諸侯
　　　有卿訝也』」。《說文》：「御，使馬也。」是「訝」正字、「御」假
　　　借字。

（2）《說文》「訝」段《注》：「此下（按訝後）鉉增迓字云：『訝或從辵，
　　　爲十九文之一。』按迓俗字，出於許後，衛包無識，用以改經，不
　　　必增也。」以「迓」字出於許愼後，此說大有疑問，蓋經字多有用
　　　「迓」者，如：《尚書・盤庚》：「子迓續乃命于天」，《左傳・成公
　　　十三年》：「迓晉侯於新宮」，《公羊・成公十二年》：「于是使跛者迓
　　　跛者，使眇者迓眇者」。是「訝」、「迓」、「御」古多通用，《爾雅》、

《毛傳》各有所本。否則如段玉裁說，《爾雅》豈不後於許愼？

（3）郝懿行《爾雅義疏》：「迓訝並訓迎也，通作御，《詩》『百兩御之』、『以御田祖』、『以御于家邦』，箋傳並云：『御、迎也』〈士昏禮〉云：『媵御沃盥交』，鄭注：『御當爲訝』，按古讀訝如御，二字音同，故《文選‧幽通賦》云：『昔衛叔之御昆兮』，亦以御爲訝。郭引《公羊》成公傳『跢者迓跢者』，《穀梁傳》迓亦作御……音近古皆通用。」是「訝」、「迓」與「御」皆音近而通用也。

## 35　賡、續也。

〈小雅‧大東〉：「西有長庚」

《毛傳》：「庚、續也」

按：

（1）《說文》：「續、連也……賡、古文續。」段《注》：「庚與賡同義，庚有續義，故古文續字取以會意也。」是「賡」爲古文之「續」，「庚」爲「賡」同音之假借字。

（2）《尚書‧益稷》：「乃賡載歌」，《管子‧國蓄》：「愚者有不賡本之事」，郝懿行《爾雅義疏》：「《爾雅》『賡、揚、續』、『元、良、首』，皆特釋《書‧益稷》篇文，讀者或失之耳。」如郝氏之言，則《爾雅》有《詩》以外之材料來源，非只是依《毛傳》之《詩》訓詁而已。

## 36　嗼、定也。

〈大雅‧皇矣〉：「求民之莫」

〈大雅‧板〉：「民之莫矣」

《毛傳》：「莫、定也」

按：

（1）《說文》：「嗼，嗽嗼也」，《廣雅》：「嗼、安也」、「嗼、定也」，《玉篇》：「嗼、靜也」，是「嗼」字乃安定義之正字。《說文》：「莫、日且冥也」乃是同音假借字。

（2）《楚辭‧哀時命》：「嗼寂寞而無聲」《呂氏春秋‧首時篇》：「飢馬盈廄，嗼然未見芻。」《爾雅》也或者有其他取材。

## 〈釋言〉第二

### 37 徇、徧也。

〈大雅‧江漢〉:「來旬來宣」

《毛傳》:「旬、徧也」

按:

(1)《說文》無「徇」有「狥」、「旬」二字。《說文》:「狥,疾也。」段《注》:「狥,今本譌作徇……《墨子》『年踰五十則聰明思慮不徇通』徇亦當作狥。」

(2)郝懿行《爾雅義疏》以「旬」爲正字:「徇者,旬之假音也,《說文》云:『旬,徧也』……通作徇,……徇《說文》作狥,《爾雅》《釋文》:『徇本又作狥』」,是「旬」爲正字,「徇」爲假借字。

(3)群書多有作「徇」者:

《尚書‧泰誓》:「王乃徇師而誓」

《左傳》桓十三年:「莫敖使徇於師」

《國語‧周語》:「乃命其旅曰徇」

《爾雅》未必是由《詩》及《毛傳》來可知。

### 38 聿、述也。

〈大雅‧文王〉:「聿脩厥德」

《毛傳》:「聿、述也」

按:

(1)《說文》:「律、均布也」《說文》:「聿、所以書也,楚謂之聿,吳謂之不律,燕謂之弗,從聿一。」段《注》:「一語而聲字各異也,〈釋器〉曰:不律謂之筆,郭云蜀人呼筆爲不律也,語之轉變。」是「律」、「聿」皆謂筆,故《釋名》云:「筆,述也」。

(2)經傳多作「聿」,如:

《詩‧大雅‧大明》:「聿懷多福」

《禮記‧禮器》:「聿追來孝」

《禮記‧表記》:「聿懷多福」

《孝經》:「聿修厥德」

《尚書‧湯誥》:「聿求元聖」

而《詩‧文王》《正義》引《爾雅》作:「聿、述也。」則《爾雅》亦
有二本,蓋如段氏所謂:「一語而聲、字各異也。」

### 39 愆、過也。

〈衛風‧氓〉:「匪我愆期」

《毛傳》:「愆、過也」

按:

(1)「愆」爲「愆」之籀文,《說文》:「愆、過也,從心衍聲。愆、籀文。」

(2)經典「愆」「愆」通用,〈大雅‧蕩〉「不愆于儀」,《禮記‧緇衣》
作「不愆于儀」;氓、蕩《釋文》並云:「愆本又作愆」

(3)《詩》有作「愆」,作「愆」者,《爾雅》與《毛傳》殆非源於一本,
或《爾雅》取自他書。

### 40 薆、隱也。

〈大雅‧烝民〉:「愛莫助之」

《毛傳》:「愛、隱也」

按:

(1)《說文》「薆」作「僾」:「蔽不見也。」段《注》:「大雅『愛莫助
之』,毛曰:『愛,隱也』假借字。」以「愛」爲「僾」之假借字。

(2)《說文》「愛」作「僾」:「仿佛也……《詩》曰『僾而不見』,段《注》:
「今《詩》作愛,非古也」,又以「愛」爲今字。

(3)郝懿行《爾雅義疏》:「薆者,《說文》作僾……亦作薆,《華嚴經音
義》上引《珠叢》云:『薆、蔽也』《離騷》云:『眾薆然而蔽之』……
通作僾又通作愛……愛即僾之省借。」

(4)綜合段《注》、《義疏》說法,「僾」爲正字、通作「薆」、又通作「僾」,
「愛」又爲「僾」之省借,故《爾雅》、《毛傳》皆用假借字。

### 41 祺、祥也。

〈周頌‧維清〉:「維周之禎」

《毛傳》:「禎、祥也」

按:

(1)今《詩》作「禎」,非也,應爲「祺」。郝懿行《爾雅義疏》:「祺者,

〈士冠禮〉云:『壽考維祺』,鄭注:『祺、祥也』。《詩》:『維周之禎』,《傳》:『禎、祥也』。《正義》引〈釋言〉文,是禎本作祺,《釋文》亦作祺云祥也,《爾雅》同,故《正義》又引舍人曰:『祺福之祥』,某氏曰:『詩維同之祺』。定本集注,祺字作禎,《釋文》亦引徐云:『本又作祺』,與崔本同。然則今《詩》作禎,蓋據徐邈及崔靈恩集注所改。《釋文》、《正義》俱作祺,今《正義》亦作禎,則誤矣。臧氏琳《經義雜記》十一云:『唐石經作禎』,故今本多作禎,《說文》:『禎、祥也,崔蓋本此,今注疏本作禎則非。」

(2)阮元《毛詩校勘》亦以爲應作「祺」,則《毛傳》與《爾雅》無異也。

## 42 猷、圖也。

〈大雅・板〉:「猶之未遠」

《毛傳》:「猶、圖也」

按:

(1)「猷」、「猶」並「繇」之假借字,說見前〈釋詁〉。

## 43 猷、若也。

〈召南・小星〉:「寔命不猶」

小雅鍾鼓:「其德不猶」

《毛傳》:「猶、若也」

按:同前條。

## 44 舫、泭也。

〈周南・漢廣〉:「不可方思」

《毛傳》:「方、泭也」

(1)《說文》:「舫、船也,從舟方聲。」《說文》:「方、併船也,象兩舟省總頭形。」

(2)「舫」爲「方」之假借。《說文》「方」段《注》:「〈釋言〉及《毛傳》皆曰:『方、泭也』,今《爾雅》改方爲舫,非其義矣。併船者,並兩船爲一,〈釋水〉曰:『大夫方舟』,謂併兩船也。泭者,編木以爲渡,與併船異事,何以毛公釋方不曰併船而曰泭也,曰併船、編木,其用略同,故俱得名方。……通俗文連舟曰舫,與許說字不同,

蓋方正字、俗用舫。」以爲「方」始符合「泭」義,「舫」爲假借字。

（3）又《說文》「舫」段《注》:「〈釋言〉曰:『舫、舟也』,其字作舫不誤。又曰:『舫、泭也』,其字當作方,俗本作舫。〈釋水〉:『大夫方舟』,亦或作舫,則與《毛詩》『方,泭也』不相應。愚嘗謂:《爾雅》一書多俗字,與古經不相應,由習之者多,率肊改之也。」,段氏以爲《爾雅》多用俗字,謂有後人改動之跡,觀此條甚有可能。

45　頔、題也。

〈召南・麟之趾〉:「麟之定」

《毛傳》:「定、題也」

按:

（1）《說文》無「頔」字,「頔」即「頂」也,《說文》:「頂、顚也,從頁丁聲。」段《注》:「頂之假借字作定。」

（2）郝懿行《爾雅義疏》:「頔者,即下文云:『顚、頂也』顚、頂、頔又一聲之轉。《釋文》『頔字又作定』,《詩・釋文》『定字書作頔』」

46　猷、可也。

〈魏風・陟岐〉:「猷來無止」

〈小雅・白華〉:「之子不猶」

《毛傳》:「猶、可也」

按:

（1）「猷」、「猶」俱「繇」之假借,說見前〈釋詁〉。

47　訛、化也。

〈豳風・破斧〉:「四國是吪」

《毛傳》:「吪、化也」

按:

（1）《說文》:「吪、動也」段《注》:「小雅『或寢或吪』今各本作訛非也,吪即字。」

（2）按古從口、從言之字多同,如「喧、諠」、「嘽、譀」、「喻、諭」、「嘲、謿」、「嘩、譁」皆是,「吪」與「訛」亦同,未必如段氏所言之譌。

（3）《尚書・堯典》：「平秩南訛」《詩・小雅・節南山》：「式訛爾心」
　　　即作「訛」，《爾雅》或者是釋〈堯典〉，或者是釋〈節南山〉而非
　　　〈破斧〉。

## 48 柢、本也。

〈小雅・節南山〉：「維周之氐」

《毛傳》：「氐、本也」

按：

（1）《說文》：「氐，本也。」，《說文》：「柢，木根也。」段《注》：「柢
　　　或借蒂字爲之，又借氐字爲之，〈節南山〉傳：『氐、本也』是。」
　　　是「柢」爲正字，《毛傳》「氐」爲借字。

## 49 郵、過也。

〈鄘風・載馳〉：「許人尤之」

《毛傳》：「尤、過也」

按：

（1）郝懿行《爾雅義疏》：「郵者，古本作尤，《文選・弔屈原文》注引
　　　犍爲舍人《爾雅注》曰：『尤怨人也』《列子・楊朱篇》《釋文》引
　　　《爾雅》亦作：『尤、過也』是皆郵本作尤之證。故《詩・載馳》
　　　傳及〈四月〉箋，又〈洪範五行傳〉注，及《論語・爲政篇》包咸
　　　注並云：『尤、過也』俱本《爾雅》。」知《爾雅》本作「尤」，今
　　　本作「郵」，後人所改也。

（2）然「尤」字亦非正字，《說文》：「訧，罪也。」「訧」始爲正字。《詩・
　　　載馳》《釋文》：「尤本亦作訧」《說文》引〈周書〉曰：「報以庶訧」。
　　　《爾雅》與《毛傳》「尤」皆假借字矣。

## 50 偟、暇也。

〈召南・殷其雷〉：「莫敢或遑」

〈小雅・四牡〉：「不遑啓處」

《毛傳》：「遑、暇也」

按：

（1）《說文》無「偟」、「遑」二字，皆「皇」之或體字，郝懿行《爾雅

義疏》:「徨者,經典通作遑,皆皇之或體也。皇與假俱訓大、又俱
爲暇,其義實相足成。後人見經典皇暇之皇,皆作遑,遂以遑爲正
體。遑變作徨、又省作徨,反以皇爲通假,殊不知《書》云:『則
皇自敬德』、〈表記〉云:『皇恤我後』皇皆訓暇。又《左氏・襄二
十五年》傳:『皇恤我後』,昭七年傳:『社稷之不皇』……是皆遑
作皇之證。襄二十九年《正義》引李巡曰:『遑、閒暇也』、《詩・
殷其雷》《釋文》:『遑本或作徨』,《爾雅》《釋文》亦云:『遑或作
徨,通作皇』是陸德明亦不知皇爲本字矣。」

（2）依郝氏說,「皇」爲本字,「徨」、「遑」俱假借字,是二書取材各異
也。

## 51 舒、緩也。

〈小雅・采菽〉:「彼交匪紓」

《毛傳》:「紓、緩也」

按:

（1）《說文》:「舒、伸也。」,段《注》:「此與糸部紓音義皆同」,《說文》:
「紓、緩也。」

（2）經典「舒」、「紓」皆有,作「舒」者如:

《尚書・洪範》:「曰舒炟燠若」

《詩・陳風・月出》:「舒窈糾兮」

《穀梁》桓公十四年:「聽遠音者聞其疾而不問其舒」

作「紓」者,如:

《左傳》莊三十年:「以紓楚國之難」

《左傳》文六年:「姑紓死焉」

《左傳》成三年:「求紓其民」

《爾雅》作「舒」,《毛傳》作「紓」,或者訓釋對象不同也。

## 〈釋訓〉第三

## 52 廱廱、和也。

〈大雅・思齊〉:「雝雝在宮」

《毛傳》:「雝雝、和也」

按：

（1）《說文》：「廱、天子饗飲辟廱」《說文》：「雝、雝渠也」，郝懿行《爾雅義疏》：「廱者，《說文》以爲辟廱字，〈王制〉注云：『辟明、廱和也』省作雝。」以爲「雝」乃「廱」之省體字。

（2）經典作「廱」者，唯見《禮記‧王制》：「天子曰辟廱」作「雝」者多，如：《詩‧何彼襛矣》：「曷不肅雝」、《詩‧思齊》：「雝雝在宮」、《詩‧振鷺》：「于彼西雝」、《詩‧匏有苦葉》：「雝雝鳴雁」、《禮記‧學記》：「雝、和也」、《國語‧晉語》：「非德不當雝」、《國語‧魯語》：「次於雝俞」。

（3）《爾雅》以「廱廱」疊字立訓，若非訓《禮記‧王制》，則很可能是訓《詩‧思齊》、〈匏有苦葉〉之「雝雝」而來。然《爾雅》作「廱」、《毛詩》作「雝」，很顯然《爾雅》與毛公並無關係。而郝懿行以爲「雝」爲「廱」之省體，則「廱」當爲正字。

## 53 懕懕、安也。

〈小雅‧湛露〉：「厭厭夜飲」

《毛傳》：「厭厭、安也」

按：

（1）《說文》：「懕、安也……《詩》曰：『懕懕夜飲』」段《注》：「小戎傳曰：『厭厭安靜也』、湛露傳曰：『厭厭安也』、《釋文》及〈魏都賦〉注引《韓詩》：『愔愔和之貌』。按愔見《左傳》祁招之詩，蓋愔即懕之或體，厭乃懕之假借。〈載芟〉『有厭其傑』、『厭厭其苗』亦懕之假借。」

（2）依段《注》之說：《毛傳》「厭」乃「懕」之假借，《爾雅》用「懕」乃正字。許慎引《詩》作「懕」，則《詩》有作「懕」之本，《爾雅》不依《毛傳》立訓可知。

## 54 是刈是鑊，鑊、煮之也。

〈周南‧葛覃〉：「是刈是濩」

《毛傳》：「濩、煮之也」

按：

（1）《說文》：「鑊、鑴也」段《注》：「或假濩爲鑊，如《詩》『是刈是濩』

是。」郝懿行《爾雅義疏》:「鑊者,《詩》作濩,假借字也。」

（2）是「濩」為「鑊」之假借字,《爾雅》用正字,《毛傳》用假借字。

## 〈釋天〉第八

### 55 螮蝀、虹也。

〈鄘風・蝃蝀〉:「蝃蝀在東」

《毛傳》:「蝃蝀、虹也。」

按：

（1）《說文》:「螮,螮蝀、虹也。」段《注》:「今《詩》作『蝃』、《爾雅》作『螮』。」

（2）郝懿行《爾雅義疏》:「虹者,《說文》云:『螮蝀也』狀似蟲,《詩》作『蝃蝀』假借字也。」

（3）虹當為「螮蝀」,《說文》亦無「蝃」字,蓋「蝃」為假借字矣。

## 〈釋丘〉第十

### 56 隩、隈也。

〈衛風・淇奧〉:「瞻彼淇奧」

《毛傳》:「奧、隈也。」

按：

（1）《說文》:「隩,水隈厓也。」《說文》:「奧,宛也,室之西南隅。」

（2）《說文》「隩」段《注》:「《毛詩》『瞻彼淇奧』傳曰『奧、隈也』,奧者隩之假借字也。」

（3）「隩」、「隈」皆水邊之義,「奧」則為室西南隅,《爾雅》用正字,《毛傳》用借字矣。

## 〈釋水〉第十二

### 57 水草交為湄。

〈小雅・巧言〉:「居河之麋」

《毛傳》:「水草交謂之麋」

按：

（1）《說文》：「湄、水草交爲湄。」《說文》：「麋、鹿屬。」

（2）《左傳》襄公十四年：「余賜女孟諸之麋」注：「水草之交曰麋」蓋「湄」、「麋」古通用。然「麋」本爲鹿屬，應以「湄」爲正字，「麋」爲同音假借。

## 〈釋草〉第十三

### 58 菉、王芻。

〈衛風・淇奧〉：「綠竹猗猗」

《毛傳》：「綠、王芻。」

按：

（1）《說文》：「菉、王芻也。」《說文》：「綠、帛青黃色也。」

（2）「菉」、「綠」古通用，《大學》、《禮記》引《詩》作「菉」可知。然「菉」爲王芻，「綠」爲顏色，應以「菉」爲正字才是。所以名「綠」者，郝懿行《爾雅義疏》云：「藎草即菉，以可染綠，因而名綠。」

（3）《爾雅》作「菉」爲本字，不依《毛傳》立訓可知。

### 59 莕、接余也。

〈周南・關雎〉：「參差荇菜」

《毛傳》：「荇、接余也。」

按：

（1）《說文》：「莕，茭餘也，從艸杏聲。莕或從洐同。」段《注》：「各本作荇」

（2）依《說文》、段《注》，「莕」爲本字，「荇」、「洐」爲或體。《爾雅》用正字、《毛傳》用或體字也。

### 60 虋、赤苗。

〈大雅・生民〉：「維穈維芑」

《毛傳》：「穈、赤苗也。」

按：

（1）《說文》無「穈」有「虋」：「赤苗、嘉穀也。從艸釁聲。」段《注》：
　　「大雅曰：『維穈維芑』……今《詩》作穈非。」《詩》《釋文》：「穈
　　音門，《爾雅》作虋同」

（2）《爾雅》「虋」爲正字，《毛傳》「穈」則爲同音假借字。

## 61　莔、貝母。

〈鄘風・載馳〉：「言采其蝱」

《毛傳》：「蝱、貝母也。」

按：

（1）《說文》：「蝱、齧人飛蟲。」《說文》：「莔、貝母也。」段《注》：「《詩》
　　『言采其蝱』《毛傳》曰：『蝱、貝母』〈釋草〉、《說文》作莔，莔
　　正字、蝱假借字也。」

（2）「莔」爲正字、「蝱」爲同音假借字，是《爾雅》用正字、《毛傳》
　　用假借字也。

## 62　菤耳、苓耳。

〈周南・卷耳〉：「采采卷耳」

《毛傳》：「卷耳、苓耳。」

按：

（1）《說文》「苓、苓耳、卷耳草也。」段《注》：「〈釋草〉、《毛傳》皆
　　曰：『卷耳、苓耳也。』」是字本當作「卷」。

（2）郝懿行《爾雅義疏》：「《說文》：『苓、菤耳也。』《詩》傳用《爾雅》。」
　　則所見之本又有作「菤」矣。

## 63　蘦、大苦。

〈唐風・采苓〉：「采苓采苓」

《毛傳》：「苓，大苦。」

按：

（1）《說文》：「蘦、大苦也。」、《說文》：「苓、卷耳、卷耳草也。」

（2）〈釋詁〉：「降墜摽蘦」，《釋文》：「蘦字或作苓」。是「蘦」爲「大苦」
　　之正字，「苓」以同音而假借。

## 〈釋木〉第十四

### 64 蕪、荂。

〈唐風・山有樞〉：「山有樞」

《毛傳》：「樞、荂也。」

按：

(1) 《說文》無「蕪」有「樞」：「樞、戶樞也。」非「荂」之意。

(2) 〈釋木〉《釋文》：「蕪本或作蓲」，《詩・山有樞》《釋文》：「本或作蓲」。是「蕪」、「樞」、「蓲」三字互通。

(3) 馬瑞辰《毛詩傳箋通釋》：「〈詩序〉《釋文》云：『樞、本或作蓲』據《隸釋》載石經《魯詩》殘碑作蓲，是作蓲者爲《魯詩》、作樞者爲《毛詩》，皆蕪字之省借。」

(4) 馬氏以爲《魯詩》、《毛詩》爲省借字、《爾雅》「蕪」爲正字。《爾雅》與《毛傳》未必相關可以此例得知。

## 〈釋蟲〉第十五

### 65 果贏、蒲盧。

〈小雅・小宛〉：「螟贏負之」

《毛傳》：「螟贏、蒲盧也。」

按：

(1) 《說文》「蠣、蠣贏、蒲盧。」重文「螟」：「蠣或從果」。

(2) 是「蠣」爲本字，「果」、「棵」具是同音假借。

## 〈釋鳥〉第十七

### 66 桑扈、竊脂。

〈小雅・小宛〉：「交交桑扈」

《毛傳》：「桑扈、竊脂也。」

按：

(1) 《說文》：「雇，九雇，農桑候鳥扈民不婬者也。……桑雇竊脂……籀文雇從鳥。」段《注》：「《左傳》昭十七年……九扈爲九農正扈

民無淫者也，皆以同音訓詁。」是「鳫」爲「雁」之籀文。「厂」
乃同音假借字。

（2）篆文作「雁」、《爾雅》作「鳫」，籀文；《毛傳》「厂」則假借字矣。
　　　《爾雅》即是釋《詩》，亦非取《毛》而來可知也。

**67　鶺鴒、雝渠。**

〈小雅・常棣〉：「脊令在原」

《毛傳》：「脊令，雝渠也。」

按：

（1）《說文》無「鶺鴒」二字，察「鶺」字云：「石鳥，一名雝渠，一
　　　日精列。」段《注》：「《毛傳》曰：『脊令，雝渠也』飛則鳴、行
　　　則搖，不能自舍。《爾雅》〈釋鳥〉作鶺鴒，俗字也，精列者，脊
　　　令之轉語。」

（2）《詩》《釋文》：「脊亦作即、又作鶺，皆同。令又作鴒，同。」是《詩》
　　　有作「鶺鴒」之本。又《左・昭七年》作「鶺鴒在原」，《釋文》：「本
　　　又作令」，是《左傳》亦有「鶺鴒」、「即令」之本也。

（3）如段《注》之言，則《爾雅》用俗字，《毛傳》爲正字，不過「鶺
　　　鴒」、「脊令」各本皆有，亦未審《爾雅》取材所自，然不出《毛傳》
　　　又可知矣。

# 〈釋畜〉第十九

**68　驪白雜毛騧。**

〈鄭風・大叔于田〉：「乘乘鴇」

《毛傳》：「驪白雜毛曰鴇」

按：

（1）「騧」《說文》無，《釋文》引《說文》云：「騧黑馬驪白雜毛」，蓋
　　　唐以前《說文》有之。

（2）《說文》：「鴇，鴇鳥」，《詩》曰：「乘乘鴇」，乃指馬而言。知《爾
　　　雅》「騧」爲正字、《毛傳》「鴇」爲借字矣。

# 第二節　差異原因之歸納與分析

綜合前述之比較，《爾雅》與《毛傳》字異之現象、原因，計有七類，茲表列歸納如下：

| 類　　　別 | | 計 | 百分比 |
|---|---|---|---|
| 《爾雅》用正字<br>《毛傳》用假借字 | 2,12,16,17,18,20,21,23,24,29,30,31,<br>32,34,35,36,45,48,53,54,55,56,57,<br>58,60,61,63,64,66,68 | 30 | 44.12% |
| 《爾雅》用正字<br>《毛傳》用或體、省體、俗體字 | 13,52,59 | 3 | 4.41% |
| 《爾雅》用古字<br>《毛傳》用今字 | 22,39 | 2 | 2.94% |
| 《爾雅》用假借字<br>《毛傳》用正字 | 8,9,27,37,44,62 | 6 | 8.82% |
| 《爾雅》用或體、俗體字<br>《毛傳》用正字 | 19,28,67 | 3 | 4.41% |
| 皆用假借字 | 3,4,6,7,10,11,33,40,42,43,46,49,50,65 | 14 | 20.59% |
| 其　　他 | 1,5,14,15,25,26,38,41,47,51 | 10 | 14.71% |
| 總　　計 | | 68 | 100.00% |

## 一、就正借字論

《爾雅》用正字、《毛傳》用假借字之類佔 44.12%，計三十條。

《毛傳》用正字、《爾雅》用假借字之類佔 8.82%，計六條。

若以文字之使用及發展常態來大膽假設：正字之流傳及使用早於假借字之流傳及使用，則顯然《爾雅》用正字之比例高出甚多，故《爾雅》有較大之可能，是早於《毛傳》而成書的，如此則《爾雅》並非取《毛傳》而來。

《毛傳》亦有用正字之例，是《毛傳》也可能在前，但此類只有六條，佔 8.82%，故可能性也因此降低。除了比例多寡判斷先後，此類例子猶有其他可考慮的方向，如第九條：

〈釋詁〉：「纂、繼也」

〈大雅・大明〉：「纘女維莘」

《毛傳》：「纘、繼也」

據《說文》，《爾雅》「纂」為假借字，《毛傳》「纘」為正字，但《左傳》哀十四年：「纂乃祖考」、《禮記・祭統》：「纂乃祖服」、《國語・周語》：「纂修其緒」皆作「纂」字，是經籍所載已多假借，《爾雅》之取材可能另有來源，未必即是依傍《毛傳》而以假借字釋《詩》。

又如第三十七條：

〈釋言〉：「徇、徧也」

〈大雅・江漢〉：「來旬來宣」

《毛傳》：「旬、徧也」

據《說文》及郝氏《義疏》所考，《爾雅》「徇」假借字、《毛傳》「旬」正字。然經傳多有作「徇」者，如《尚書・泰誓》：「王乃徇師而誓」、《左傳》桓十三年：「莫敖使徇於師」、《國語・周語》：「乃命其旅曰徇」則《爾雅》之取材，可能是這些來源，未必只是《詩》，如此則與《毛傳》未有必然之關係，甚至《爾雅》用假借字「徇」也未必晚於《毛傳》了。

## 二、就古今字論

《爾雅》用古字、《毛傳》用今字之類佔 2.94%，計二條。

就古今字而言，全數六十八條中，唯《爾雅》用古字，《毛傳》則無。以文字之使用及發展常態來判斷，古字之流傳及使用當是早於今字的，如第二十二條：

〈釋詁〉：「竢、待也」

〈邶風・靜女〉：「俟我於城隅」

〈鄘風・相鼠〉：「不死何俟」

〈齊風・著〉：「俟我於著乎而」

《毛傳》：「俟、待也」

《說文》「竢」段《注》：「經傳多假俟為之，俟行而竢廢矣」，「俟」段《注》：「廢竢而用俟，則竢、俟為古今字矣。」《爾雅》作「竢」為古字，且「竢」廢而「俟」行，因此《爾雅》有較多之可能是在《毛傳》前便成書的。晚於《毛傳》、依傍《毛傳》釋《詩》這種說法的可能性，自然也就相對減少了。

## 三、就正字、或體、省體、俗體字論

《爾雅》用正字、《毛傳》用或體、省體字之類佔 4.41%，計三條。

　　《毛傳》用正字、《爾雅》用或體、俗體字之類佔 4.41%，計三條。

　　雖然或體、省體、俗體字，可能與正字同時流傳使用，但以文字孳乳有其先後之原理言，正字應當在前。以此標準來看，此類三條對三條、4.41%對4.41%，似乎難分軒輊，但其實此二類未可一概而論，有其更多之消息，試分別說明如下。

　　（一）以第十三、五二、五九三個例子言，《爾雅》用正字「嵩」、「黀」、「莕」《毛傳》用或體「崧」、「荇」、省體「黀」。《爾雅》既用正字，依常理，可能早於或體，尤其早於省體，則《爾雅》未必晚於《毛傳》可知。

　　（二）《爾雅》亦有用或體、俗體字之例，但此三例有其特殊之處，如第二十八條：

　　　　〈釋詁〉：「酬、報也。」

　　　　〈小雅·彤弓〉：「一朝醻之」

　　　　《毛傳》：「醻、報也」

《說文》：「酬，醻或從卅」，是「酬」為或體字。但《詩·彤弓》《釋文》：「本又作酬」，《詩·小雅·節南山》：「如相醻矣」，《釋文》：「本又作酬」，《詩·小雅·楚茨》：「獻醻交錯」，《釋文》：「又作酬」。是《詩》本有「醻」、「酬」二本，《爾雅》「酬」縱是釋《詩》而作，所據也與《毛傳》異本，不是依《毛傳》而來，否則作「醻」即可。

　　又第六十七條：

　　　　〈釋鳥〉：「鶺鴒、雝渠。」

　　　　〈小雅·常棣〉：「脊令在原」

　　　　《毛傳》：「脊令，雝渠也。」

　　按：

　　（1）《說文》「鶺」段《注》：「《毛傳》曰：『脊令，雝渠也』飛則鳴、行則搖，不能自舍。《爾雅·釋鳥》作鶺鴒，俗字也。」《爾雅》所載為俗字，似乎晚於《毛傳》之「脊令」，其實未必，《詩·常棣》《釋文》：「脊亦作即、又作鶺，皆同。令又作鴒，同。」是《詩》本有作「鶺鴒」之本。又《左傳·昭七年》作「鶺鴒在原」，《釋文》：「本又作令」，是《左傳》亦有「鶺令」之本也，因此《爾雅》縱是釋《詩·常棣》，也與《毛傳》異本，不出於《毛傳》可知，甚至《爾雅》乃直釋《左傳》也有可能。總之《爾雅》是有或體、俗體字之

出現，但未必即是晚於《毛傳》而成，未可一概論也。

## 四、就二書皆用假借字論

此類佔 20.59%，計十四條，二書所用皆假借字，多數是無法分出先後的，但也有幾個較特殊的例子值得討論，甚至同為假借字，也可分先後的，如第三條：

〈釋詁〉：「般、樂也。」

〈衛風・考槃〉：「考槃在澗」

《毛傳》：「槃、樂也」

按《說文》：「昇、喜樂貌。」是「般」、「槃」俱為「昇」之假借字。但「般」、「槃」二字亦有先後，《說文》：「般，辟也。象舟之旋，從舟從殳，殳令舟旋者也。」《說文》：「槃、承槃也，從木般聲。古文從金、籀文從皿。」「槃」、「鎜」、「盤」三字皆今所謂「盤子」，而三字皆由「般」所孳乳，蓋「般」為般旋，其形必圓，因而器之圓者亦名般，後為區別「般旋」義，再孳乳從「木」、從「金」、從「皿」三字。以「樂」之義言，則「般」、「槃」俱假借；以「般」、「槃」二字論，則《爾雅》所作「般」猶在《毛傳》「槃」之前。

又如第四十條：

〈釋言〉：「薆、隱也。」

〈大雅・烝民〉：「愛莫助之」

《毛傳》：「愛，隱也」

《說文》「薆」作「䕄」：「蔽不見也，從竹愛聲。」段《注》：「〈大雅〉『愛莫助之』，毛曰：『愛，隱也』假借字。《說文》「愛」作「僾」：「仿佛也，從人愛聲。《詩》曰『僾而不見』段《注》：「今《詩》作『愛』非古也。」知「愛」為「僾」之假借。又郝懿行《爾雅義疏》：「薆者，《說文》作䕄……亦作薆，又通作僾……愛即僾之省借。」

據《說文》及《義疏》，此數字之關係是：「䕄」為正字，又作「薆」、同音假借作「僾」，又省借作「愛」。因此《爾雅》作「薆」、《毛傳》「愛」作皆假借字，而根據段《注》，《毛傳》以「愛」為「隱」，當是較晚之用法。

就此二例看來，《爾雅》、《毛傳》雖同用假借字，但依舊是可以有先後之分，《爾雅》所用字既是早於《毛傳》，則《爾雅》之成書便可能是早於《毛傳》的。

另外有些例子，雖難分先後，但其意義是展現在《爾雅》的取材及成書

性質上的，如第十條：

　　〈釋詁〉：「貉、靜也。」

　　〈大雅・皇矣〉：「貊其德音」

　　《毛傳》：「貊、靜也」

按《說文》：「嗼、靜也」，《玉篇》：「嗼、靜也」，是「嗼」爲正字，「貉」、「貊」爲假借字。《孟子・告子》：「大貉小貉」，《荀子・非十二子》：「莫莫然」，楊倞注：「莫莫讀爲貉貉，靜也，不言之貌。」則《爾雅》作「貉」或者別有所據，猶有其他訓釋對象，與《毛傳》未必相關。

　　另外與此條原文爲「貉、嗼，靜也。」所收有正字、借字，較《毛傳》完整，顯然《爾雅》之取材不只是《詩》，猶有其他來源。《四庫提要》謂《爾雅》之性質非專爲《詩》作，非專爲《五經》作，乃採集群書之訓詁而成，看來是有道理的。

## 五、其 他

　　不歸入前述各類者計十條，其中除第四十一條爲《毛傳》板本之誤，原同《爾雅》外，其餘各條各有其值得考辨之處，茲分述如下：

（一）

　　第一條：

　　〈釋詁〉：「攻、善也。」

　　〈小雅・楚茨〉：「工祝致告」

　　《毛傳》：「善其事曰工」

「攻」、「工」皆有「善」義，然據馬瑞辰之考，〈楚茨〉之「工」應爲「官」義（說見前），因此《毛傳》此條根本是個誤解，似乎與《爾雅》無關。但是《毛傳》此誤解之由來頗堪玩味，可以作以下大膽之推測：《毛傳》未詳考〈楚茨〉「工」之意，見《爾雅》「攻、善也」，以「工」、「攻」通用，遂依《爾雅》而釋《詩》。若此推測可以成立，則《爾雅》當是在毛公前了。

（二）

　　第五條：

　　〈釋詁〉：「諶、信也。」

　　《毛傳》：「忱、信也」

《爾雅》作「諶」、《毛傳》作「忱」，《說文》「諶」段《注》：「諶、忱義同音近古通用。」則二字乃是義同音近之同義詞，並非正、借字；正、俗字；正字、或體字之關係，顯然二者訓詁之材料未必相同。

（三）

　　第十四條：

　　　　〈釋詁〉：「肩、克也。」

　　　　〈周頌・敬之〉：「佛時仔肩」

　　　　《毛傳》：「仔肩克也」

《爾雅》訓「肩」一字，而《毛傳》「仔肩」連文爲訓，是以「仔」亦「克」意，顯然二書之訓釋是不同的。

　　此不同，亦值玩味，〈釋詁〉中「肩」凡三見：「肩、克也」、「肩、勝也」、「肩、作也」。除《詩經》之外，《尚書・盤庚》：「朕不肩好貨」亦作「肩」，顯然《爾雅》猶有其他取材來源。《爾雅》無有「仔」字，而察經籍中，「仔肩」連文唯見《毛詩》，「仔肩」訓克亦唯見《毛傳》，因此《毛傳》「仔肩」之由來，似乎有跡可尋，殆是見《爾雅》「肩、克」之訓，故釋《詩》時進而「仔肩」連訓。若此推測可以成立，則《毛傳》乃是晚於《爾雅》，若說《爾雅》在後，何不取「仔」字爲釋，顯然《爾雅》可能是在前的。至於《說文》：「仔、克也」之訓，明顯又是由《毛傳》而來的。

（四）

　　第十五條：

　　　　〈釋詁〉：「虺隤、病也。」

　　　　〈周南・卷耳〉：「我馬虺隤」

　　　　《毛傳》：「虺隤、病也」

據《說文》及段《注》，「䓎」爲正字、《毛傳》「隤」爲誤字、《爾雅》「隤」爲俗字，此例頗特殊（說見前）。按〈釋詁〉此條：「痡、瘏、虺隤、玄黃、劬勞、咎、……病也。」〈周南・卷耳〉有「我馬虺隤」、「我馬玄黃」、「我馬瘏矣」三句，其中「虺隤」、「玄黃」、「瘏」俱見〈釋詁〉，故由此條說《爾雅》有《詩》訓詁，是極有可能的。但其中唯「隤」字，《爾雅》作「隤」，與《毛傳》字異，因此《爾雅》此條縱是釋《詩》，也不必是取《毛傳》而來，否則字皆依《毛傳》便可，何勞煩改字。

（五）

第三十八條：

〈釋言〉：「律、述也。」

〈大雅・文王〉：「聿脩厥德」

《毛傳》：「聿、述也」

《說文》：「聿、所以書也，楚謂之聿，吳謂之不律，燕謂之弗。」段《注》：「一語而聲字各異也，〈釋器〉曰：『不律謂之筆』，郭云：『蜀人呼筆爲不律也』語之轉變。」是「律」、「聿」皆謂筆，乃方俗殊語之異，無關正借。

（六）

第二十五條：

〈釋詁〉：「遘、遇也」

《毛傳》：「覯、遇也」

第二十六條：

〈釋詁〉：「遘、見也」

《毛傳》：「覯、見也」

第四十七條：

〈釋言〉：「訛、化也」

《毛傳》：「吪、化也」

第五十一條：

〈釋言〉：「舒、緩也」

《毛傳》：「紓、緩也」

此三組二書用字「遘、覯」、「訛、吪」、「舒、紓」音義全同，故實爲一字，即所謂「異體字」。雖是一字，但《爾雅》所用與《毛傳》異體，顯然《爾雅》之訓詁自有依據，不必由《毛傳》來可知。否則如宋人言晚於毛公、依傍《毛傳》，則與《毛傳》同即可，何必他用。因此，此類例子亦是可以釐清《爾雅》與《毛傳》糾纏之關係的。

## 第三節　《爾雅》與《毛傳》關係之推論

綜合本節前文之考證及析論，《爾雅》與《毛傳》「字異訓同義同」類之比較，可得如下之結論：

## 一、《爾雅》非依《毛傳》成書

此類總計六十八條，姑不論其正、借；古、今；或體、省體、俗體等用字狀況，《爾雅》與《毛傳》之用字畢竟不同，既是不同，則《爾雅》非據《毛傳》成書可知也。

## 二、《爾雅》早於《毛傳》之可能性較大

依據文字發展及使用之常理判斷，正字、古字之使用當早於或體、省體、俗體、今字之使用，《爾雅》在此推論下所得之正面比例，高出《毛傳》甚多；再加上前述若干特殊例證之支持，《爾雅》早於《毛傳》之可能性相對是較大的。

## 三、《爾雅》非專為釋《詩》而作

許多例子中可見，《爾雅》所用字縱是假借或晚出，也不是就必然晚於《毛傳》，因為除了《詩》以外，在其他早於《毛傳》的典籍中，就可見《爾雅》所用之字，因此《爾雅》顯然不只是釋《詩》之功能、性質而已。當然也就不必因具若干《詩》訓詁成分，而與《毛傳》有宋人所說的那些糾纏了。

## 四、《爾雅》材料來源廣泛

《爾雅》與《毛傳》字異之處，其字多見於他書，總計本節所考，除《詩》外計有：《尚書》、《易經》、《左傳》、《禮記》、《論語》、《孟子》、《荀子》、《國語》、《楚辭》、《管子》等，可見《爾雅》材料之來源是廣泛的。雖然說其間之關聯性，未必是處處可以詳考，但這至少提供了我們在《爾雅》與《毛傳》、《毛詩》狹義關係之外，一條更寬廣且值得探索的方向了。

## 五、《爾雅》與《毛傳》性質各異

在前述四項推論之基礎下，吾人對《爾雅》一書之性質也可以得到更清楚之輪廓：《爾雅》與《毛傳》在訓詁體式上，可以是類似的，但就全書性質言則各自有異，《毛傳》純為釋《詩》之書、而《爾雅》乃釋詞之書；釋詞之書可以涵蓋釋《詩》、釋《詩》之書則無法限制、規矩釋詞之書；二書同者固多，但異處往往格格不入，也就其來有自了。

# 第六章 《爾雅》與《毛傳》字同訓異義同例之比較研究

## 第一節 訓例之比較與考證

| 編號 | 《爾雅》 | 《詩》文／《毛傳》 | 備　　註 |
|---|---|---|---|
| | | 〈釋　詁〉　第　一 | |
| 1 | 初、始也 | 〈小雅・小明〉「二月初吉」《傳》「初吉、朔日也」 | （1）朔日、陰曆月之初一日<br>（2）《說文》「朔、月一日始蘇也」<br>（3）《釋名》「朔、月初之名也」<br>（4）《書・舜典》「正月上日」《傳》「上日、朔日也」疏「月之始日謂之朔」<br>（5）「朔」亦「初」、始「義」 |
| 2 | 哉、始也 | 〈大雅・文王〉「陳錫哉周」《傳》「哉、載也」 | （1）《說文》「才、艸木之初也」<br>（2）「哉」、「載」俱「才」之假借字<br>（3）〈周頌・載見〉《傳》「載、始也」 |
| 3 | 祖、始也 | 〈小雅・甫田〉「以御田祖」《傳》「田祖、先嗇也」 | （1）《禮記・郊特牲》注「先嗇若神農」<br>（2）《周禮・春官・籥章》注「田祖、始耕田者」<br>（3）始教造田謂之田祖、先為稼穡謂之先嗇<br>（4）先嗇亦有始義 |

| 4 | 帝、君也 | 〈大雅·蕩〉「蕩蕩上帝」《傳》「上帝以託君王也」 | 《毛傳》「君王」釋「上帝」，帝亦君義 |
|---|---|---|---|
| 5 | 夏、大也 | 〈大雅·皇矣〉「不長夏以革」《傳》「不以長大有所更」 | 《毛傳》連文爲訓，夏亦大義 |
| 6 | 駿、大也 | 〈大雅·噫嘻〉「駿發爾私」《傳》「大發爾私」 | 《毛傳》連文爲訓，駿亦大義 |
| 7 | 景、大也 | 〈鄘風·定之方中〉「景山與京」《傳》「景山、大山」 | 《毛傳》連文爲訓，景亦大義 |
| 8 | 懷、至也 | 〈檜風·匪風〉「懷之好音」〈大雅·皇矣〉「予懷明德」《傳》「懷、歸也」 | 至、歸同義詞 |
| 9 | 適、往也 | 〈邶風·泉水〉「王事適我」〈鄭風·緇衣〉「適子之館」《傳》「適、之也」 | (1)〈釋詁〉「如、適、之、嫁、徂、逝、往也」(2) 往、之同義詞 |
| 10 | 之、往也 | 〈周南·桃夭〉「之子于歸」《傳》「之子、嫁子也」 | 往、嫁同義詞。見前 |
| 11 | 徽、善也 | 〈小雅·角弓〉「君子有徽猷」《傳》「徽、美也」 | (1)《說文》「美」：「美與善同義」(2) 善、美同義詞 |
| 12 | 舒、敘也 | 〈召南·野有死麕〉「舒而脫脫兮」〈大雅·常武〉「王舒作保」《傳》「舒、徐也」 | 敘、徐同音假借 |
| 13 | 懌、樂也 | 〈大雅·民勞〉「辭之懌矣」《傳》「舒、徐也」 | (1) 說、悅同音假借(2)〈釋詁〉「怡、懌、悅……樂也」(3) 樂、說同義詞 |
| 14 | 欣、樂也 | 〈小雅·鳧鷖〉「旨酒欣欣」《傳》「欣欣然樂也」 | 義同 |
| 15 | 詢、謀也 | 〈小雅·皇皇者華〉「周爰咨詢」《傳》「親戚之謀爲詢」 | 《爾雅》統言、《毛傳》析言 |
| 16 | 度、謀也 | 〈小雅·皇皇者華〉「周爰咨度」《傳》「咨禮義所宜爲度」 | 同前例 |

| 17 | 咨、謀也 | 〈小雅・皇皇者華〉「周爰咨諏」<br>《傳》「訪於善爲咨」 | 同前例 |
|---|---|---|---|
| 18 | 諏、謀也 | 〈小雅・皇皇者華〉「周爰咨諏」<br>《傳》「咨事爲諏」 | 同前例 |
| 19 | 戾、辠也 | 〈大雅・抑〉「亦維斯戾」<br>《傳》「戾、罪也」 | （1）《說文》「辠、犯法也……秦以辠字似皇字，改爲罪」<br>（2）段《注》「經典多出秦後，故皆作罪」<br>（3）《玉篇》：「辠、古罪字」<br>（4）《楚辭》天問：「夫何辠尤」<br>（5）《國語・晉語》「余辠戾之人」<br>（6）辠、罪古今字 |
| 20 | 耇、壽也 | 〈小雅・南山有臺〉「遐不黃耇」<br>《傳》「耇、老也」 | （1）〈釋詁〉「黃髮……耇、老、壽也」<br>（2）壽、老同義詞 |
| 21 | 謔浪笑敖、戲謔也 | 〈邶風・終風〉「謔浪笑敖」<br>《傳》「言戲謔不敬」 | （1）《說文》「謔、戲也」<br>（2）郭注「謂調戲也」<br>（3）〈釋詁〉《正義》引舍人「戲、笑邪戲也、謔、笑之貌也」<br>（4）傳多「不敬」二字，義同 |
| 22 | 匹、合也 | 〈大雅・文王有聲〉「作豐伊匹」<br>《傳》「匹、配也」 | 合、配同義詞 |
| 23 | 胤、繼也 | 〈大雅・既醉〉「永錫祚胤」<br>《傳》「胤、嗣也」 | （1）〈釋詁〉「紹、胤、嗣……繼也」<br>（2）繼、嗣同義詞 |
| 24 | 密、靜也 | 〈大雅・公劉〉「止旅乃密」<br>《傳》「密、安也」<br>〈周頌・昊天有成命〉「夙夜基命宥密」<br>《傳》「密、寧也」 | （1）〈釋詁〉「豫、寧、綏、康、柔、安也」<br>（2）《說文》「安、靜也」<br>（3）靜、安、寧同義詞 |
| 25 | 隕、落也 | 〈衛風・氓〉「其黃而隕」<br>《傳》「隕、惰也」 | 落、惰同義詞 |

| | | | |
|---|---|---|---|
| 26 | 誘、進也 | 〈召南・野有死麕〉「吉士誘之」<br>《傳》「誘、道也」 | (1)《說文》「進、登也」<br>(2)《釋名》「進、引也,引而前也」<br>(3)《說文》「道、道所行道也」<br>(4)《釋名》「道、導也,所以通導萬物」<br>(5)《禮記・曲禮》「主人延客祭」注「延、道也」按即導引進之也<br>(6) 進、道同義詞 |
| 27 | 祈、告也 | 〈大雅・行葦〉「以祈黃耇」<br>《傳》「祈、報也」 | 告、報同義詞 |
| 28 | 績、事也 | 〈大雅・文王有聲〉「維禹之績」<br>《傳》「績、業也」 | (1)〈釋詁〉「績、緒、采、業……事也」<br>(2) 事、業同義詞 |
| 29 | 緒、事也 | 〈魯頌・閟宮〉「纘禹之緒」<br>《傳》「緒、業也」 | 同前例 |
| 30 | 緝熙、光也 | 〈大雅・文王〉「於緝熙敬止」<br>《傳》「緝熙、光明也」<br>〈周頌・昊天有成命〉「於緝熙」<br>《傳》「緝、明;熙、廣也」 | (1) 光、明同義詞<br>(2) 光、廣同音假借 |
| 31 | 關關、音聲和也 | 〈周南・關雎〉「關關雎鳩」<br>《傳》「關關、和聲也」 | 義同 |
| 32 | 泯、盡也 | 〈大雅・桑柔〉「靡國不泯」<br>《傳》「泯、滅也」 | (1)〈釋詁〉「泯、忽、滅……盡也」<br>(2) 盡、滅同義詞 |
| 33 | 忽、盡也 | 〈大雅・皇矣〉「是絕是忽」<br>《傳》「忽、滅也」 | 同前例 |
| 34 | 屈、聚也 | 〈周頌・泮水〉「屈此群醜」<br>《傳》「屈、收也」 | (1)〈釋詁〉「斂、屈、收……聚也」<br>(2) 聚、收同義詞 |
| 35 | 屢、疾也 | 〈小雅・賓之初筵〉「屢舞僛僛」<br>《傳》「屢、數也」 | (1)〈釋詁〉「……亟、屢、數、迅、疾也」<br>(2) 疾、數同義詞 |
| 36 | 戰、懼也 | 〈小雅・小旻〉「戰戰兢兢」<br>《傳》「戰戰、恐也」 | (1)〈釋詁〉「戰、慄、震、驚、戁、竦、恐、懼也」<br>(2) 懼、恐同義詞 |

| 37 | 戁、懼也 | 〈商頌・長發〉「不戁不竦」《傳》「戁、恐也」 | 同前例 |
|---|---|---|---|
| 38 | 慘、憂也 | 〈大雅・抑〉「我心慘慘」《傳》「慘慘、憂不樂也」 | 不樂即憂，義同 |
| 39 | 邛、勞也 | 〈小雅・巧言〉「亦孔之邛」《傳》「邛、病也」 | (1)〈釋詁〉「虺隤、玄黃、劬、勞、病也」<br>(2) 勞、病同義詞 |
| 40 | 禋、祭也 | 〈周頌・維清〉「肇禋」《傳》「禋、祀也」 | (1)〈釋詁〉「禋、祀、祠、蒸……祭也」<br>(2) 祭、祀同義詞 |
| 41 | 載、偽也 | 〈大雅・文王〉「上天之載」《傳》「載、事也」 | (1)《周禮・大宗伯》「大賓客則攝而載果」注「載、為也」<br>(2)《廣雅》「偽、為也」<br>(3)《荀子》「人之性惡、其善者偽也」注「偽、為也」<br>(4) 偽同為，偽、事同義詞 |
| 42 | 涖、視也 | 〈小雅・采芑〉「方叔涖止」《傳》「涖、臨也」 | (1)〈釋詁〉「監、瞻、臨、涖、頻、相、視也」<br>(2) 視、臨同義詞 |
| 43 | 均、易也 | 〈小雅・節南山〉「秉國之均」《傳》「均、平也」 | (1)〈釋詁〉「平、均、夷、弟、易也」<br>(2) 易、平同義詞 |
| 44 | 矢、弛也 | 〈大雅・江漢〉「矢其文德」《傳》「矢、施也」 | (1) 郝懿行《爾雅義疏》：「施既通弛，弛亦通矢……經典弛、施二字多通用」<br>(2) 弛、施同音假借 |
| 45 | 毗劉、暴樂也 | 〈大雅・桑柔〉「捋采其劉」《傳》「劉、爆爍而希也」 | 毗劉、暴樂古方俗殊語，指樹葉之脫落，猶剝落、薄落、拓落。葉脫則希疏，二者義同。 |
| 46 | 楨、榦也 | 〈大雅・文王〉「維周之楨」《傳》「楨、幹也」 | (1)《說文》「榦」段《注》「榦，俗作幹」<br>(2)《爾雅》「榦」正字，《毛傳》「幹」俗字 |
| 47 | 疆、垂也 | 〈豳風・七月〉「萬壽無疆」《傳》「疆、竟也」 | (1)《周禮・掌固》「凡國之竟」注「竟、界也」<br>(2)《禮記・曲禮》「入竟而問禁」疏「竟，界首也」 |

| | | | |
|---|---|---|---|
| | | | （3）郭注「疆場、境界、邊旁、營衛、守圉皆在外垂也」 |
| | | | （4）〈釋詁〉「疆、界、邊、衛、圉、垂也」 |
| | | | （5）垂、竟同義詞 |
| 48 | 咨、嗟也 | 〈大雅・蕩〉「文王曰咨」《傳》「咨、嗟也」 | （1）〈釋詁〉「嗟、咨、嗟也」 |
| | | | （2）嗟、嗟同義詞 |
| 49 | 陟、陞也 | 〈周南・卷耳〉「陟彼崔嵬」《傳》「陟、升也」 | （1）《說文》「升」段《注》「今俗所用又作陞」 |
| | | | （2）《爾雅》「陞」俗字，《毛傳》「升」正字 |
| 50 | 躋、陞也 | 〈秦風・蒹葭〉「道阻且躋」〈小雅・斯干〉「君子攸躋」〈商頌・長發〉「聖敬日躋」《傳》「躋、升也」 | 同前例 |
| 51 | 秉、執也 | 〈鄘風・定之方中〉「秉心塞淵」《傳》「秉、操也」〈小雅・大田〉「彼有遺秉」《傳》「秉、把也」 | 執、操、把同義詞 |
| 52 | 棲、息也 | 〈陳風・衡門〉「可以棲遲」《傳》「棲遲、遊息也」 | （1）衡門《正義》引舍人注「棲遲、行步之息也」 |
| | | | （2）遊息亦息，義同 |
| 53 | 遲、息也 | 〈陳風・衡門〉「可以棲遲」《傳》「棲遲、遊息也」 | （1）《說文》「遲、徐行也」 |
| | | | （2）同前例 |
| 54 | 耇、長也 | 〈大雅・皇矣〉「上帝耇之」《傳》「耇、老也」 | 長、老同義詞 |
| 55 | 艱、難也 | 〈王風・谷中有蓷〉「遇人之艱難也」《傳》「艱亦難也」 | 義同 |
| 56 | 仍、因也 | 〈大雅・常武〉「仍執醜虜」《傳》「仍、就也」 | （1）《說文》「因、就也」 |
| | | | （2）因、就同義詞 |
| 57 | 殪、死也 | 〈小雅・吉日〉「殪此大兕」《傳》「殪發而死」 | （1）殪為死之通稱，《說文》「殪、死也」 |
| | | | （2）〈吉日〉「既張我弓，既挾我矢。發而小豝，殪此大兕。」《傳》意蓋指弓矢之發，中兕而死也，依文立訓，殪亦死也。 |

<table>
<tr><td colspan="4" align="center">〈釋　言〉　第　二</td></tr>
<tr><td>58</td><td>齊、中也</td><td>〈小雅‧小宛〉「人之齊聖」<br>《傳》「齊、正也」</td><td>中、正同義詞</td></tr>
<tr><td>59</td><td>斯、離也</td><td>〈陳風‧墓門〉「斧以斯之」<br>《傳》「斯、析也」</td><td>（1）《廣雅》「斯、分也」<br>（2）離、析亦分，同義詞</td></tr>
<tr><td>60</td><td>復、返也</td><td>〈小雅‧我行其野〉「言歸思復」<br>《傳》「復、反也」</td><td>返、反同音假借</td></tr>
<tr><td>61</td><td>底、致也</td><td>〈小雅‧祈父〉「靡所底止」<br>《傳》「底、至也」</td><td>（1）《說文》「致、送詣也」、「詣，候至也」<br>（2）致、至同音假借</td></tr>
<tr><td>62</td><td>疑、戾也</td><td>〈大雅‧桑柔〉「靡所止疑」<br>《傳》「疑、定也」</td><td>（1）〈釋詁〉「戾、止也」<br>（2）〈小雅‧雨無正〉「靡所止戾」《傳》「戾、定也」<br>（3）戾、定同義詞</td></tr>
<tr><td>63</td><td>休、戾也</td><td>〈大雅‧民勞〉「汔可小休」<br>《傳》「休、定也」</td><td>同前例</td></tr>
<tr><td>64</td><td>惠、順也</td><td>〈邶風‧終風〉「惠然肯來」<br>《傳》「時有順心」</td><td>（1）《傳》釋《詩》意，惠亦順也<br>（2）〈邶風‧燕燕〉「終溫且惠」《傳》「惠、順也」</td></tr>
<tr><td>65</td><td>齊、壯也</td><td>〈大雅‧思齊〉「思齊大任」<br>《傳》「齊、莊也」</td><td>壯、莊同音假借</td></tr>
<tr><td>66</td><td>征、行也</td><td>〈小雅‧皇皇者華〉「駪駪征夫」<br>《傳》「征夫、行人也」</td><td>《傳》以「行人」釋「征夫」，征亦行也。</td></tr>
<tr><td>67</td><td>屢、亟也</td><td>〈小雅‧賓之初筵〉「屢舞僊僊」<br>《傳》「屢、數也」</td><td>（1）〈釋詁〉「速、亟、屢、數、迅、疾也」<br>（2）亟、數同義詞</td></tr>
<tr><td>68</td><td>鞫、窮也</td><td>〈大雅‧公劉〉「芮鞫之即」<br>《傳》「鞫、究也」</td><td>（1）〈釋言〉「鞫、究、窮也」<br>（2）窮、究同義詞</td></tr>
<tr><td>69</td><td>鞠、生也</td><td>〈小雅‧蓼莪〉「母兮鞠我」<br>《傳》「鞠、養也」</td><td>（1）《周禮‧太宰》注「生猶養也」<br>（2）生、養同義詞</td></tr>
<tr><td>70</td><td>虞、度也</td><td>〈大雅‧抑〉「用戒不虞」<br>《傳》「不虞、不度也」</td><td>《傳》以「不度」釋「不虞」，虞亦度也。</td></tr>
</table>

| 71 | 速、徵也 | 〈召南・行露〉「何以速我獄」<br>《傳》「速、召也」 | （1）〈釋言〉「徵、召也」<br>（2）徵、召同義詞 |
|---|---|---|---|
| 72 | 蠲、明也 | 〈小雅・天保〉「吉蠲爲饎」<br>《傳》「蠲、絜也」 | （1）《禮記・祭義》注「明猶潔也」潔通作絜<br>（2）明、絜同義詞 |
| 73 | 戍、遏也 | 〈鄭風・揚之水〉「不與我戍申」<br>《傳》「戍、守也」 | （1）〈釋詁〉「遏、止也」<br>（2）守亦止定之義，遏、守同義詞 |
| 74 | 振、古也 | 〈周頌・載芟〉「振古如茲」<br>《傳》「振、自也」 | （1）郭注「《詩》曰振古始茲，猶云久若此」久若此，即自古如此，是自、古皆有「始」義<br>（2）古、自同義詞 |
| 75 | 號、謼也 | 〈魏風・碩鼠〉「誰之永號」<br>〈小雅・賓之初筵〉「載號載呶」<br>《傳》「號、呼也」 | （1）《說文》「謼、譃也」譃同呼<br>（2）謼、呼同音假借 |
| 76 | 夷、悅也 | 〈鄭風・風雨〉「云胡不夷」<br>〈商頌・那〉「亦不夷悅」<br>《傳》「夷、說也」 | （1）悅、說同音假借<br>（2）見 13 例 |
| 77 | 烝、塵也 | 〈小雅・常棣〉「烝也無戎」<br>《傳》「烝、填也」<br>〈豳風・東山〉「烝在桑野」<br>《傳》「烝、窴也」 | （1）〈釋詁〉「塵久也」<br>（2）「倉兄填兮」《傳》「填、久也」鄭箋「古聲填窴塵同」<br>（3）〈豳風・東山〉「烝在桑野」鄭箋「古者聲窴、填、塵同」<br>（4）塵、填同音假借 |
| 78 | 哲、智也 | 〈大雅・瞻卬〉「哲夫成城」<br>《傳》「哲、知也」 | 智、知同音假借 |
| 79 | 窈、閒也 | 〈周南・關雎〉「窈窕淑女」<br>《傳》「窈窕、幽閒也」 | 《傳》釋《詩》文「窈窕」窈亦閒也 |
| 80 | 晦、冥也 | 〈鄭風・風雨〉「風雨如晦」<br>《傳》「晦、昏也」<br>〈周頌・酌〉「遵養時晦」<br>《傳》「晦、昧也」 | （1）《易・豫》《釋文》「冥、昧也」<br>（2）〈小雅・斯干〉箋「冥、夜也」<br>（3）《說文》「晦、月盡也」月盡則光暗昧。<br>（4）冥、昏、昧同義詞 |
| 81 | 鬩、恨也 | 〈小雅・常棣〉「兄弟鬩於牆」<br>《傳》「鬩、很也」 | （1）《玉篇》「很、戾也，爭訟也」<br>（2）《一切經音義》三引《國語》注「很、違也」<br>（3）恨、很同音假借 |

| | | | |
|---|---|---|---|
| 82 | 燠、煖也 | 〈唐風·無衣〉「安且燠兮」《傳》「燠、暖也」 | （1）郝懿行《爾雅義疏》「煖者說與燠並云『溫也』《玉篇》云『燠煖同』又『曍暖同』蓋即煖煖之或體。」<br>（2）《爾雅》「煖」正字、《毛傳》「暖」或體字。 |
| 83 | 芼、搴也 | 〈周南·關雎〉「左右芼之」《傳》「芼、擇也」 | （1）《說文》搴作擵「拔取也」<br>（2）《說文》「擇、柬選也」<br>（3）搴、擇俱「取」義，同義詞 |
| 84 | 狃、復也 | 〈鄭風·大叔于田〉「將叔無狃」《傳》「狃、習也」 | 復、習同義詞 |
| 85 | 濟、成也 | 〈鄘風·載馳〉「不能旋濟」《傳》「濟、止也」 | （1）郝懿行《爾雅義疏》「濟訓成者，成就也，就、濟聲轉。〈樂記〉『事早濟也』〈祭統〉云『夫義者所以濟志也』鄭注並云『濟、成也』《詩·載馳》《傳》『濟、止也』止亦成就之義。」<br>（2）成、止同義詞 |
| 86 | 濟、益也 | 〈大雅·旱麓〉「榛楛濟濟」《傳》「濟濟、眾多也」 | 益者，增益、饒多。眾、多義同 |

### 〈釋　訓〉　第　三

| | | | |
|---|---|---|---|
| 87 | 斤斤、察也 | 〈周頌·執競〉「斤斤其明」《傳》「斤斤、明察也」 | 明察、察，義同 |
| 88 | 秩秩、智也 | 〈秦風·小戎〉「秩秩德音」《傳》「秩秩、有知也」<br>〈小雅·巧言〉「秩秩大猷」《傳》「秩秩、進知也」 | 有知、進知、智義同 |
| 89 | 翼翼、恭也 | 〈大雅·常棣〉「緜緜翼翼」《傳》「翼翼、敬也」 | 恭、敬同義詞 |
| 90 | 桓桓、威也 | 〈魯頌·泮水〉「桓桓于征」《傳》「桓桓、威武也」 | 威、武同義詞 |
| 91 | 藹藹、止也 | 〈大雅·卷阿〉「藹藹王多吉士」《傳》「藹藹猶濟濟也」 | 見下 92 例 |

| 92 | 濟濟、止也 | 〈大雅・文王〉「濟濟多士」《傳》「濟濟、多威儀也」 | (1) 止者、容止之義，〈文王〉《正義》引孫炎「濟濟多士之容止」<br>(2)《毛傳》「威儀」亦容止<br>(3)《爾雅》統言、《毛傳》析言 |
|---|---|---|---|
| 93 | 蹶蹶、敏也 | 〈唐風・蟋蟀〉「良士蹶蹶」《傳》「蹶蹶、動而敏於事也」 | (1)〈釋詁〉「蹶、動也」<br>(2) 敏、動同義詞 |
| 94 | 委委、美也 | 〈鄘風・君子偕老〉「委委佗佗」《傳》「委委行可委曲蹤跡也」 | 見下 95 例 |
| 95 | 佗佗、美也 | 〈鄘風・君子偕老〉「委委佗佗」《傳》「佗佗、德平易也」 | (1)《毛傳》所釋乃「德之美」<br>(2)《爾雅》統言、《毛傳》析言 |
| 96 | 祁祁、徐也 | 〈大雅・韓奕〉「祁祁如雲」《傳》「徐、靚也」 | (1)《玉篇》「靚、裝飾也」<br>(2)《集韻》「靚、一曰女容徐靚」<br>(3)《爾雅》統言、《毛傳》析言 |
| 97 | 遲遲、徐也 | 〈邶風・谷風〉「行道遲遲」《傳》「遲遲、舒行也」<br>〈豳風・七月〉「春日遲遲」《傳》「遲遲、舒緩也」 | (1) 徐、舒同音假借<br>(2) 徐、緩同義詞<br>(3)《爾雅》統言、《毛傳》析言 |
| 98 | 瞿瞿、儉也 | 〈唐風・蟋蟀〉「良士瞿瞿」《傳》「瞿瞿、顧禮義也」 | 見下 99 例 |
| 99 | 休休、儉也 | 〈唐風・蟋蟀〉「良士休休」《傳》「休休、樂道之心也」 | (1)〈蟋蟀〉《正義》「皆謂治身儉約、故能樂道顧禮也」<br>(2)〈蟋蟀〉《正義》引李巡「皆良士顧禮節之儉也，顧以瞿言、節以休言」<br>(3)《爾雅》統言、《毛傳》析言 |
| 100 | 蹻蹻、憍也 | 〈大雅・板〉「小子蹻蹻」《傳》「蹻蹻、驕貌」 | (1)《說文》「驕」段《注》「俗制嬌憍字」<br>(2)《爾雅》「憍」俗字、《毛傳》「驕」正字 |
| 101 | 炎炎、薰也 | 〈大雅・雲漢〉「赫赫炎炎」《傳》「炎炎、熱氣也」 | (1)《說文》「薰、火煙上出也」<br>(2)《說文》「炎、火光上也」<br>(3) 火煙、火光上則具熱氣，二者義同 |

| | | | |
|---|---|---|---|
| 102 | 居居、惡也 | 〈唐風・羔裘〉「自我人居居」<br>《傳》「居居、懷惡不相親比」 | 《爾雅》統言、《毛傳》析言 |
| 103 | 究究、惡也 | 〈唐風・羔裘〉「自我人究究」<br>《傳》「究究猶居居也」 | 同前例 |
| 104 | 仇仇、傲也 | 〈小雅・正月〉「執我仇仇」<br>《傳》「仇仇猶警警也」 | 傲、警同音假借 |
| 105 | 悄悄、慍也 | 〈邶風・柏舟〉「憂心悄悄」<br>《傳》「悄悄、憂也」 | 慍、憂同義詞 |
| 106 | 慘慘、慍也 | 〈大雅・抑〉「憂心慘慘」<br>《傳》「慘慘、憂不樂也」 | （1）同前例<br>（2）不樂即慍、憂，義同 |
| 107 | 痯痯、病也 | 〈小雅・杕杜〉「四牡痯痯」<br>《傳》「痯痯、罷貌」 | （1）罷通疲<br>（2）病、罷、疲同義詞 |
| 108 | 殷殷、憂也 | 〈邶風・北門〉「憂心殷殷」<br>《傳》「心爲之憂殷殷然」 | 《爾雅》統言、《毛傳》析言 |
| 109 | 惇惇、憂也 | 〈小雅・正月〉「憂心惇惇」<br>《傳》「惇惇、憂意也」 | 同前例 |
| 110 | 忉忉、憂也 | 〈齊風・甫田〉「勞心忉忉」<br>《傳》「忉忉、憂勞也」 | 同前例 |
| 111 | 慱慱、憂也 | 〈檜風・素冠〉「勞心慱慱」<br>《傳》「慱慱、憂勞也」 | 同前例 |
| 112 | 京京、憂也 | 〈小雅・正月〉「憂心京京」<br>《傳》「京京、憂不去也」 | 同前例 |
| 113 | 忡忡、憂也 | 〈邶風・擊鼓〉「憂心有忡」<br>《傳》「憂心忡忡然」 | 同前例 |
| 114 | 恌恌、憂也 | 〈小雅・頍弁〉「憂心恌恌」<br>《傳》「恌恌、憂盛滿也」 | 同前例 |
| 115 | 奕奕、憂也 | 〈小雅・頍弁〉「憂心奕奕」<br>《傳》「奕奕然無所薄也」 | （1）同前例<br>（2）〈頍弁〉鄭箋「已無所依怙，故憂心奕奕然」<br>（3）〈頍弁〉《正義》「奕奕、憂之狀，憂則心遊不定，故爲無所薄也。」<br>（4）《毛傳》「無所薄」乃「無所依靠」故憂也。 |

| | | | |
|---|---|---|---|
| 116 | 欽欽、憂也 | 〈秦風·陳風〉「憂心欽欽」《傳》「欽欽、思望之心中欽欽然」 | 同前例 |
| 117 | 畇畇、田也 | 〈小雅·信南山〉「畇畇原隰」《傳》「畇畇、墾辟貌」 | 《爾雅》「田」動詞「治田」義；《毛傳》「墾辟」乃「開墾」、「開闢」義。二者義同。 |
| 118 | 畟畟、耜也 | 〈周頌·良耜〉「畟畟良耜」《傳》「畟畟猶測測也」 | （1）《說文》「畟、治稼畟畟進也」<br>（2）《說文》「畟」段《注》「畟畟、古語；測測、今語。毛以今語釋古語，故曰猶。《周禮》雉氏注曰『耜之者，以耜測凍土剗之』然則畟、測皆進意。」<br>（3）《說文》「耜、舌也」，《爾雅》「耜」乃動詞「進」義，與《毛傳》「測進」義同。 |
| 119 | 穟穟、苗也 | 〈大雅·生民〉「禾役穟穟」《傳》「穟穟、苗美好也」 | （1）郭注「言茂好也」<br>（2）二者義同 |
| 120 | 挃挃、穫也 | 〈周頌·良耜〉「穫之挃挃」《傳》「挃挃、穫聲也」 | （1）郝懿行《爾雅義疏》「挃通作銍……以聲言則曰挃，以器言則曰銍」<br>（2）郭注「刈禾聲」<br>（3）二者義同 |
| 121 | 栗栗、眾也 | 〈周頌·良耜〉「積之栗栗」《傳》「栗栗、眾多也」 | 眾、多同義詞 |
| 122 | 俅俅、服也 | 〈周頌·絲衣〉「載弁俅俅」《傳》「俅俅、恭順貌」 | 服、恭、順同義詞 |
| 123 | 鍠鍠、樂也 | 〈周頌·執競〉「鐘鼓鍠鍠」《傳》「鍠鍠、和也」 | （1）《說文》「鍠、鐘聲也」<br>（2）《爾雅》「樂」指樂聲，《毛傳》「和」指樂聲相和，二者義近。 |
| 124 | 穰穰、福也 | 〈周頌·執競〉「降福穰穰」《傳》「穰穰、眾也」 | （1）郝懿行《爾雅義疏》「《正義》引舍人曰『穰穰、眾多之貌也』又云『某氏引此詩明穰穰是福豐之貌也』按福之言富，故〈祭統〉云『福者備也』備者，百順之名也，是福有眾多之意。」<br>（2）福、眾同義詞 |

| 125 | 顒顒卬卬、君之德也 | 〈大雅・卷阿〉「顒顒卬卬」《傳》「顒顒、溫貌；卬卬、盛貌」 | （1）溫、盛乃君德之一，《爾雅》統言、《毛傳》析言<br>（2）郝懿行《爾雅義疏》「自此以下，但解作《詩》興喻之義，不釋《詩》文。」 |
|-----|------|------|------|
| 126 | 丁丁嚶嚶、相切直也 | 〈小雅・伐木〉「伐木丁丁、鳥鳴嚶嚶」《傳》「丁丁伐木聲也，驚懼也」 | 同前例 |
| 127 | 藹藹萋萋、臣盡力也。噰噰喈喈、民協服也。 | 〈大雅・卷阿〉「藹藹王多吉士」《傳》「藹藹，猶濟濟也」〈大雅・卷阿〉「菶菶萋萋、雝雝喈喈」《傳》「梧桐盛也，鳳皇鳴也。臣竭其力，則地極其化，天下和洽，則鳳皇樂德。」 | 同前例 |
| 128 | 佻佻契契、愈遐急也 | 〈小雅・大東〉「佻佻公子」、「契契寤歎」《傳》「佻佻、獨行貌」、「契契、憂苦也」 | 同前例 |
| 129 | 晏晏旦旦、悔爽忒也 | 〈衛風・氓〉「言笑晏晏、信誓旦旦」《傳》「晏晏、和柔也；信誓旦旦然」 | 同前例 |
| 130 | 抑抑、密也 | 〈小雅・賓之初筵〉「威儀抑抑」《傳》「抑抑、慎密也」 | 密、慎同義詞 |
| 131 | 諼、忘也 | 〈衛風・伯兮〉「焉得諼草」《傳》「諼草令人忘憂也」 | 忘憂亦忘，《爾雅》統言、《毛傳》析言 |
| 132 | 有客宿宿、言再宿也。有客信信、言四宿也。 | 〈周頌・有客〉「有客宿宿、有客信信」《傳》「一宿曰宿、再宿曰信」 | （1）一宿曰宿，宿宿即再宿。再宿曰信，信信即四宿。<br>（2）《爾雅》釋重言，《毛傳》釋單詞，義同。 |
| 133 | 暴虎、徒搏也 | 〈鄭風・大叔于田〉「襢裼暴虎」《傳》「暴虎、空手以搏之」 | 徒、空手同義詞 |

| 134 | 籧篨、口柔也 | 〈邶風・新臺〉「籧篨不鮮」《傳》「籧篨、不能俯者」 | （1）〈新臺〉箋「常觀人顏色而為之辭，故不能俯者也」<br>（2）〈新臺〉《正義》引李巡「巧言好辭，以口饒人，是謂口柔」<br>（3）郭注「籧篨之疾不能俯，口柔之人視人顏色常亦不伏、因以名云」<br>（4）《爾雅》釋喻意，《毛傳》釋特質，義可相成。 |
|---|---|---|---|
| 135 | 戚施、面柔也 | 〈邶風・新臺〉「得此戚施」《傳》「戚施、不能仰者」 | （1）《釋訓》《釋文》引舍人「令色誘人」<br>（2）《釋訓》《釋文》引李巡「和顏悅色以誘人，是謂面柔也」<br>（3）郭注「戚施之疾不能仰，面柔之人常俯似之，亦以名云」<br>（4）郝懿行《爾雅義疏》「〈晉語〉云『戚施不可使仰』蓋喻醜惡之人，見人慚俯，有如含垢蒙羞，故曰面柔。」<br>（5）《爾雅》釋喻意、《毛傳》釋特質，義可相成。 |
| 136 | 夸毗、體柔也 | 〈大雅・板〉「無為夸毗」《毛傳》「夸毗、體柔人也」 | 二者義同 |
| 137 | 殿屎、呻也 | 〈大雅・板〉「民之方殿屎」《傳》「殿屎、呻吟也」 | 呻、吟同義詞 |
| 138 | 不辰、不時也 | 〈齊風・東方未明〉「不能辰夜」<br>〈秦風・駟驖〉「奉時辰牡」<br>〈小雅・小弁〉「我辰安在」<br>〈小雅・車〉「辰彼碩女」<br>〈大雅・抑〉「遠猶辰告」<br>《傳》「辰、時也」 | 《爾雅》不「辰」、不「時」，辰亦時也。 |
| | | 〈釋宮〉第五 | |
| 139 | 闍謂之臺 | 〈鄭風・出其東門〉「出其闉闍」《傳》「闍、城臺也」 | （1）郝懿行《爾雅義疏》「臺有城臺、門臺，《詩・出其東門》《傳》云『闍、城臺也』〈禮器〉云『天子諸侯臺門』鄭注『闍者謂之臺』是門臺城臺俱名闍矣。」<br>（2）《爾雅》統言、《毛傳》析言 |

| 140 | 正門謂之應門 | 〈大雅・緜〉「迺之應門」《傳》「應門、王之正門」 | 《爾雅》統言、《毛傳》析言 |
|---|---|---|---|
| 141 | 行、道也 | 〈鄭風・有女同車〉「有女同行」《傳》「行、行道也」 | 二者義同 |
| 142 | 九達謂之逵 | 〈周南・兔罝〉「施于中逵」《傳》「逵、九達之道也」 | 二者義同 |
| 143 | 隄謂之梁 | 〈衛風・有狐〉「在彼淇梁」《傳》「石絕水曰梁」 | （1）《說文》「隄、唐也」按俗作塘。（2）《玉篇》「隄、塘也、橋也」（3）《一切經音義》二引李巡「隄、坊也、障也」（4）按隄乃積土石防水之名，《傳》「石絕水」義同。 |

<h2 style="text-align:center">〈釋　器〉　第　六</h2>

| 144 | 木豆謂之豆 | 〈大雅・生民〉「卬盛于豆」《傳》「木曰豆」〈大雅・生民〉「于豆于登」《傳》「瓦曰登」 | 訓詁術語不同，義同 |
|---|---|---|---|
| 145 | 嫠婦之笱謂之罶 | 〈小雅・魚麗〉「魚麗於罶」〈小雅・苕之華〉「三星在罶」《傳》「罶、曲梁也、寡婦之笱也」 | 嫠婦、寡婦同義詞 |
| 146 | 篊謂之汕 | 〈小雅・南有嘉魚〉「烝然汕汕」《傳》「汕汕、樔也」 | （1）郝懿行《爾雅義疏》「篊者樔之或體也」（2）《爾雅》「篊」或體、《毛傳》「樔」正字 |
| 147 | 兔罟謂之罦 | 〈周南・兔罝〉「肅肅兔罝」《傳》「兔罝、兔罟」 | 訓詁術語不同，義同 |
| 148 | 彝、器也 | 〈大雅・泂酌〉「可以濯罍」《傳》「罍、祭器也」 | 罍為盛酒之器，《爾雅》統言、《毛傳》析言 |
| 149 | 黼領謂之襮 | 〈唐風・揚之水〉「素衣朱襮」《傳》「襮、領也」 | 訓詁術語不同，義同 |
| 150 | 鼎絕大謂之鼐 | 〈周頌・絲衣〉「鼐鼎及鼒」《傳》「鼐、大鼎也」 | （1）訓詁術語不同（2）絕大、大義同 |

| | | | |
|---|---|---|---|
| 151 | 圜弇上謂之鼒 | 〈周頌・絲衣〉「鼐鼎及鼒」《傳》「鼒、小鼎也」 | (1)〈絲衣〉《正義》引孫炎「鼎、斂上而小口者」郭注同。<br>(2)《說文》「鼒、鼎之圓掩上者」<br>(3)《爾雅》釋其小之形，《毛傳》以大小釋之，義可相成。 |
| 152 | 鬵、鉹也 | 〈檜風・匪風〉「溉之斧鬵」《傳》「鬵、金屬」 | (1)《說文》「鉹、曲鉹也、一曰鬵鼎」<br>(2)〈匪風〉《正義》引孫炎「關東謂甑爲鬵、涼州謂甑爲鉹」<br>(3)甑即金、鉹亦金屬，二者義同。 |
| 153 | 木謂之虡 | 〈大雅・靈臺〉「虡業維樅」《傳》「植者曰虡」 | (1)《周禮・考工記・匠人》「水地以縣」注「於四角立植而縣」疏「植即柱也」<br>(2)〈靈臺〉《正義》引孫炎「虡枸之植所以縣鐘磬也」<br>(3)郭注「懸鐘磬之木植者名」<br>(4)《爾雅》「木」、木柱也、二者義同。 |
| 154 | 荣謂之蔽 | 〈大雅・韓奕〉「其蔽維何」《傳》「蔽、荣郁」 | 荣、郁義同 |
| 155 | 骨謂之切、象謂之磋、玉謂之琢、石謂之磨 | 〈衛風・淇奧〉「如切如磋、如琢如磨」《傳》「治骨曰切、象曰磋、玉曰琢、石曰磨」 | 訓詁術語不同，義同 |
| 〈釋　樂〉　第　七 | | | |
| 156 | 大鼓謂之鼖、小者謂之應 | 〈周頌・有瞽〉「應田懸鼓」《傳》「應、小鞞也」 | (1)《禮記・月令》「命樂師脩鞀鞞鼓」<br>(2)〈有瞽〉鄭箋「小鼓在大鼓旁，應鞞之屬也」<br>(3)鞞亦小鼓，應、鞞一物異名。二者義同 |
| 〈釋　天〉　第　八 | | | |
| 157 | 穀不熟爲饑、蔬不熟爲饉。 | 〈小雅・雨無正〉「降喪饑饉」《傳》「穀不熟曰饑、蔬不熟曰饉」 | 訓詁術語不同，義同 |

| 158 | 南風謂之凱風 | 〈邶風‧凱風〉「凱風自南」《傳》「凱風、南風」 | 同前例 |
|---|---|---|---|
| 159 | 北風謂之涼風 | 〈邶風‧北風〉「北風其涼」《傳》「北風、寒涼之風」 | （1）涼、寒同義詞<br>（2）同 157 例 |
| 160 | 焚輪謂之頹 | 〈小雅‧谷風〉「維風及頹」《傳》「頹、風之焚輪者」 | 二者義同 |
| 161 | 迴風為飄 | 〈小雅‧卷阿〉「飄風自南」《傳》「飄風、迴風也」 | 同 157 例 |
| 162 | 風而土雨為霾 | 〈邶風‧終風〉「終風且霾」《傳》「霾、雨土也」 | 同 157 例 |
| 163 | 陰而風為曀 | 〈邶風‧終風〉「終風且曀」《傳》「曀、陰而風」 | 同 157 例 |
| 164 | 營室謂之定 | 〈鄘風‧定之方中〉「定之方中」《傳》「定、營室也」 | 同 157 例 |
| 165 | 何鼓謂之牽牛 | 〈小雅‧大東〉「睆彼牽牛」《傳》「牽牛、何鼓也」 | 同 157 例 |
| 166 | 明星謂之啓明 | 〈小雅‧大東〉「東有啓明」《傳》「日旦出，謂明星為啓明」 | 同 157 例 |
| 167 | 冬獵為狩 | 〈鄭風‧叔于田〉「叔于狩」《傳》「冬獵曰狩」 | 同 157 例 |
| 168 | 振旅闐闐、出為治兵尚威武也；入為振旅反尊卑。 | 〈小雅‧采芑〉「振振闐闐」《傳》「入曰振旅」 | （1）《左傳》隱五年「三年而治兵入而振旅」<br>（2）公羊莊八年「出為祠兵、入為振旅」《穀梁》同。<br>（3）〈采芑〉《正義》引孫炎「出則幼賤在前，貴勇力也，入則尊老在前，復常法也」<br>（4）《爾雅》詳兵出入之義，《毛傳》只釋出入。 |
| 169 | 有鈴曰旂 | 〈周頌‧載見〉「和鈴央央」《傳》「鈴在旂上」 | 二者義同 |

<table>
<tr><td colspan="4" align="center">〈釋　地〉　第　九</td></tr>
<tr>
<td rowspan="1">170</td>
<td>廣平曰原</td>
<td>〈小雅・皇皇者華〉「于彼<br>原隰」<br>《傳》「高平曰原」</td>
<td>（1）郝懿行《爾雅義疏》「高、廣<br>義近，散文可通。」<br>（2）〈小雅・天保〉《傳》「高平曰<br>陸、大陸曰阜、大阜曰陵」是<br>「原」「陸」俱釋「高平」<br>（3）〈釋地〉此條全文「下濕曰隰、<br>大野曰平、廣平曰原、高平曰<br>陸、大陸曰阜、大阜曰陵、大<br>陸曰阿」<br>（4）《爾雅》釋詞，故一一詳分、《毛<br>傳》依文立訓，義近即可。</td>
</tr>
<tr><td colspan="4" align="center">〈釋　丘〉　第　十</td></tr>
<tr>
<td>171</td>
<td>絕高爲之京</td>
<td>〈鄘風・定之方中〉「景山<br>與京」<br>〈小雅・甫田〉「如坻如京」<br>《傳》「京、高丘也」</td>
<td>《爾雅》統言、《毛傳》析言</td>
</tr>
<tr>
<td>172</td>
<td>前高旄丘</td>
<td>〈邶風・旄丘〉「旄丘之葛<br>兮」<br>《傳》「前高後下曰旄丘」</td>
<td>《毛傳》多「後下」二字，義同</td>
</tr>
<tr>
<td>173</td>
<td>偏高阿丘</td>
<td>〈鄘風・載馳〉「陟彼阿丘」<br>《傳》「偏高曰阿丘」</td>
<td>訓詁術語不同，義同。</td>
</tr>
<tr>
<td>174</td>
<td>宛中宛立</td>
<td>〈陳風・宛丘〉「宛丘之上<br>兮」<br>《傳》「四方高中央下曰宛<br>丘」</td>
<td>（1）《爾雅》「宛中」之「宛」類今<br>所謂「碗」，「碗中」則是中央<br>下矣。<br>（2）〈宛丘〉《正義》引李巡「中央<br>下」孫炎同，蓋即「宛中」之<br>義。<br>（3）此條前文：「左高咸丘、右高<br>臨丘、前高旄丘、後高陵丘、<br>偏高阿丘」爲訓例一致、故云<br>「宛中宛丘」</td>
</tr>
<tr>
<td>175</td>
<td>涘爲厓</td>
<td>〈王風・葛藟〉「在河之涘」<br>〈秦風・蒹葭〉「在水之涘」<br>〈大雅・大明〉「在渭之涘」<br>《傳》「涘、厓也」</td>
<td>（1）崖、厓同音假借<br>（2）訓詁術語不同，義同。</td>
</tr>
</table>

| | | 〈釋 山〉 第 十 一 | |
|---|---|---|---|
| 176 | 山大而高爲崧 | 〈大雅・崧高〉「崧高維嶽」《傳》「崧、山大而高也」 | 訓詁術語不同，義同。 |
| 177 | 山脊岡 | 〈周南・卷耳〉「陟彼高岡」《傳》「山脊曰岡」 | 同前例 |

| | | 〈釋 水〉 第 十 二 | |
|---|---|---|---|
| 178 | 歸異出同流肥 | 〈邶風・泉水〉「我思肥泉」《傳》「所出同、所歸異曰肥泉」 | 二者義同。 |
| 179 | 氿泉穴出、穴出，仄出也。 | 〈小雅・大泉〉「有冽氿泉」《傳》「側出曰氿泉」 | （1）《說文》「仄、側傾也」段《注》「仄古與側、昃字相假借」<br>（2）仄、側同音假借 |
| 180 | 濟有深涉、深則厲、淺則揭。揭者揭衣也。以衣涉水爲厲、繇膝以下爲揭、繇膝以上爲涉、繇帶以上爲厲。 | 〈邶風・匏有苦葉〉「濟有深涉、深則厲、淺則揭。」《傳》「由膝以上爲涉、以衣涉水爲厲、謂由帶以上也。揭、褰衣也。」 | （1）《詩》文「淺則揭」故《爾雅》云「繇膝以下爲揭」《毛傳》無此句，或是缺漏，或以義簡而無釋。<br>（2）「揭、褰衣也」一句，詩意已足。故二者義同。揭、褰同義詞 |

| | | 〈釋 草〉 第 十 三 | |
|---|---|---|---|
| 181 | 蘩、皤蒿 | 〈豳風・七月〉「采蘩祁祁」《傳》「蘩、白蒿也」 | （1）《左傳》隱三年《正義》引陸機疏「凡艾白色爲皤蒿，今白蒿也。」<br>（2）〈七月〉《正義》引孫炎「白蒿」。<br>（3）〈召南・采蘩〉《傳》「蘩、皤高也」<br>（4）《爾雅》僅舊名「皤蒿」、《毛傳》則舊名、今名兩見。 |
| 182 | 茹藘、茅蒐 | 〈鄭風・出其東門〉「縞衣茹藘」《傳》「茹藘、茅蒐之染女服」 | （1）茅蒐可以染色、不必止女服。<br>（2）《爾雅》統言、《毛傳》析言 |
| 183 | 果臝之實、栝樓也 | 〈豳風・東山〉「果臝之實」《傳》「果臝、栝樓也」 | 二者義同。 |

| 184 | 萑、蓷 | 〈王風·中谷有蓷〉「中谷有蓷」<br>《傳》「蓷、鵻也」 | 《說文》「蓷、萑也」段《注》「萑，各本作隹，誤，今正……蓋《爾雅》本作隹，與《毛傳》鵻字同，後人輒加艸頭耳 |
| 185 | 莪、蘿也 | 〈小雅·菁菁〉「〈菁菁·者莪〉」<br>《傳》「莪、蘿蒿也」 | (1)〈菁菁〉《正義》引合人「莪、一名蘿」引陸機疏「莪、蒿也、一名蘿蒿也。」<br>(2)莪、蘿、蘿蒿一物異名。 |
| 186 | 荍、蚍衃 | 〈陳風·東門之枌〉「視爾如荍」<br>《傳》「荍、芘芣也」 | (1)《說文》「荍、蚍衃也」段《注》「〈釋草〉云『荍、蚍衃』《毛傳》曰『荍、芘芣也』與《說文》皆字異音同。」<br>(2)蚍衃、芘芣同音假借。 |
| 187 | 荷、芙渠 | 〈鄭風·山有扶蘇〉「隰有荷華」<br>《傳》「荷華、扶渠也」 | (1)芙渠即芙蓉<br>(2)芙、扶同音假借 |
| 188 | 蕢、牛脣 | 〈魏風·汾沮洳〉「言采其蕢」<br>《傳》「蕢、水舄也」 | 陳奐《詩毛氏傳疏》「蕢也、牛脣也、蕍也、蕮也、水舄也、澤蕮也，六名一物也。」 |
| 189 | 唐、蒙、女蘿、菟絲 | 〈鄘風·桑中〉「爰采唐矣」<br>《傳》「唐、蒙菜名」 | (1)郭注「別四名」<br>(2)唐、蒙、女蘿、菟絲一物四名。 |
| 190 | 蕨、蘩 | 〈召南·草蟲〉「言采其蕨」<br>《傳》「蕨、蘩也」 | (1)〈草蟲〉《釋文》「周秦曰蕨、齊魯曰蘩」<br>(2)二字同音假借 |

## 〈釋　木〉　第　十　四

| 191 | 楙、木瓜 | 〈衛風·木瓜〉「投我以木瓜」<br>《傳》「木瓜、楙木也」 | 二者義同。 |
| 192 | 樸、枹者 | 〈大雅·棫樸〉「芃芃棫樸」<br>《傳》「樸、枹木也」 | 二者義同。 |
| 193 | 椅、梓 | 〈鄘風·定之方中〉「椅桐梓漆」<br>《傳》「椅、梓屬也」 | 二者義同。 |
| 194 | 灌木、叢木 | 〈大雅·皇矣〉「其灌其栵」<br>《傳》「灌、叢生也」 | 叢木、叢生之木，二者義同。 |
| 195 | 女桑、桋桑 | 〈豳風·七月〉「猗彼女桑」<br>《傳》「女桑、荑桑」 | 桋、荑同音假借 |

| 196 | 榆白、枌 | 〈陳風・東門之枌〉「東門之枌」<br>《傳》「枌、白榆也」 | （1）〈東門之枌〉《正義》引孫炎「榆、白者名枌」<br>（2）二者義同 |
|---|---|---|---|
| 197 | 如松柏日茂 | 〈小雅・斯干〉「如松茂矣」<br>《傳》「其佼好如松柏之暢茂」 | 二者義同。 |

| 〈釋　蟲〉　第　十　五 | | | |
|---|---|---|---|
| 198 | 蛴螬、蝎 | 〈衛風・碩人〉「領如蛴螬」<br>《傳》「蛴螬、蝎蟲也」 | 二者義同。 |
| 199 | 食苗心螟、食葉蟘、食節賊、食根蟊 | 〈小雅・大田〉「去其螟螣、及其蟊賊」<br>《傳》「食心曰螟、食葉曰螣、食根曰蟊、食節曰賊」 | 訓詁術語不同、義同 |

| 〈釋　鳥〉　第　十　七 | | | |
|---|---|---|---|
| 200 | 鳲鳩、鴶鵴 | 〈召南・鵲巢〉「維鳩居之」<br>《傳》「鳩、鳲鳩、秸鞠」<br>〈曹風・鳲鳩〉「鳲鳩在桑」<br>《傳》「鳲鳩、秸鞠」 | 鴶鵴、秸鞠同音假借 |
| 201 | 鴗、鴗鵏 | 〈曹風・侯人〉「維鵜在梁」<br>《傳》「鵜、洿澤鳥」 | （1）《說文》「鴹」段《注》「《爾雅》多俗字、《毛詩》作洿澤是」<br>（2）《爾雅》「鴗鵏」俗字、《毛傳》「洿澤」正字 |
| 202 | 桃蟲、鷦其雌鴱 | 〈周頌・小毖〉「肇允彼桃蟲」<br>《傳》「桃蟲、鷦也」 | （1）〈小毖〉《正義》引舍人「桃蟲名鷦、其雌名鴱」<br>（2）《毛傳》釋其總名、《爾雅》則多釋雌者之名。 |
| 203 | 鷽斯、鵯鶋 | 〈小雅・小弁〉「弁彼鷽斯」<br>《傳》「鷽、卑居，卑居、雅烏也」 | 鵯鶋、卑居同音假借。 |
| 204 | 倉庚、黧黃也 | 〈豳風・七月〉「有鳴倉庚」<br>《傳》「倉庚、離黃也」 | （1）《說文》「離、離黃、倉庚也」重文「鸝、鸝黃也……其色黎黑而黃。」<br>（2）黧黃、離黃同音假借 |

| 〈釋　獸〉　第　十　八 | | | |
|---|---|---|---|
| 205 | 鹿牝麀 | 〈大雅・靈臺〉「麀鹿攸伏」<br>《傳》「麀、牝也」 | 麀即牝鹿，二者義同。 |

| 206 | 虎竊毛謂之 虦貓 | 〈大雅・韓奕〉「有貓有虎」 《傳》「貓似虎淺毛者也」 | （1）《說文》「虦、虎竊毛謂之虦苗。竊、淺也。」段《注》「苗、今貓字。竊、淺、虦、淺亦同音也。具言之曰苗，急言之則但曰苗。」<br>（2）竊毛即淺毛，虦貓即淺毛之貓，二者義同 |
|---|---|---|---|
| | 〈釋 畜〉 第 十 九 | | |
| 207 | 宗廟齊豪、 戎事齊力、 田獵齊足 | 〈小雅・車攻〉「我馬既同」 《傳》「宗廟齊豪、尚純也。戎事齊力、尚強也。田獵齊足、尚疾也。」 | （1）郝懿行《爾雅義疏》「〈夏官・校人〉云『辨六馬，種馬一物、戎馬一物、齊馬一物、道馬一物、田馬一物、駑馬一物。』若以《爾雅》準之，種馬駕玉路而色尚純，宗廟齊豪殆謂是矣。」<br>（2）〈釋畜〉疏引李巡「祭於宗廟當加謹敬，取其同色也」引某氏「戎事謂兵革戰伐之事，當齊其力，以載干戈之屬」引舍人「田獵取牲於苑囿之中，追飛逐走、取其疾而已。」<br>（3）《毛傳》詳析為尚純、尚強、尚疾，義同於齊豪、齊力、齊足。 |
| 208 | 長喙獫、短 喙猲獢 | 〈秦風・駟驖〉「載獫歇驕」 《傳》「長喙曰獫、短喙曰歇驕」 | 「猲獢」、「歇驕」音同假借。 |

## 第二節　差異原因之歸納與分析

綜合前述之比較，《爾雅》與《毛傳》異訓之現象、原因，計有十三類，茲表列歸納如下：

| 類　　別 | | 計 | 百分比 |
|---|---|---|---|
| 用　字　之　不　同 | | | |
| 《爾雅》正字、《毛傳》俗字 | 46 | 1 | 0.48% |
| 《爾雅》俗字、《毛傳》正字 | 49.50.100.201 | 4 | 1.92% |

| 《爾雅》正字、《毛傳》或體字 | 82 | 1 | 0.48% |
|---|---|---|---|
| 《爾雅》或體字、《毛傳》正字 | 146 | 1 | 0.48% |
| 《爾雅》古字、《毛傳》今字 | 19 | 1 | 0.48% |
| 皆同音假借字 | 12.44.60.61.65.75.76.77.78.81.104.179.184.186.187.190.195.200.203.204.208. | 21 | 10.12% |
| 同義詞 | 2.8.9.10.11.13.20.22.23.24.25.26.27.28.29.30.32.33.34.35.36.37.39.40.41.42.43.47.48.51.54.56.58.59.62.63.67.68.69.71.72.73.74.80.83.84.85.87.88.89.90.93.101.105.106.107.117.118.121.122.123.124.130.133.137.143.145.150.151.152.153.154.156.159.160.169.174.181.185.188.189.194.195.206. | 84 | 40.38% |
| 訓　詁　方　法　術　語　內　容　之　不　同 | | | |
| 《爾雅》統言、《毛傳》析言 | 15.16.17.18.91.92.94.95.96.97.98.99.102.103.108.109.110.111.112.113.114.115.116.131.139.140.148.171.182 | 29 | 13.94% |
| 訓詁術語不同 | 144.147.149.155.157.158.161.162.163.164.165.166.167.173.175.176.177.199 | 18 | 8.65% |
| 《爾雅》釋單詞、《毛傳》連文為訓、依文立訓 | 1.3.4.5.6.7.14.52.53.57.64.66.70.79 | 16 | 7.69% |
| 《爾雅》釋興喻之意、《毛傳》釋《詩》意 | 125.126.127.128.129.134.135 | 7 | 3.37% |
| 繁簡不同 | 21.31.38.45.55.119.120.136.141.142.172.178.180.183.191.192.193.198.205.207 | 20 | 9.61% |
| 其　　他 | 132.138.168.170.202 | 5 | 2.40% |
| 總　　計 | 1-208 | 208 | 100% |

　　按：其中有可橫跨兩類以上之例子，為便於析論，僅取其較明顯者歸於某類，不另分類。

## 一、就正字、俗體、或體、古今字論

### （一）

《爾雅》用正字、《毛傳》用俗字之類 0.48%，計一條。

《毛傳》用正字、《爾雅》用俗字之類占 1.92%，計四條。

此類在總數二〇八條中只有五條，所占比例甚低，因此要以文字使用、發展之常態來分其先後，是不具代表意義的。尤其這些俗字也見於其他先秦典籍中，如：

《爾雅》「陞」俗字──《楚辭·離騷》「勉陞降以上下兮」（49.50）

《爾雅》「憍」俗字──《莊子·達生》「方虛憍而恃氣」（100）

《毛傳》「幹」俗字──《莊子·秋水》「跳梁於井幹之上」（46）

至於第二〇一條，《爾雅》「鴮鸅」段《注》以爲俗字。但此鳥之名，《說文》「鴮，鴮胡、污澤也」，郭注：「俗呼爲淘河」是異名眾多，「鴮鸅」縱是俗字，也無法證其晚於《毛傳》。尤其草木蟲魚鳥獸畜之異名，本就很難區分其正字，乃至於出現之先後的。另外《爾雅》有後人改動增補之可能，也是造成俗字的潛在因素，這也不容忽視。因此此類字在極低的比例下，只能作爲一個參考，無法有更具體之意義產生。第八二、一四六條之或體字例，《爾雅》、《毛傳》各一，也是同樣的情況，就不贅敘。

### （二）

《爾雅》用古字、《毛傳》用今字之類占 0.48%，計一條。

第一九條《爾雅》「辠」古字、《毛傳》「罪」今字，《說文》：「秦以辠字似皇字，改爲罪」，段《注》：「經典多出秦後，故皆作罪。」《毛傳》在秦後，故作「罪」，《爾雅》作「辠」固然有可能秦後所增，但若排除此因素，便在秦前。另外《楚辭·天問》「夫何辠尤」，《國語·晉語》「余辠戾之人」，可見作「辠」之書亦有，《爾雅》取釋二書，也是有可能的。不過此類古今字例，僅出現一條，當然只是個案，其代表意義也是不足的。

顯然此類共只八條例子，無法依文字使用、發展之常態判別二書先後。但畢竟其用字有異，因此在二書未必有援引關係之意義上，是可以做一個佐證的。

## 二、就二書皆用假借字論

此類占 10.12%，計二一條，二書所用皆非本字之同音假借字，故難以區

分所用字之先後。不過既是訓字異，其顯示的最大意義，即二書不必定有援引之關係，《爾雅》不必是取《毛傳》而成書，否則何以用字不同。

## 三、就二書互爲同義詞論

此類占 40.38%，計八十四條，爲最大宗。指非正、借、俗體、或體字之關係，乃異形、異音之同義詞，或一物之異名而言。既是所訓不同，故此類顯示的最大意義，正如前二點一樣，二書並非援引之關係，尤其說《爾雅》乃依傍《毛傳》成書，甚至釋《詩》之說法，在如此多數例證之駁斥下，是很值得商榷的。

八十四條中，尤其草木蟲魚類異名之使用，最可見二書之差異，如第一八一條：

〈釋草〉：「蘩、皤蒿」〈豳風・七月〉：「采蘩祁祁」

《毛傳》：「蘩、白蒿也」

「皤蒿」、「白蒿」乃舊名、今名之別，《左傳》隱三年《正義》引陸機疏云：「凡艾白色爲皤蒿，今白蒿也」是「皤蒿」之名乃早於「白蒿」，用「皤蒿」者應有較大可能是早於用「白蒿」的。另外《毛傳》除了「白蒿」外，其實亦用有舊名，〈召南・采蘩〉《傳》：「蘩，皤高也」，「高」通「蒿」，是《毛傳》舊名、今名兩出，而《爾雅》僅收有舊名，或許正是《爾雅》在前，而其時未有「白蒿」之名矣。縱然《爾雅》不早於《毛傳》，但事物異名，各有取用，其別自現。

又如第一八八條：

〈釋草〉：「藚、牛脣」

〈魏風・汾沮洳〉：「言采其藚」

《毛傳》：「藚、水舃也」

「藚」之異名甚多，如郭注：「《毛詩》傳『水舃也』」；〈釋草〉：「蕍、蕮」郭注：「今澤蕮」；汾沮洳《正義》引陸機疏：「今澤蕮也」。故陳奐《詩毛氏傳疏》曰：「藚也，牛脣也、蕍、蕮也、水舃也、澤蕮也，六名一物。」既是一物六名，顯然《爾雅》、《毛傳》各有取用，非有依傍、援引之關係矣。

另外〈釋器〉有一條也是很好的例子，第一五一條：

〈釋器〉：「圜弇上謂之鼐」

〈周頌・絲衣〉：「鼐鼎及鼒」

《毛傳》：「鼐，才鼎也」

此例二書訓「鼐」之方向完全不同。《說文》：「鼐、鼎之圓掩上者」；〈絲衣〉《正義》引孫炎曰：「鼎、斂上而小口者」；郭注同於孫炎。顯然《爾雅》所釋，乃從其爲何小、小之形來立訓；而《毛傳》釋詩文，區別「鼐」、「鼎」、「鼒」即可，故以「小」釋之。「圓弇上」即「小」，二者之義可以相成，但也看出《爾雅》非取《毛傳》而來，非僅字異，連取義之來源也自不同。

二書皆用同義詞類，占全部的 40.38%，二書訓詁淵源不同，《爾雅》非宋人所謂取《毛傳》成書，在高比例的支持下，顯然是可以成立的了。

## 四、就統言、析言之不同論

二書訓詁方法不同，《爾雅》統言之、《毛傳》析言之之例有二十九條，占 13.94%，茲舉十五、十六、十七、十八條聯合說明：

〈釋詁〉：「詢、度、咨、諏，謀也」

〈小雅・皇皇者華〉：「周爰咨詢」、「周爰咨度」、「周爰咨諏」

《毛傳》：「親戚之謀爲詢」、「咨禮義所宜爲度」、「訪於善爲咨」、「咨事爲諏」

《毛傳》「訪於善」、「咨事」、「咨禮義所宜」、「親戚之謀」皆爲符《詩》意所立訓，然此四事，皆爲「謀」義，則無可疑，故《爾雅》只言「謀」也，此即《毛傳》析言、《爾雅》統言之標準形式。

此類二十九條皆是《爾雅》統言、《毛傳》析言，相反之例則無。二書這種訓詁方式之不同，最可說明二書在成書性質、訓釋對象上之差異。蓋《爾雅》非專爲釋《詩》作，須顧及他書之適用性，甚至某些部份也可以是自爲一書的，故多以統言之方式釋詞；《毛傳》則反是，故必一一析分之，以符《詩》義。

既然二者成書性質不同、訓釋對象也有廣狹之異，那麼前人將二書關係複合到「援引」之上，又缺乏嚴格之比對，這恐怕是本末倒置、自尋煩惱了。

## 五、就訓詁術語不同論

若干例子，《爾雅》與《毛傳》完全相同，唯訓詁術語有所不同，共有十八條，佔 8.65%，如：

144〈釋器〉：「木豆謂之豆、瓦豆謂之登。」

《毛傳》：「木曰豆、瓦曰登」

157〈釋天〉：「穀不熟爲飢、蔬不熟爲饉」

《毛傳》：「穀不熟曰飢、蔬不熟曰饉」

176〈釋山〉：「山大而高爲崧」

《毛傳》：「崧、山大而高也」

訓詁書籍，通常有其慣用之訓詁術語，如「謂之」、「爲」二詞，《爾雅》甚多，而《毛傳》多用「曰」字，意義同，但亦顯示出二書不必定有援引之關係。

　　一般說來，《爾雅》之訓詁術語較《毛傳》多樣化，在同一篇中，也未必有固定之格式，這大概是其訓詁對象、形式、來源廣泛，因此隨機而變，取其適當。另外也因其爲訓詁材料之總匯，格式自然就難以統一了。

## 六、就《爾雅》釋單詞、《毛傳》連文爲訓、依文立訓論

　　此類占 7.69%，計十六條。《爾雅》釋單詞、《毛傳》連文爲訓之例，如第五條：

〈釋詁〉：「夏、大也」

〈大雅・皇矣〉：「不長夏以革」

《毛傳》：「不以長大有所更」

第一九七條：

〈釋木〉：「如松柏曰茂」

〈小雅・斯干〉：「如松茂矣」

《毛傳》：「其佼好如松柏之暢茂」

若取《毛傳》之單詞看，與《爾雅》是完全一致的，不過《毛傳》釋《詩》，《詩》文中有若干字，須一併訓釋，或爲行文之方便，遂整句爲訓，此乃注疏類訓詁之習慣，非特例。《爾雅》則否是，既非爲某書而制，自然就無此需要。

　　《爾雅》釋單詞、《毛傳》依文立訓之例，如第一條：

〈釋詁〉：「初、始也」

〈小雅・小明〉：「二月初吉」

《毛傳》：「初吉、朔日也」

《毛傳》「朔日」乃指《詩》文中二月之初日，雖其「朔」即有「始」義，但基本上其「朔日」是依《詩》文之意而立訓的，非爲「始」義而來。又第三條：

〈釋詁〉：「祖、始也」

〈小雅・甫田〉：「以御田祖」

《毛傳》：「田祖、先嗇也」

「先嗇」指始耕田者，故《禮記・郊特牲》注直云：「先嗇若神農」。「先嗇」之「先」字自然有「始」義，不過《毛傳》之「先嗇」乃為《詩》文「以御田祖」而立訓，故可指神農而言，非為「田」之「始」義立訓，這就是與《爾雅》釋詞不同之處。

此類有十六條，不算少，同樣的也顯示了二書性質、訓詁對象是不同的，當然說《爾雅》依傍《毛傳》成書也是不可靠的了。

## 七、就《爾雅》釋興喻之意、《毛傳》釋《詩》意論

此類有七條，占 3.37%，如第一二五條

〈釋訓〉：「顒顒卬卬、君之德也」

〈大雅・卷阿〉：「顒顒卬卬」

《毛傳》：「顒顒、溫貌；卬卬、盛貌」

郝懿行《爾雅義疏》在此條下云：「自此以下，但解作《詩》興喻之義，不釋《詩》文。」又如第一二九條：

〈釋訓〉：「晏晏旦旦、悔爽忒也」

〈衛風・氓〉：「言笑晏晏、信誓旦旦」

《毛傳》：「晏晏、和柔也；信誓旦旦然」

此類七條皆在〈釋訓〉篇中，蓋〈釋訓〉篇直取《詩》文而來者多。不過，縱是《爾雅》只釋《詩》文而來，亦與《毛傳》不同，《毛傳》乃注疏之訓詁，故必詳釋《詩》文之意；《爾雅》雖取《詩》為訓，亦必求盡合於他處之使用，故《爾雅》釋之義廣、《毛傳》釋之義狹。廣義的說，此些訓例之不同，也是一種統言、析言之不同，不過因此類《爾雅》直接牽涉《詩》文，故予獨立一類，以明與《毛傳》之別。

## 八、就繁簡不同論

此類有二十條，占 9.61%，如：

21 〈釋詁〉：「謔浪笑傲，戲謔也」

《毛傳》：「言戲謔不敬」

  31〈釋詁〉：「關關、音聲和也」

   《毛傳》：「關關、和聲也」

  141〈釋宮〉：「行、道也」

   《毛傳》：「行、行道也」

  193〈釋木〉：「椅、梓」

   《毛傳》：「椅、梓屬」

此種訓字之繁簡，雖是小異，不過總是存在，也顯示二書之差異。只要二書不是字同訓同義同，則二書有直接援引關係的說法，就可質疑，而這個繁簡差異的小問題，也就有其存在之意義了。

# 九、其　他

  無法歸類的有五條，茲舉二條說明之。第一三二條：

   〈釋訓〉：「有客宿宿，言再宿也。有客信信，言四宿也。」

   〈周頌・有客〉：「有客宿宿，有客信信」

   《毛傳》：「一宿曰宿，再宿曰信」

此例《爾雅》釋重言「宿宿」、「信信」，《毛傳》釋單詞「宿」、「信」，通常《爾雅》所釋以單詞為主，所以這種情況在所有二書比較之例子中，是絕無僅有的。

  此條出現在〈釋訓〉篇中，與其他可能是直釋《詩》文的例子比較，也不太一樣。他例《爾雅》多以《詩》興喻之義釋之，故直引《詩》文，此例直引《詩》文，卻又釋詞，若依〈釋訓〉篇之習慣，應作「宿宿、再宿」、「信信、四宿」，因此據其體例之特殊，此例恐怕有後人增入之可能。就算排除此人為因素，此例亦是《爾雅》非引《毛傳》之最佳證明，因為其與《毛傳》所釋，是不盡相同的。

  又第一七〇條：

   〈釋地〉：「廣平曰原」

   〈小雅・皇皇者華〉：「于彼原隰」

   《毛傳》：「高平曰原」

一曰「廣平」、一曰「高平」似乎必有一誤，其實不然，此例猶有其他觀點之提供：〈小雅・天保〉《傳》：「高平曰陸」，其「原」、「陸」俱釋「高平」；而〈釋地〉此條全文：「下濕曰隰、大野曰平、廣平曰原，高平曰陸、大陸曰阜、

大阜曰陵、大陵曰阿。」「廣平」、「高平」自有區分,「原」、「陸」自有其異,似乎《毛傳》錯了。其實《毛傳》沒錯,「高」、「廣」二字統言之是相同的,郝懿行《爾雅義疏》即說:「高、廣義近、散文可通。」所以《毛傳》「高平曰原」是可以成立的。

既然如此,何以有此差別?很顯然,《爾雅》乃釋詞之書,故必一一區分詳盡,而《毛傳》是隨文立訓,故「高」、「廣」可相通用,《詩》意明即可。此例本文不予歸入同義詞之類中,而置此討論,目的便是在凸顯此異,以了解二書性質之不同,進而也可以推知《爾雅》是非取《毛傳》而成書的了。

# 第三節　《爾雅》與《毛傳》關係之推論

綜合本節前文之考證與析論,《爾雅》與《毛傳》「字同訓異義同」類之比較,可得如下之結論:

## 一、《爾雅》非依《毛傳》成書

二書「字同訓異義同」之例共有二〇八條之多,而經過前文之比對分析,至少呈現出十三種訓異之原因,可見《爾雅》對於《毛傳》一書是有著多樣化差異,而很難處處吻合的。

就用字差異的部分言,正字、假借字、俗字、或體字、古今字固然有其形、音、義上之牽連,易於使人聯想二書依傍、援引之關係,而造成二書之糾纏。但其中使用異形、異音的同義詞部分,高達八十四條、占40.38%之多,對於排除《爾雅》依《毛傳》成書的論點,是最具說服力的,否則《爾雅》用《毛傳》之訓字即可,又何必代以同義詞,此理顯而易見。

更明顯的證據是訓詁方法、術語、內容不同的這部份,《爾雅》之成書是有其可以獨立之目的的,既非只為釋《詩》而來,也非為了其他特定之對象而訓詁,因此其訓詁種種,不必依《毛傳》而來,也非《毛傳》一書可以範圍,而與《毛傳》相較,自然也就有所差異。

此外對於器物、天地、山水,草木鳥獸畜之訓詁,二書也有很多的不同。比如草木鳥獸本就異名眾多,若《爾雅》取《毛傳》成書,沿用其名即可,又何以會出現《爾雅》不同於《毛傳》之訓釋。因此這類的異訓的確是很好的佐證,同樣是不容忽視的。

## 二、《爾雅》早於《毛傳》之可能性較大

要解決此問題，並不容易，還需要《毛傳》以外更多的比較。因此先後問題，在本文的架構中，尚非必要訴求，而是一個比較過程中，希望可以成型的研究副題，或附帶成果，如此始能按部就班，不致錯誤。換句話說，在比較過程中小心謹慎的收集線索，才是對未來全面解決此問題的正確方向。

在本節比較過程中，即有若干例子，是可以探索先後問題的，茲舉二例析論如下。第四十五條：

〈釋詁〉：「毗劉、暴樂也」

〈大雅・桑柔〉：「捋采其劉」

《毛傳》：「劉、爆爍而希也」

「毗劉暴樂」即今日所謂「霹靂啪拉」，原指樹葉脫落。其中「暴樂」一詞，《毛傳》「爆爍」同，有許多同音異字之說法，如：

1. 「蘀落」：〈詩・豳風・七月〉、〈小雅・鶴鳴〉《傳》：「蘀、落也」
2. 「牢落」：〈上林賦〉：「牢落陸離」

   〈李善注〉：「牢落猶遼落也」
3. 「遼落」：同前
4. 「留落」：《漢書・霍去病傳》：「諸宿將常留落不耦。」
5. 「拓落」：《文選・解嘲》：「何爲官之拓落也」
6. 「剝落」：《漢書・五行志》：「李梅當剝落，今反華實。」

   《漢書・律曆志》：「使除氣畢剝落之」

依群書之用詞判斷，「暴樂」應是較早，而在秦、漢時較不通行的，如〈七月〉、〈鶴鳴〉《傳》釋「蘀」就言「落」，而不言「樂」或「爆爍」；漢人爲文，也不用「暴樂」可知。

奇怪的是，《毛傳》〈七月〉、〈鶴鳴〉中以「落」釋「蘀」，至〈桑柔〉「劉」則不用「落」，而改以較不通行之「爆爍」。若毛公之早，不過於秦、漢之際，其於當時注《詩》，不取易知之「剝落」、「拓落」等詞，而取少用之「爆爍」，不免令人懷疑，其「爆爍」乃取《爾雅》「暴樂」而來，否則爲何捨習用之字，而爲較古、罕用之字？

另外《毛傳》此條爲「爆爍而希也」，「而希」二字，更是一個取用《爾雅》所留下之線索，蓋其援引《爾雅》之「暴樂」，恐時人不易認知，故加「而希」二字成「爆爍而希也」，意爲「爆爍，故而葉希疏」，於是人見而知曉。

試想若「爍爍」是習用語詞，則又何必加「希」字，顯然其「爍爍」乃是取更早之《爾雅》而來，故而加以疏通。

反之，《爾雅》有無可能是取《毛傳》而來？此種可能性相對是較小的，因為《爾雅》如果取《毛傳》，則《爾雅》必是秦、漢後人所作，則更無需以「古語」來釋「古語」，較大之可能應是以今語「剝落」等來釋古語才是。因此從此例中，推論《爾雅》早於《毛傳》，其理論基礎、相對可能，應該是大於《毛傳》早於《爾雅》才是。

又如第一三四、一三五、一三六三條：

134 〈釋訓〉：「籧篨、口柔也」

〈邶風‧新臺〉：「籧篨不鮮」

《毛傳》：「籧篨、不能俯者」

135 〈釋訓〉：「戚施、面柔也」

〈邶風‧新臺〉：「得此戚施」

《毛傳》：「戚施、不能仰者」

136 〈釋訓〉：「夸毗、體柔也」

〈大雅‧板〉：「無為夸毗」

《毛傳》：「夸毗、體柔人也」

「籧篨」又名「符簁」，類於「戚施」，郭注：「籧篨之疾不能俯」；「戚施」即今所謂「蟾蜍」，郭注：「戚施之疾不能仰」；「夸毗」則形容人屈己卑身形態。

此三者，皆形容小人巧言令色、屈己卑下之形。《毛傳》於前二例取「不能俯」、「不能仰」之缺點立訓，與第三例「夸毗」之釋不同，而《爾雅》此三條則訓例一致。若說《毛傳》取《爾雅》釋《詩》，但依文立訓，故又隨《詩》意予以改變，其可能性是頗高的，否則何以「夸毗」又釋為「體柔人」，而不以「俯」、「仰」釋之。故從此三例來看，《爾雅》早於《毛傳》之可能性相對是較大的。

前述二例所謂《爾雅》早於《毛傳》，乃是基於可能性大小之推論，因為《爾雅》與《毛傳》許多例子是具相對性的，因此反向立論，可能也可以自圓其說，所以比較其理論可能性之大小，是一個較保險的做法。在本文其他章節訓例中，再尋找可以比較先後之例子一起做判斷，屆時或許能有更多的發現才是。

## 三、《爾雅》與《毛傳》成書之性質各異

成書性質之不同，源自於二書訓釋對象之差異；訓釋對象之差異，又從

其訓詁方法、內容之差異中得知。

如前文之分析，《爾雅》多統言、《毛傳》多析言，蓋因《爾雅》釋詞，非專爲特定對象而訓詁，故必統言之以盡符他處於詞義上之需求，換言之，是廣義的訓詁。《毛傳》純爲《詩》作，故必析言之，以盡合《詩》意，乃是狹義之訓詁。《爾雅》多釋單詞、《毛傳》釋《詩》則多連文爲訓、依文立訓，此亦釋詞、釋《詩》基本性質差異所由來。可以說，《毛傳》必須依附《詩經》而成書，作爲一部訓詁專著，其獨立性小；而《爾雅》是可以自爲一書、不附經義的，其獨立性大。

《爾雅》與《毛傳》許多牽扯不清的疑惑，如先後、依傍、援引，乃至字之異同、訓解之異同、訓義之異同，應從此處著眼。前人常在二書基本差異不確定的情況下，據一二異同，便予結論出孰先孰後、誰援引誰、誰優誰劣，這恐怕會本末倒置，涉於武斷而失眞多了。

# 第七章 《爾雅》與《毛傳》字異訓異義同例之比較研究

## 第一節 訓例之比較與考證

### 〈釋詁〉第一

1 猷、謀也。

〈大雅・民勞〉:「猶之未遠」

《毛傳》:「猶、圖也」

按:

(1)「猷」、「猶」通用,俱「繇」之假借,說見第六章第一節二十九條。

(2)《爾雅》訓「謀」、《毛傳》訓「圖」,二者義同,是爲同義詞。〈釋言〉:「猷、圖也」。

(3)《尚書・微子》:「王若曰猷」、〈君奭〉:「告君乃猷裕」皆爲「猷」,疏皆訓「謀」,《爾雅》未必只釋《詩》。

2 鮐背、壽也。

〈大雅・行葦〉:「黃耉台背」

《毛傳》:「台背、大老也」

按:

(1)《說文》:「鮐、海魚也」段《注》:「台爲鮐之假借字」是《爾雅》「鮐」正字、《毛傳》「台」假借字。

（2）《爾雅》訓「壽」、《毛傳》訓「大老」，「壽」、「老」義同，〈釋詁〉：
「老、壽也」。

## 3 亮、導也。

〈大雅・大明〉：「涼彼武王」

《毛傳》：「涼、左也」

按：

（1）《說文》「亮」段《注》：「古人名亮者，字明，人處高則明，故其字
從几。高明者可佐人，故〈釋詁〉曰：『亮、相導也』典謨多用亮
字，〈大雅〉『涼彼武王』，《傳》曰：『涼、佐也』，此假涼爲亮也，
《韓詩》正作亮。」是《爾雅》「亮」正字、《毛傳》「涼」假借字。
《爾雅》訓「導」、《毛傳》訓「左」，「左」即「佐」，「佐」、「導」
義同，爲同義詞。

（2）《書・舜典》：「亮采惠疇」、〈皋陶謨〉：「亮采有邦」皆作「亮」，《爾
雅》取材未必只《詩》。

## 4 茂、豐也。

〈小雅・湛露〉：「在彼豐草」

《毛傳》：「豐、茂也」

按：

（1）「茂」、「豐」義同，群書多通用。

（2）但若衡諸《爾雅》一書之體例，似乎此條與《毛傳》並不相關，蓋
《爾雅》體例多是以下字訓上字，尤其〈釋詁〉一篇並無例外，則
《爾雅》此條釋「茂」，與《毛傳》釋「豐」不同。

（3）察《易・象上傳》：「先王以茂對時育萬物」、「乾盈爲茂」，《詩・小
雅・南山有臺》：「德音是茂」，若此條二書實不相關，則《爾雅》
可能釋《易》或〈南山有臺〉而來。

（4）雖未必相關，但以二例甚近似，姑列於此。

## 5 瘳、病也。

〈鄭風・風雨〉：「云胡不瘳」

〈大雅・瞻卬〉：「靡有夷瘳」

《毛傳》：「瘳、愈也」

按：

（1）《說文》：「㱾、辱也」段《注》：「古文假㦻爲之」《說文》：「瘳、疾瘉也」，據《說文》則「瘳」爲正字、「㱾」爲假借字。

（2）但上溯「㱾」訓「病」之訓詁淵源，則此二字未必相關：「㱾」之訓「病」，乃取「辱」之意而來，郝懿行《爾雅義疏》：「㱾者，辱之病也……是㱾取恥辱爲義。訓爲病者，〈士冠禮〉云：『恐不能共事以病吾子』，鄭注：『病猶辱也』，是㱾訓病之證。」是「㱾」乃「辱」意，古文假「㦻」爲之，故又通「瘳」，其實二字原訓「辱」、訓「病」本不相涉，皆因「㦻」字所起。

（3）「瘉」、「病」同義，《說文》：「瘉、病瘳也」段《注》：「瘉即瘉字」又〈釋詁〉：「瘉、病也」。

## 6 希、罕也。

〈鄭風・大叔于田〉：「叔發罕兮」

《毛傳》：「罕，希也」

按：

（1）「希」、「罕」義同。

（2）參第四條「茂、豐也」之例。

## 7 稅、舍也。

〈大雅・瞻卬〉：「女覆說之」

《毛傳》：「說、赦也」

按：

（1）「稅」、「說」皆「挩」之假借，郝懿行《爾雅義疏》：「稅者，車之舍也……郭注：『稅猶脫』，是以解脫爲義，脫乃挩之假音，《說文》：『挩，解挩也』經典挩俱作脫，而又通借作稅……又通作說……凡說稅字通者，多與脫同音。」是「挩」正字、《爾雅》「稅」、《毛傳》「說」俱假借字。

（2）〈釋詁〉此條全文：「廢、稅、赦、舍也」，是「舍」、「赦」義同。

（3）《禮記・檀弓》：「不說齊衰」、〈玉藻〉：「無說笏投」作「說」；〈文王世子〉：「不稅冠帶」、〈少儀〉：「車則稅綏」則作「稅」。或者《爾雅》有其他材料來源，未必只是《詩》。

## 8 維、侯也

〈小雅・六月〉：「侯誰在矣」

〈大雅・文王〉：「侯文王子孫」

〈大雅・下武〉：「應侯順德」

《毛傳》：「侯、維也」

按：

（1）「維」、「侯」義同。

（2）參第 4 條「茂、豐也」之例。

## 〈釋言〉第二

## 9 佻、偷也

〈小雅・鹿鳴〉：「視民不恌」

《毛傳》：「恌、愉也」

按：

（1）《說文》：「佻、愉也，從人兆聲，《詩》曰：『視民不佻』」段《注》：「〈小雅・鹿鳴〉曰：『視民不佻』許所據作佻是。」《說文》無「恌」，《爾雅》「佻」正字、《毛傳》「恌」殆俗字也。

（2）《說文》「佻」段《注》：「〈釋言〉『佻、偷也』，偷者，愉之俗字，今人曰偷薄、曰偷盜皆從人作偷，他侯切，而愉字訓爲愉悅，羊朱切，此今義今音今形，非古義古音古形也。古無從人之偷，愉訓薄，音他侯切，愉愉者和氣之薄發於色也；盜者澆薄之至也，愉盜字古只作愉，凡古字之末流�析，類如是矣。」是《爾雅》「偷」爲俗字、《毛傳》「愉」爲正字矣。

（3）據段《注》，則《爾雅》與《毛傳》此例各有正字、俗字，要據正、俗字分其先後淵源恐難。不過此種相對之差異，若排除後人改竄的因素，正可以看出二書未必是有取釋的關係，否則何以有此之異。

（4）察《左傳》昭十年：「佻之謂甚矣」、引《詩》：「視民不佻」，《國語・周語》：「而卻至佻天以爲己力」，或許也是《爾雅》取材之源。

## 10 畯、農夫也。

〈豳風・七月〉：「田畯至喜」

《毛傳》：「田畯、田大夫也」

按：

（1）「畯」即「田畯」，二者義同。

（2）「農夫」、「田大夫」皆農官義，《尚書・酒誥》「農父」、《國語・周語》「農正」皆同。《爾雅》此條若是釋〈七月〉，一作「田大夫」、一作「農夫」，雖是同義，但也可見二書未必有取釋關係。

## 11　浹、徹也。

〈大雅・大明〉：「使不挾四方」

《毛傳》：「挾、達也」

按：

（1）《說文》有「挾」無「浹」，郝懿行《爾雅義疏》：「浹者，古無正文，借挾與接爲之」按《詩》及《周禮》乃至《荀子》作「挾」、《國語・越語》、《淮南子・原道》作「浹」，「挾」殆爲正字，「浹」爲晚出俗字。

（2）《說文》：「徹、通也」，「通」、「達」、「徹」義同。

## 12　寬、綽也。

〈小雅・角弓〉：「綽綽有裕」

《毛傳》：「綽綽、寬也。」

按：

（1）「寬」、「綽」義同。

（2）參第4修「茂、豐也」之例。

## 〈釋訓〉第三

## 13　懕懕、安也。

〈秦風・小戎〉：「厭厭良人」

《毛傳》：「厭厭、安靜也」

按：

（1）《說文》：「懕、安也」段《注》：「愔即懕之或體，厭乃懕之假借。」是《爾雅》「懕」正字、《毛傳》「厭」假借字。

（2）「靜」亦「安」，二者義同。

## 14 媞媞、安也。

〈魏風‧葛屨〉：「好人提提」

《毛傳》：「提提、安諦也」

按：

（1）《說文》：「媞、諦也」段《注》：「提著媞之假借字」是《爾雅》
「媞」正字、《毛傳》「提」假借字。

（2）「安諦」亦「安」也，二者義同。

## 15 版版、僻也。

〈大雅‧板〉：「上帝板板」

《毛傳》：「板板、反也」

按：

（1）《說文》有「版」無「板」，「版」段《注》：「今字作板，古假爲反字，
〈大雅〉『上帝板板』，《傳》云：『板板、反也』，謂版即反之假借也。」
是「反」爲正字、「版」、「板」俱假借字，而「板」尤晚出。

（2）《說文》「僻」段《注》：「僻之言邊也，屛於一邊也，僻之本義如
是。」是「僻」有偏反之義，「反」、「僻」義同。

## 16 敖敖、傲也。

〈大雅‧板〉：「聽我囂囂」

《毛傳》：「囂囂、猶謷謷也」

按：

（1）《說文》：「傲、倨也。」段《注》：「古多假敖爲傲」。《說文》：「敖，
出游也。」段《注》：「經傳假借爲倨傲字」。是「傲」正字、「敖」
假借字。

（2）《說文》：「謷，不省人言。」段《注》：「嚻，即謷謷之假借。」。「嚻」
即「囂」字，是「謷」正字、「囂」假借字。

（3）郝懿行《爾雅義疏》：「敖、嗸、謷、囂，古俱通用」。

## 17 慇慇、憂也。

〈小雅‧正月〉：「憂心慇慇」

《毛傳》：「慇慇、痛也」

按：

（1）《說文》：「慇、痛也」，「殷、作樂之盛」，是「慇」爲正字、「殷」爲假借，郝懿行《爾雅義疏》：「慇爲正體，殷乃假借。」

（2）《說文》「慇」段《注》：「〈釋訓〉：『慇慇、憂也』」，是段所見《爾雅》亦作「慇」。

（3）〈邶風・北門〉：「憂心殷殷」，《毛傳》：「心爲之憂殷殷然」，是《毛傳》亦有作「殷」者。

（4）「憂」、「痛」義通。

## 〈釋天〉第八

18 是禷是禡、師祭也。

〈大雅・皇矣〉：「是類是禡」

《毛傳》：「於內曰類、於外曰禡」

按：

（1）《說文》：「禷、以事類祭天神」段《注》：「禮以類爲禷」、《說文》：「類，種類相似唯犬爲甚。」是「禷」正字、「類」假借字。

（2）《禮記・王制》：「天字將出，類乎上帝，禡於所征之地。」故郭注云：「師出征伐，類於上帝，禡於所征之地」，是《爾雅》「師祭也」乃統言之，《毛傳》分內外，蓋析言之。

## 〈釋水〉第十二

19 濫泉正出，正出、湧出也。

〈小雅・采菽〉：「觱沸檻泉」

《毛傳》：「檻泉、正出也」

按：

（1）《說文》：「濫、氾也……《詩》曰『觱沸濫泉』」段《注》：「今作檻泉者，字之假借也。」是《爾雅》「濫」正字、《毛傳》「檻」假借字。

（2）《爾雅》多「湧出」二字以釋「正出」，二者義同，但顯示二書之訓

釋有繁簡之差異。

20 河水清且瀾漪、大波為瀾、小波為淪、直波為徑。

〈魏風・伐檀〉：「河水清且漣漪」

「河水清且直漪」

「河水清且淪漪」

《毛傳》：「風行水成文曰漣，直、直波也，小風水成文轉如輪也。」

按：

（1）《說文》：「瀾、大波為瀾」、重文「漣」：「瀾或從連」段《注》：「古闌連同音，故瀾漣同字，後人乃別為異字異義異音。」是《爾雅》作「瀾」、《毛傳》作「漣」二字原同。

（2）《說文》：「淪、小波為淪」，蓋從《爾雅》來。《毛傳》以「輪」為釋，蓋取水文相次如輪之圓而來。

（3）《毛傳》以「風行水成文」、「小風水成文」釋「漣」、「淪」，與《爾雅》「大波」、「小波」義可相成。

（4）二書所釋雖同義，但用字不同、訓釋角度、內容也有異，可見二書非直接援引之關係。

21 汎汎楊舟、紼纚維之。紼、䋏也。纚、緶也。

〈小雅・采菽〉：「汎汎楊舟、紼纚維之。」

《毛傳》：「紼、䋏也。纚、緶也。」

按：

（1）《說文》「䋏」段《注》：「素當作索，從素之字古亦從糸，故䋏字，或作䋏、或作綷。」是《爾雅》作「䋏」為正字、「䋏」為假借、又通作「綷」。

（2）「纚」、「纚」字異而音義同。

### 〈釋草〉第十三

22 長楚、銚芅。

〈檜風・隰有萇楚〉：「隰有萇楚」

《毛傳》：「萇楚、銚弋」

按：

（1）《說文》：「萇、萇楚桃弋，一名羊桃。」，「萇」正字、「長」假借字。

（2）「長楚」、「萇楚」、「銚芅」、「銚弋」、「羊桃」，今名「楊桃」，皆一物之異音、異名而通用。

## 〈釋木〉第十四

23 下句曰朻。

〈周南・樛木〉：「南有樛木」

《毛傳》：「木下曲曰樛」

按：

（1）《說文》：「朻、高木下曲也。」段《注》：「樛即朻也，一字而形聲不同，許則從丩聲，容許當日《毛詩》亦作朻也。《玉篇》分引《詩》、《爾雅》而云二同，甚爲明析。」是「朻」、「樛」二字原同，段氏以爲《毛詩》原亦作「朻」，則二書本同。

（2）「句」、「曲」義同。

## 〈釋蟲〉第十五

24 螽蠡蚣蝑

〈周南・螽斯〉：「螽斯羽」

《毛傳》：「螽斯、蚣蝑也」

〈豳風・七月〉：「斯螽動股」

《毛傳》：「斯螽、蚣蝑也」

按：

（1）郝懿行《爾雅義疏》：「斯、螽聲義同，《釋文》螽亦作蜇，或體字。」《說文》：「蝑、蚣蝑也」，郝疏：「蚣或作蚣」。

（2）「螽」正字、「斯」同音假借字。「蚣」正字、「蚣」或體字。

## 〈釋鳥〉第十七

25 隹其鳻鶋。

〈小雅・四牡〉：「翩翩者鵻」

《毛傳》:「雛、夫不也」

按:

（1）郝懿行《爾雅義疏》:「雛借作隹，《釋文》反以隹旁加鳥爲非，非之矣。鵠鵃當作夫不。」是《爾雅》「隹」、「鵠鵃」爲假借字，《毛傳》「雛」、「夫不」爲正字。

26 鵙鳩王鵙。

〈周南・關雎〉:「關關雎鳩」

《毛傳》:「雎鳩、王雎也。」

按:

（1）《說文》:「鵙、王鵙也。」《毛傳》作「雎」，古從「鳥」、從「隹」者多同。

（2）《左傳》昭十七年:「鵙鳩氏、司馬也」，即作「鵙」。

# 第二節　差異原因之歸納與分析

綜合前述之比較，《爾雅》與《毛傳》字異、訓異之現象、原因，各有五類及六類，茲分別表列歸納如下:

字異部分

| 類　　　別 | | 計 | 百分比 |
|---|---|---|---|
| 《爾雅》用正字《毛傳》用假借字 | 2,3,13,14,18,19,21,24 | 8 | 30.77% |
| 《爾雅》用正字《毛傳》用俗字 | 9 | 1 | 3.85% |
| 《爾雅》用假借字《毛傳》用正字 | 5,11,17,22,25 | 5 | 19.23% |
| 皆假借字 | 1,7,15,16 | 4 | 15.38% |
| 其　　他 | 4,6,8,10,12,20,23,26 | 8 | 30.77% |
| 總　　計 | 1-26 | 26 | 100.00% |

訓異部份

| 類　　　別 | | 計 | 百分比 |
|---|---|---|---|
| 《爾雅》用正字<br>《毛傳》用或體字 | 24 | 1 | 3.85% |
| 《爾雅》用假借字<br>《毛傳》用正字 | 25 | 1 | 3.85% |
| 《爾雅》用俗字<br>《毛傳》用正字 | 9 | 1 | 3.85% |
| 同義詞 | 1,2,3,5,7,10,11,13,14,15,16,17,19,20,21,22,23 | 17 | 65.38% |
| 訓詁方法不同 | 18 | 1 | 3.85% |
| 其　　　他 | 4,6,8,12,26 | 5 | 19.22% |
| 總　　　計 | 1-26 | 26 | 100.00% |

## 一、字異部份

### （一）就正字、假借字、俗字論

　　《爾雅》用正字、《毛傳》用假借字之類佔 30.77%，計八條。

　　《爾雅》用正字、《毛傳》用俗字之類佔 3.85%，計一條。

　　《毛傳》用正字、《爾雅》用假借字之類佔 19.23%，計五條。

　　《爾雅》用正字共九條，計 34.62%，較《毛傳》用正字之 19.23%為多。若依文字之使用及發展常態，假設正字之流傳、使用早於假借字之流傳、使用，在此前提下，《爾雅》用正字之比例高出《毛傳》近一倍，則《爾雅》有較大之可能，是早於《毛傳》而成書的，若然，則《爾雅》並非取《毛傳》而來。茲舉第二十一條為論：

　　　　〈釋水〉：「紼、繂也。縭、緌也。」

　　　　〈小雅・采菽〉：「汎汎楊舟、紼纚維之。」

　　　　《毛傳》：「紼、繂也。纚、緌也。」

按《說文》無「繂」，作「𦃇」，段《注》：「素當作索，從素之字古亦從糸，故𦃇字，或作繂、或作綷。」依段意，此三字之關係，可作如此之推測：「𦃇」為最早之正字，後因「索」、「素」音同，字形也近似，故假「𦃇」為之，而從素之字古亦從糸，故「𦃇」再通「綷」。據此則「𦃇」較「繂」應是早多了，

《爾雅》作「韡」，其成書當可能也是早於用「韡」之《毛傳》了。

《毛傳》亦有用正字者五條，在前述之前提下，自然也有可能早於《爾雅》，但除了比例之因素外，此類例子猶有其他消息，如第十一例：

〈釋言〉:「浹、徹也。」

〈大雅・大明〉:「使不挾四方」

《毛傳》:「挾、達也」

按「挾」正字、「浹」爲晚出俗字（說見前），經典多作「挾」，《國語》、《淮南子》則作「浹」，是可能「浹」字稍晚。但若據此說《爾雅》晚出則又未必，蓋〈釋言〉此條全文:「挾、藏也，浹、徹也。」是《爾雅》本有「挾」字，前人多謂《爾雅》雜出眾手、遞有增益，或許「浹」例正是。況且「浹」字縱是晚出，但也未必就晚於《毛傳》。另外〈釋言〉此條「挾」、「浹」俱收，撇開先後問題不論，就二書性質言，《爾雅》釋詞而求全備之特性，與《毛傳》爲《詩》作之性質也是不同的。

再如第二十五例：

〈釋鳥〉:「隹其鳺鴀。」

〈小雅・四牡〉:「翩翩者鵻」

《毛傳》:「鵻、夫不也」

據郝懿行說，《毛傳》三字皆爲正字，但草木蟲魚之屬，本就一物異名者多，異名者或音同、或音近、或加形符、或去形符皆有可能，尤其音是一個很重要之依據，音同而通用者，是不易區分其正、借或先、後的。因此《毛傳》此例是用正字，但涉於草木蟲魚，可能又當別論了。

## （二）就二書皆用假借字論

此類佔 15.38%，計四條，既是皆用假借，則難以就用字分先後。不過既是用字異，至少可以看出二書是未必有援引關係的，尤其第七條：

〈釋詁〉:「稅、罕也。」

〈大雅・瞻卬〉:「女覆說之」

《毛傳》:「說、赦也」

按「挩」爲正字、《爾雅》「稅」、《毛傳》「說」俱假借字（說見前）。但《爾雅》此條全文:「廢、稅、赦、舍也。」未收有「說」字，可見《爾雅》不必是取《毛傳》而成書，甚至是早於《毛傳》的，否則何以獨缺「說」字。反之《毛傳》以《爾雅》有收之「赦」字釋假借字「說」，取《爾雅》之跡，相

對是比較可能的。因此就「稅」、「說」二字言，固不易分先後，但既以二書
比較，其旁際現象所顯示、透露之意義，也是不容忽視的。

　　另外如第一條：

　　　　〈釋詁〉：「猷、謀也」

　　　　〈大雅・民勞〉：「猶之未遠」

　　　　《毛傳》：「猶、圖也」

「猷」、「猶」俱「繇」之假借。《尚書・微子》：「王若曰猷」、〈君奭〉：「告君，
乃猷裕」皆作「猷」，《爾雅》之「猷」亦有可能釋《書》，未必只《詩》而已，
則與《毛傳》之「猶」自然就不同了。

## （三）其　他

　　此類的八條，計有三種情形，茲分述如下：

### 壹

　　第十條：

　　　　〈釋言〉：「畯、農夫也。」

　　　　《毛傳》：「田畯，田大夫也。」

《爾雅》釋「畯」、《毛傳》釋「田畯」，二者義同，非前述分類之正字、假借
字、俗字、或體字之關係，故列此說明。

### 貳

　　第二十條：

　　　　〈釋水〉：「大波爲瀾」

　　　　《毛傳》：「風行水成文曰漣」

　　第二十三條：

　　　　〈釋木〉：「下句曰朻」

　　　　《毛傳》：「木下曲曰樛」

　　第二十六條：

　　　　〈釋鳥〉：「鶌鳩王鴡」

　　　　《毛傳》：「雎鳩、王雎也。」

此三組二書所用字「瀾、漣」、「朻、樛」、「鴡、雎」音義全同，故實爲一字，
後人乃別爲二字。雖是如此，但在比較二書關係時，亦有其可供觀察之方向，
茲以第二十條說明之。

而此條文多，爲便於觀察特予表列，又爲求清晰全備，其異訓內容之析論，亦提前於此一併說明：

| 〈釋水〉：河水清且瀾矣 | 〈魏風・伐檀〉 | 《毛傳》 |
|---|---|---|
| 大波爲瀾 | 河水清且漣漪 | 風行水成文曰漣 |
| 小波爲淪 | 河水清且直漪 | 直、直波也 |
| 直波爲徑 | 河水清且淪漪 | 小風水成文轉如輪也 |

（1）就「瀾」、「漣」二字言：段《注》：「古闌連同音，故瀾、漣同字，後人乃別爲異字異義異音。」而《爾雅》作「瀾」、《毛傳》作「漣」明顯二者成書乃在二字區別之後，而且並未有直接援引之關係，否則何以異字。而第二十三、二十六兩條「朻、樛」、「鶪、雎」之例，也是具有同樣意義的。

（2）就「直漪」言：《爾雅》「直波爲徑」，《毛傳》「直波也」，顯然，二者相異。《爾雅》所釋乃爲訓例之一致，《毛傳》則否是，只是隨《詩》文而注，二者不必有援引之關係。

（3）就「淪」字言：《爾雅》只云：「小波」以與「大波」相對。《毛傳》則取「輪」轉之圓釋之。可以顯示釋詞之書與釋《詩》之書，在訓詁特質上之差異，自然也不是直接之援引。

（4）就訓釋內容言：《爾雅》「大波」、「小波」與《毛傳》「風行水成文」、「小風水成文」義可相成，但終究訓釋之方法有異。今所謂「漣漪」，自然之風可形成，人爲之投擲亦可形成，故《爾雅》只分別其大小，無論如何形成，皆爲漣漪。而《毛傳》依《詩》意立訓，故以風行水之大小釋之。是此例最足以顯示二書之訓詁性質是不同的。

參

另有四條，並非無法歸類，而是無法肯定其比較是否成立，此四條分別是：

4 〈釋詁〉：「茂、豐也」
《毛傳》：「豐、茂也」
6 〈釋詁〉：「希、罕也」
《毛傳》：「罕、希也」
8 〈釋詁〉：「維、侯也」

　　　　《毛傳》：「侯、維也」

　　12〈釋言〉：「寬、綽也」

　　　　《毛傳》：「綽綽、寬也」

若以本節正常之比較方法，此四例皆可歸於同義詞中。但若衡諸《爾雅》一書「下字訓上字」之體例，尤其〈釋詁〉、〈釋言〉二篇未見例外，則《爾雅》此四條釋「茂」、「希」、「維」、「寬」似乎與《毛傳》釋「豐」、「罕」、「侯」、「綽綽」並不相干，乃是各有訓釋之對象、取材之來源。

　　雖然如此，但因二書此四組訓例，實在甚為相近，故姑列於此，未敢置可否，以俟來者。

## 二、訓異部份

### （一）就正字、假借字、俗字、或體字論

　　《爾雅》用正字、《毛傳》用或體字；《爾雅》用假借字、《毛傳》用正字；《爾雅》用俗字、《毛傳》用正字之例各一。其中兩個《爾雅》非用正字之例，有其特殊之處，未必就晚於《毛傳》，茲分述如下。

　　《爾雅》用假借字、《毛傳》用正字，僅第二十五條一例：

　　　　〈釋鳥〉：「佳其鳰鴲。」

　　　　〈小雅·四牡〉：「翩翩者鵻」

　　　　《毛傳》：「鵻、夫不也」

「鳰鴲」何時出現不可知，但未必因為假借字就晚於《毛傳》，蓋蟲魚鳥獸之屬，異名眾多，音同多可假借，何時假借，不易查考，此蟲魚鳥獸之異字不可與一般訓例同之處（參本節一（一））。

　　《爾雅》用俗字、《毛傳》用正字，僅第九條一例：

　　　　〈釋言〉：「佻、偷也」

　　　　〈小雅·鹿鳴〉：「視民不恌」

　　　　《毛傳》：「恌、愉也」

按段玉裁說，《爾雅》「偷」俗字、《毛傳》「愉」正字，且依段意，「偷」字甚晚。但有趣的是，此例所訓之字《爾雅》「佻」為正字、《毛傳》「恌」為俗字（皆見前），因此二書在此例中各有正字、俗字，要據正、俗字出現先後之常理判斷二書先後，便有了矛盾，而不易以此釐清。不過此例倒是提供了另兩個思考之方向：

其一：《爾雅》甚至《毛傳》，可能有後人改動之跡。《國語・周語》：「而卻至佻天以爲己力」爲「佻」；而《左傳》昭十年：「佻之謂甚矣」、引《詩》：「視民不佻」即是作「佻」；另外《說文》「佻」，許慎引《詩》亦是作「佻」，因此今所見《毛詩》爲「恌」，可能是後人以俗字所改。若然，則《爾雅》「佻、偷也」，「佻」既爲正字，「偷」也可能是後人以俗字所改了。

其二：所謂後人改竄，其實世代久遠，疑不能明，除非有堅強證據，否則無法肯定，因此不予考慮，也是可以。在排除人爲改竄之因素後，就以定本來看《爾雅》與《毛傳》此例，正好也可以看出二書未必是有直接援引取釋之關係的，否則何以有此正、俗相對之差異。以此角度來看此例《爾雅》之用俗字，就可以不必定以「偷」字晚出，而逕言《爾雅》晚於《毛傳》了。

## （二）就二書互爲同義詞論

此類占 65.38%，十七條，爲最大宗。皆非正、借、俗體、或體字之關係，指或異形、或異音之同義詞而言。十七例如下：（爲求明晰，分字、詞二類表列）

| 同義字 | | | 同義字（詞） | | |
|---|---|---|---|---|---|
| 條　目 | 《爾雅》 | 《毛傳》 | 條　目 | 《爾雅》 | 《毛傳》 |
| 1 | 謀 | 圖 | 2 | 壽 | 大老 |
| 3 | 導 | 左 | 10 | 農夫 | 田大夫 |
| 5 | 病 | 愈 | 13 | 安 | 安靜 |
| 7 | 舍 | 赦 | 14 | 安 | 安諦 |
| 11 | 徹 | 達 | 16 | 傲 | 猶謷謷 |
| 15 | 僻 | 反 | 19 | 正出湧出 | 正出 |
| 17 | 憂 | 痛 | 20 | 大波…… | 風行水…… |
| 21 | 縭 | 纚 | 22 | 銚芅 | 銚弋 |
| | | | 23 | 木下曲 | 下句 |

就此十七條而言，無論同義字或詞，《爾雅》與《毛傳》畢竟是用詞不同，故首先就可以辨駁《爾雅》乃依傍《毛傳》之說法，否則何以義同而訓詞不同。

另外就前表所分字與詞二部份言，同義字的部份較單純，既無關正、借等問題，故僅顯示其差異性已足，如前段所言。至於同義字（詞）部份，則猶有可延伸討論之處：

其一：此九條，不但用詞不同，且訓釋之繁簡也不同，《爾雅》訓「安」、《毛傳》訓「安靜」；《爾雅》訓「傲」、《毛傳》訓「猶警警」，是《毛傳》繁於《爾雅》；《爾雅》訓「正出、湧出」、《毛傳》訓「正出」，又是《爾雅》繁於《毛傳》。明是《爾雅》訓釋不與《毛傳》同也，何必說是取《毛傳》而成書。

其二：第十條尤有可說：

〈釋言〉：「畯、農夫也」

〈豳風‧七月〉：「田畯至喜」

《毛傳》：「田畯、田大夫也」

「農夫」、「田大夫」皆農官義，但《尚書‧酒誥》：「農父」、《禮記‧郊特牲》：「饗農」、《國語‧周語》：「農正」，未有「田大夫」之說法。「農」、「農父」之說法當是早於《毛傳》「田大夫」的，而《爾雅》之「夫」與酒誥之「父」音義可通，其實一也。是《爾雅》不據《毛傳》來，可輕易看出，甚至《爾雅》所訓，近於〈酒誥〉，可能還是早於《毛傳》的。

其三：第二十條「河水清且瀾漪、大波爲瀾、小波爲淪、直波爲徑」之例，不但與《毛傳》用字不同、繁簡不同、甚至取義之由來也不同（小波爲淪——小風水成文轉如輪，說皆見本節一（三））。更足證明《爾雅》不必由《毛傳》來也。

此類同義詞佔總數比例高達 65.38%，顯然宋人說《爾雅》依附於《毛傳》，說《爾雅》依傍《毛傳》釋《詩》之說法，是值得商榷了。

## （三）就訓詁方法論

第十八條之例，《爾雅》與《毛傳》之異訓，乃源於訓詁方法之不同：

〈釋訓〉：「是攔是禡、師祭也」

〈大雅‧皇矣〉：「是類是禡」

《毛傳》：「於內曰類、於外曰禡」

《爾雅》只言「師祭」、《毛傳》則別爲內、外，其意即如《禮記‧王制》：「天子將出，類乎上帝，禡於所征之地。」之意，郭璞注亦云：「師出征伐，類於上帝，禡於所征之地。」

訓詁學中分析同義詞的方法，有所謂「統言」、「析言」二種。「統言」用以說明同義詞共同之意義，而不計較其細微差別，即「渾統稱說」之意，故又稱「渾言」、「通言」、「散言」、「散文」。「析言」與「統言」相對，用以辨析、說明同義詞之間的細微差別，即「分析稱說」之意。

「統言」、「析言」明，則此例二書之差異亦明，《爾雅》「禷」、「禡」皆云「師祭」蓋統言也；《毛傳》「於內」、「於外」蓋析言也。這也就反應了《爾雅》與《毛傳》二書在本質上之差異性，強爲之合，將是格格不入的。

### （四）其　他

「其他」類分別爲四、六、八、十二及二十六條，已併於本節一（三）討論，請參閱前文。

# 第三節　《爾雅》與《毛傳》關係之推論

綜合本節前文之比較考證及析論，《爾雅》與《毛傳》「字異訓異義同」類之比較，可得如下之結論：

## 一、《爾雅》非依《毛傳》成書

「字異訓異義同」類共計二十六條，由於字異、訓異故其實有五十二處之不同。其不同之原因，已歸納於前，如正字與借字、俗字、或體字之不同；繁簡之不同；甚至訓詁方法、取義之來源皆有不同。在在都顯示了二書之差異頗大，既是如此，則《爾雅》非依《毛傳》成書可知也。

## 二、《爾雅》早於《毛傳》之可能性較大

要肯定二書之先後，其實是不容易的，尤其部份證據具相對性，也都可以自圓其說，因此要確定二書之先後淵源，尚需要更完整、更多之比較才行。不過在初步與《毛傳》之比較過程中，依據一些細微的證據，作大膽的推測，應是被允許、且對未來《爾雅》與群書之比較，是具正面意義的，如本節第十條「農夫」一例。再加上以文字發展及使用常理，推測正字、借字、俗字先後的前提下，《爾雅》相對具有較高的正面比例。因此本節大膽推測：《爾雅》早於《毛傳》的可能性相對是較大的。

## 三、《爾雅》有後人增修改竄之可能

《爾雅》一書條列式之體例，與一般典籍有文意貫串之體例，截然不同，在成書定型之初，最易重出顛倒錯亂，甚至有後人之增修改竄，如前文第九條、第十一條之推測即是。雖然事隔千百年，並不易追尋、甚至肯定後人增

修改竄之過程與事實，但在合理之前提下作推測，應該也是一個適當的方向才是。

## 四、謹慎處理草木蟲魚之異名

　　草木蟲魚異名之差異，在本節出現甚多。草木蟲魚之命名及用字，或受古今異詞之影響、或受方俗殊語之影響，隨時空之差異而多有不同。用正字、借字、俗字之概念去分析、取證二書先後，可能是費時而結果不多的。正確的態度應是：重其異而不強爲之同，意即以此異名作爲《爾雅》、《毛傳》不同源之考慮方向，不必拘拘於形、音、義之考證，而強爲之發凡起例，如此對釐清二書之糾纏，方具有正面之意義。

## 五、《爾雅》與《毛傳》性質各異

　　就本節字異、尤其是訓異部份之分析，可以發覺，《爾雅》與《毛傳》之所以差異頗大，追根究底二書之訓詁性質是不同的：

　　《毛傳》純爲《詩》作，乃「注疏之訓詁」，也可說即「解文之訓詁」。「解文之訓詁」指隨文釋義之訓詁，即注重解釋詞在典籍中的具體意義。此種訓詁貴「專」，如第二十條《毛傳》以「小風水成文轉如輪也」釋〈伐檀〉之「淪」即是。

　　《爾雅》乃釋詞之書，可說即「說字之訓詁」。「說字之訓詁」指綜合釋義之訓詁，即注重解釋詞義之概括性。此種訓詁貴「圓」，往往將一切義包括無遺，如第十八條《爾雅》以「師祭」釋「禷」、「禡」即是。

　　廣義的說，《爾雅》「說字之訓詁」的性質，可以涵蓋《毛傳》「解文之訓詁」的，反之則否，對於二書訓釋之差異，應作如是觀。有人認爲《爾雅》之訓詁優於《毛傳》、有人認爲《毛傳》之訓詁優於《爾雅》，如齊珮鎔《訓詁學概論》：「兩相比較，《爾雅》望文生義之處，《毛傳》每每不用，可見古文家之立訓必審乎聲、察乎情，實較今文家爲優。」繼而有人純粹以訓詁之優劣來斷二書先後，恐怕這都忽略了二書在訓詁上之特質。而在未有科學性之比對、考證下，就牽扯於今、古文家，甚至判定其訓詁優劣，恐怕也是迂遠的了。

# 第八章 《爾雅》與《毛傳》字同訓異義異例之比較研究

## 第一節 訓例之比較與考證

### 〈釋詁〉第一

1 話、言也

〈大雅・板〉:「出話不然」

〈大雅・抑〉:「慎爾出話」

《毛傳》:「話、善言也」

按:

(1) 馬瑞辰《毛詩傳箋通釋》:「話有二義,有但作言字、告字解者,《爾雅》『話、言也』、『〈盤庚〉『乃話民之弗率』,《釋文》引馬融注『話、告也、言也』是也。有作善言解者,《書》疏引《爾雅》舍人注曰:『話、政之善言也』、孫炎曰:『善人之言也』,今按:〈盤庚〉『乃話民之弗率』當訓誥,〈抑〉詩『慎爾出話』當訓言,惟此詩『出話不然』,話當訓善言耳。」馬氏以爲「話」有三義:一爲動詞,如今所謂「告訴」之「告」;二爲名詞,即「言」與「善言」。如馬氏之說,則「告」、「言」、「善言」不同,《爾雅》與《毛傳》所訓鎮自有異。

(2) 馬氏以「善言」爲「話」之一義,可以符合《詩》意,但就訓詁而言則不夠精密,蓋「善言」爲「話」,可;「話」則未必皆「善言」,

-163-

其意涵是有不同的。郝懿行《爾雅義疏》:「經典或話言連文,故《小爾雅》及《左傳》杜預注並云:『話、善也』,實則善言爲話、非話即爲善。」因此《爾雅》與《毛傳》所訓,確實不同。

（3）此種差異,若以訓詁方法論,其實即統言、析言之區別。《爾雅》釋詞不專爲《詩》作,故無論善不善,俱爲話,是爲「統言」;《毛傳》依《詩》文立訓,故訓「善言」,乃爲「析言」之訓詁方式。以《爾雅》涵蓋《毛傳》之意,可;以《毛傳》涵蓋《爾雅》之意則不足,其異乃在此也。

## 2 玄黃、病也。

〈周南・卷耳〉:「我馬玄黃」

《毛傳》:「玄馬病則黃」

按:

（1）「玄黃」爲「病」,與〈卷耳〉前章「我馬虺隤」,「虺隤」爲「病」,義同,歷來諸家訓解皆以《爾雅》爲長。

（2）然《毛》以「玄」爲馬色,「病」爲「黃」,恐亦一說,《爾雅》邢疏引孫炎曰:「玄黃馬更黃色之病」,「玄」、「黃」本亦有顏色義,殆《毛傳》、孫炎既用色義,又用病義,故然。

（3）二者訓異,可見未必有援引關係。《易經》:「其血玄黃」,《爾雅》或不止釋《詩》而已。

## 〈釋言〉第二

## 3 肅、聲也。

△〈唐風・鴇羽〉:「肅肅鴇羽」

《毛傳》:「肅肅,鴇羽聲」

△〈小雅・鴻鴈〉:「肅肅其羽」

《毛傳》:「肅肅,羽聲」

按:

（1）「肅」之爲聲,不必只「鴇羽聲」或「羽聲」,郝懿行《爾雅義疏》:「經典言肅雝者多矣,此言其聲耳。《詩・鴻鴈》『肅肅羽聲也』,〈鴇羽〉《傳》『肅肅鴇羽聲也』是皆重文。若單文亦爲聲。《禮・祭義》

云『肅然必有聞乎其容聲』，《史記・孝武紀》云：『神君來則風肅然』，是皆以肅爲聲也。」

（2）《爾雅》統言之，「肅，聲也」；《毛傳》依文立訓，乃析言之，然二者究是有異。

（3）「肅雝」經典多有，又知《爾雅》與《毛傳》不必同源，《爾雅》不必只釋《詩》，也不必取於《毛》立訓，而《毛傳》也未必取於《爾雅》也。

## 4　雝、聲也。

〈邶風・匏有苦葉〉「雝雝鳴雁」

《毛傳》：「雝雝、雁聲和也」

按：

（1）《爾雅》統言、《毛傳》析言，參前例。

## 5　窶、貧也。

〈邶風・北門〉「終窶且貧」

《毛傳》：「窶者無禮也，貧者困於財」

按：

（1）《詩》謂「終窶且貧」，若「窶」、「貧」爲二事，則毛說爲長。然實則「窶」、「貧」一也，郝懿行《爾雅義疏》：「窶者，《說文》云『無禮居也』，《詩・北門》《傳》『窶者無禮也、貧者困於財』，《一切經音義》一引《蒼頡篇》云『無財曰貧、無財備禮曰窶』，又引《字書》云『窶空也』，《類聚》三五引《字林》云『窶貧空也』。按：窶從婁聲，婁訓空，故以空言聲兼意也。《釋名》云『窶數猶局縮，皆小意也。小與貧近，故《荀子・堯問篇》有窶小之言。小與空又與無禮居近也，《詩》云『終窶且貧』，是貧窶爲二，窶謂無財可以爲禮，貧幷無以自給，故言且以見意，實則貧窶是一，故《書》『六極四曰貧』，不言窶，從可知也。」

（2）「貧」者無財，「窶」者無財以備禮，故一也。無禮乃指無法備禮，非態度之不禮貌，如此則《毛傳》雖析言爲二，其實皆源無財也。然則《爾雅》與《毛傳》所訓終究有異，《爾雅》統言之，《毛傳》則盡符《詩》意爲主。

### 6 訊、言也。

△〈陳風・墓門〉：「歌以訊之」

《毛傳》：「訊，告也」

△〈小雅・出車〉：「執訊獲醜」

《毛傳》：「訊，辭也」

△〈小雅・正月〉：「訊之占夢」

《毛傳》：「訊，問也」

按：

（1）雖《爾雅》釋「言」可以統《毛傳》之「告、辭、問」，然究以《詩》義，則不盡能合，如〈正月〉「訊之占夢」，當如《毛傳》解作「問」，若解如《爾雅》「言」，則義不能盡。是《爾雅》與《毛傳》之解，終不能以為同。

（2）「告」、「辭」、「問」統言之皆「言」也，《毛傳》依文立訓，則各有其異。此乃二者成書性質不同始然。

## 〈釋天〉第八

### 7 穹蒼、蒼天也。春為蒼天、夏為昊天、秋為旻天、冬為上天。

〈王風・黍離〉：「悠悠蒼天」

《毛傳》：「蒼天以體言之，尊而君之則稱皇天，元氣廣大則稱昊天，仁覆閔下則稱旻天，自上降鑒則稱上天，據遠視之蒼蒼然，則稱蒼天。」

按：

（1）《毛傳》之說，乃由天德立意，《爾雅》則分四時為訓，絕不相同。

（2）《爾雅》此條之訓解，各家多謂出《尚書》歐陽說。至於《毛傳》之來源，馬瑞辰《毛詩傳箋通釋》：「《毛傳》以類言之，非必定有成語。」《爾雅》疏則曰：「毛公此傳，當有成文，不知出何書。」總之，來源不同，訓解內容也不同，可證《爾雅》與《毛傳》縱有援引之關係，也不是全盤直接之援引。

## 〈釋地〉第九

### 8 邑外謂之郊，郊外謂之牧，牧外謂之野，野外謂之林，林外謂之坰。

〈魯頌・駉〉：「在坰之野」

《毛傳》：「邑外曰郊、郊外曰野、野外曰林、林外曰坰。」

按：

（1）二者之差異在「牧」，《毛詩》疏：「〈釋地〉云……此傳出於彼文而不言郊外曰牧，注云郊外曰野者，自郊以外，野為通稱，因即據野為說，不言牧馬。且彼（《爾雅・釋地》文）郊外之牧，與此經牧馬字同而事異，若言郊外牧，嫌與牧馬相涉，故略之也。」蓋以《毛傳》出於《爾雅》。然《詩》云「駉駉牧馬，在坰之野。」中有「牧馬」字，若再依《爾雅》加「郊外曰牧」一級，恐易生誤而廢去。

（2）然〈召南・野有死麕〉《傳》云：「野，郊外也」，〈鄭風・野有蔓草〉《傳》云：「野，四郊之外」，則《毛傳》本只有「郊」、「野」、「林」、「坰」四級，非如《詩》疏所言，在駉傳中省去。如此，則《毛傳》未必取《爾雅》也。

（3）《爾雅》之「牧」，亦有所據，《書・牧誓》：「王朝至於商郊牧野」，《傳》：「紂近郊三十里地名牧野」，又〈牧誓序〉：「與受戰於牧野」，鄭注：「牧野，紂南郊地名」，又郝懿行《義疏》：「牧者，放牧之地。《詩・出車》《傳》『出車就馬於牧地』，〈靜女〉箋『自牧田歸荑』，〈載師〉云『以牧田任遠郊之地』，遠郊在郊外，牧田在遠郊，是郊外謂之牧矣。〈小司徒〉云『井牧其田野』，《左氏》襄二五年《傳》『牧隰皋井衍沃』，是井、牧皆田地之名。《爾雅》《釋文》引李本，牧作田字釋云『田陳也』，謂陳列種穀之處，然則李巡本作『郊外謂之田』，正與〈載師〉牧田任遠郊之義合。」若「牧野」乃商地名，不宜為「郊」、「牧」、「野」之序，則《爾雅》所取殆即《周禮》、《左傳》之「田地」義矣。

（4）此例最可見《爾雅》與《毛傳》之差異，《毛傳》釋《詩》，義明即可，故以通用之「郊野」為釋；《爾雅》釋詞，故力求全備。既不互取為用，且各有所據也。

## 〈釋山〉第十一

### 9 多草木岵、無草木屺

〈魏風・陟岵〉:「陟彼岵兮」、「陟彼屺兮」

《毛傳》:「山無草木曰岵」、「山有草木曰屺」

按:

（1）二說相反，迭有爭議。《說文》、《釋名》同於《爾雅》，《詩》疏、《爾雅》疏以下多以爲《毛傳》乃轉寫之誤。至段玉裁則以《毛傳》爲長，《說文》「岵」下注曰:「《毛傳》所據爲長，岵之言瓠，落也；屺之言芟，滋也。岵有陽道，故以言父，無父何怙也。屺有陰道，故以言母，無母何恃也。毛又曰:『父尙義、母尙恩』，則屬辭之意可見矣。許宗毛者也，疑有無二字本同毛，後人易之。」以爲《說文》原同《毛傳》，「有」、「無」二字乃後人改易。

（2）歷來解家爲異中求同，多以「傳寫之誤」爲論，其實傳寫是否有誤，難有實據，故無補於《爾雅》、《毛傳》，並不科學。現有資料具在，既是有異，應從資料本身探究才是。若排除求同之目的，純以字論，竊謂《爾雅》爲長，其理如下:

A.峐 a.《說文》無「峐」，按「峐」應是「從山亥聲」。

　　 b.「亥」《說文》:「芟也，十月微陽起，接盛陰」

　　 c.「芟」《說文》:「草根也」

　　 d.「亥」段《注》:「《釋名》曰:亥核也，收藏萬物，核取其好惡眞僞也。許云芟也者，芟根也，陽氣根於下也。十月於卦爲坤，微陽從地中起接盛陰，即壬下所云陰極陽生。」

　　 e.許、段以陰陽說「亥」，綜其言則盛陰在上，陽氣在下而微起之意，則陽氣只是初生，萬物依舊收藏，如《釋名》之說。況「芟」爲草根，根亦在下。故知「峐」字之「亥」，聲兼意，不爲滋生，應如《爾雅》所言「無草木」才是。

B.屺 a.《三蒼》、《字林》、《聲類》並曰:「峐，即屺字」

　　 b.「屺」《說文》:「山無草木，從山己聲」

　　 c.「己」《說文》:「中宮也，象萬物辟藏詘形也」

　　 d.「己」段《注》:「辟藏者，盤辟收斂，字像其詰詘之形也。」

　　 e.依許、段意:「己」乃萬物辟藏，則山之草木亦當辟藏而無，非《毛傳》之「山有草木」，「己」字亦是聲兼意也。

C.岵 a.「岵」《說文》:「山有草木，從山古聲」

b.「古」《說文》：「故也，從十口識前言者也」

c.「古」段《注》：「識前言者口也，至於十則展轉因襲，是爲自古在昔矣。」

d. 所謂「展轉因襲」，則有「多」意，故「古」有「久」意，久則多矣。以山草木言，自亦爲多，如《爾雅》所訓者。

（3）段玉裁以《毛傳》爲長，所論多待商榷：

A.「岵」字以聲訓，解爲「瓠、落也」，無根據，乃爲附合《毛傳》而說。

B.「屺」字又不以聲訓，而借《爾雅》之「峐」，以《說文》「亥、荄也」訓解，實爲不類，而「荄」訓「滋」，亦非也（說見前）。

C.「岵」爲陽道，「屺」爲陰道之說，亦嫌附會，且釋「屺」爲滋生，何以又爲陰道，令人不解。

D. 段氏之說乃以爲許慎既宗毛，必處處合於《毛傳》，故而爲之紛說以符毛，終爲迂曲也。

（4）排除「傳寫之誤」的說法，以現有資料言，《爾雅》之解釋長於《毛傳》。孰長孰短，本乃訓詁之問題，若就二者取材而言，則因訓釋相反而明顯《毛》不取於《雅》，《雅》亦不取《毛》也。

## 10 石戴土謂之崔嵬、土戴石爲砠

〈周南・卷耳〉：「陟彼崔嵬」、「陟彼砠矣」

《毛傳》：「崔嵬、土山之戴石者、石山戴土曰砠」

按：

（1）二說相反，歷來多以《毛傳》是，《爾雅》非，而《爾雅》本同於《毛傳》，乃後人傳寫之誤，如馬瑞辰《通釋》：「崔嵬及砠，皆以《毛傳》爲確。《說文》：『崔、高大也』、『嵬，高不平也』……《說文》又曰：『兀、高而上平也』『阢、石山戴土也』，阢即兀也。知高而上平者爲石山戴土，則知崔嵬之高而不平者爲土山戴石矣……砠通作岨，《說文》：『岨、石戴土也』，以岨爲石戴土，則益知崔嵬爲土戴石矣……《毛傳》多本《爾雅》，今《爾雅》與《毛傳》互異，蓋傳《爾雅》者傳寫誤也。」郝懿行《義疏》引馬氏說以爲確並云：「毛、許、劉所見《爾雅》古本具不誤，唯孫、郭所注始據

誤本。」亦以爲傳寫之誤。

（2）段玉裁則有折中之論，《說文》「岨」段《注》：「二文互異而義則一，戴者增益也，〈釋山〉謂用石戴於土上，毛謂土而戴之以石；〈釋山〉謂用土戴於石上，毛謂石而戴之以土。以絲衣戴弁例之，則毛之立文爲善矣。」

（3）《爾雅》有傳寫之誤，當然是有可能的，不過就此條而言，則未有證據足以顯示傳寫錯誤之跡，因此只能存疑。至於段氏折中之論，從「戴」字之意義、用法來使二書相合，佳則佳矣，終嫌迂曲。

（4）無論「傳寫之誤」或段氏折中之論，基本上皆是在求二書之同，其目的則是爲了《詩》文或詞義之安妥，甚至是二者援引之關係，本無可厚非。不過時至今日，在面對《爾雅》與《毛傳》二書關係之問題時，因爲求同不易，則不妨就從其異來看，無論土戴石、石戴土，《爾雅》與《毛傳》就是異訓，顯然二書不必有援引之關係，而且也不是意義同就表示有援引的。求同之論，必謂《爾雅》在前或《毛傳》在前，而又不能論說堅強，因此只有徒生困惑而已。

## 〈釋草〉第十三

11 蒚、蕸。

〈小雅・我行其野〉：「言采其蒚」

《毛傳》：「蒚、惡菜也。」

按：

（1）《說文》「蒚」、「蕸」互訓，二字蓋同音通用，故《爾雅》亦「蒚」、「蕸」互釋。

（2）《說文》「蒚」段《注》：「陸機云『蒚有兩種，一種莖葉細而香，一種莖赤有臭氣。』按毛公云『蒚、惡菜』，殆因有臭氣與。」段氏以爲《毛傳》由蒚之特質爲訓，頗可據。

（3）《爾雅》以異名爲訓，《毛傳》以蒚之特質爲訓，是訓釋方法即有不同，而《爾雅》非據《毛傳》而來亦可知也。

12 筍、竹萌。

〈大雅・韓奕〉：「維筍及蒲」

《毛傳》:「筍、竹也。」

按:

(1)《詩・韓奕》《正義》引孫炎曰:「竹初萌生謂之筍」,陸機疏云:「筍,竹萌也。」《毛傳》統言之亦「竹」也,與《爾雅》「竹萌」猶有不同。

## 〈釋獸〉第十八

13　豕生三豵。

〈召南・騶虞〉:「壹發五豵」

〈豳風・七月〉:「言私其豵」

《毛傳》:「豕一歲曰豵」

按:

(1)郝懿行《義疏》:「豵者,《說文》:『生六月豚,一曰一歲曰豵,尚叢聚也。』然則豵之爲言叢也,叢有眾意,故三曰豵矣。《詩・騶虞》箋『豕生三曰豵』,《傳》云『一歲曰豵』,〈七月〉《傳》同。鄭眾大司馬注『一歲爲豵、二歲爲豝、三歲爲特、四歲爲肩、五歲爲慎』,《詩・伐檀》《傳》亦云『三歲曰特』,凡此諸名,當有成文,故毛鄭援引以爲說,其豵、特與豕,名同義異。」

(2)依郝氏意,《毛傳》以壽命大小釋「豵」,《爾雅》則以豕之生子叢聚眾多爲釋,此條郭注云:「豬生子常多,故別其少者之名」,郝說爲是。

(3)知《爾雅》與《毛傳》實各有所據,未必相關也。

# 第二節　《爾雅》與《毛傳》關係之推論

宋以前人多以《爾雅》成書《毛傳》前,故《毛傳》乃取《爾雅》釋《詩》;宋歐陽修以後,反之,以《爾雅》及取《毛傳》而來,無論何說,在本節「字同訓異義異」類之比較下,皆顯示其周嚴性不足。蓋既有先後、援引之關係,何以訓解不同、甚至意義不同、甚至有一書訓解完全相反之例證,可見是否援引、依傍,只是問題的一部分而已,對於《爾雅》與《毛傳》所有關係之澄清,猶有其他應該考慮的方向。

「字同訓異義異」類，較他類特別之處，在於因訓解的不同，造成了字同而竟詞義不同的現象。其訓解之內容、意義之對錯，固然值得推求，如本節前之比較，但是造成差異的背景原因，是更值得深入探索的，尤其是對二書糾葛之關係言，這才是應討論的重點。綜合前文之比較，可以歸納出三個造成差異的背景原因，此三點環環相扣，其實是同一範疇、層次的問題，試分析如下：

## 一、二書訓釋對象不同

《毛傳》一書純為《詩》作，故依文立訓，能盡符《詩》意即可。《爾雅》一書之訓釋對象則非單一、固定的，必須符合最大多數書籍在意義上的要求。茲舉第六條為例：

〈釋言〉：「訊、言也」，《毛傳》：「訊、告也」、「訊、辭也」、「訊、問也」，「訊」字出現在古書中，不可勝數，茲舉《經籍纂詁》「訊」字條所歸類之意義，各舉數例如下：

問　《詩・正月》：「訊之占夢」（傳）

　　《莊子・山木》：「虞人避而訊之」（《釋文》）

　　《大戴禮・曾子事父母》：「弗訊不言」（注）

　　《楚辭・怨思》：「訊九魁與六神」（注）

詰　《太元元圖》：「乃訊感天」（注）

告　《詩・雨無正》：「莫肯用訊」（傳）

　　《詩・墓門》：「歌以訊之」（傳）

　　《國語・吳語》：「訊讓日至」（注）

讓　《國語・吳語》：「乃訊申胥」（注）

諫　《詩・墓門》：「歌以訊之」（《釋文》引《韓詩》）

言　《爾雅・釋言》：「訊、言也」

　　《詩・出車》：「執訊獲醜」（箋）

　　《周禮・小司寇》：「用情訊之」（注）

辭　《詩・出車》：「執訊獲醜」（傳）

訾　《禮記・學記》：「多其訊言」（注）

足見「訊」字他書多有，不止在《詩》，縱是《詩》中之「訊」，其意義也隨文

而異。在如此多之意義中，「言」字之意，應是最寬廣的了，而《爾雅》在訓解時，選擇了「言」之意義爲釋，其原因很簡單，《爾雅》必須針對所有書之「訊」字解釋，而不是某一特定的對象，因此若釋爲「問」，只能作「訊問」意理解；若釋爲「告」，只能作「告訴」意理解；皆未必適用他書。然而釋以「言」字，卻能使讀者在閱讀至「訊」字時，有一意義概念、意義方向上之指引，進而找到更精密、更貼切於文意之訓解。因此一爲群書、一爲《詩》，這就是《爾雅》與《毛傳》經常在訓解上不同，乃至意義上也有距離的一個原因了。

## 二、二書訓詁方法不同

《爾雅》訓釋對象既是複雜的，因此其訓釋方法也不能拘泥於單一的、狹義的解釋，最常見的例子就是訓詁方法中「統言」之運用，如第 3 條：

> 〈釋言〉：「肅、聲也」
> 〈唐風・鴇羽〉：「肅肅鴇羽」
> 《毛傳》：「鴇羽聲」
> 〈小雅・鴻鴈〉：「肅肅其羽」
> 《毛傳》：「肅肅、羽聲」

「肅」之爲聲，不止鳥類飛羽迅疾之聲而已，風聲亦可以形容爲「肅」，如《史記・孝武紀》：「神君來則風肅然」，因此《爾雅》必以「統言」廣義的解釋，其理在此。

查「肅」字在《爾雅》凡四見：〈釋詁〉：「肅、疾也」、「肅、速也」，〈釋言〉：「肅、聲也」，〈釋訓〉：「肅肅，恭也」，重出固然有人爲增補之可能，但若排除此因素，或者就以今日之定本來看，重出也是因一字數義，不得不然，而這剛好也就可以補「統言」在特定訓釋上之不足了。

另外前舉「訊、言也」之例，亦是標準之《爾雅》「統言」、《毛傳》「析言」之例，理通而彼例亦通，茲不贅敘。

## 三、二書成書性質不同

二書之所以有前述訓釋對象、方法之差異，基本上即源於二書成書性質上之差異。

《毛傳》純粹釋《詩》，屬注疏之訓詁，注疏之訓詁乃是一種「解文之訓

詁」，貴在「專」；《爾雅》則對象廣泛，爲釋詞而作，乃是「說字之訓詁」，
貴在「圓」（二者定義見緒論或第七章第三節五）。如第十一條：

〈釋草〉：「葍、藑」

〈小雅・我行其野〉：「言采其葍」

《毛傳》：「葍、惡菜也」

依《爾雅》「葍」即「藑」、「藑」即「葍」乃以異名互訓，人見而能解。《毛
傳》云：「惡菜」，「惡菜」者何？《說文》「葍」段《注》：「陸機云『葍有兩
種，一種莖葉細而香、一種莖赤有臭氣。』」原來《毛傳》是就其臭之特質立
訓，與《爾雅》異。

「葍」本有二種，一種香、一種臭，《毛傳》爲何以臭這種釋《詩》，而
不以香？或者其他異名？這就得回到〈小雅・我行其野〉上來看了：

（一）《詩》文：　　　　　　　　　　　爲便說明特予簡譯：

我行其野，　　　　　　　　　　　我走在野外

蔽芾其樗。　　　　　　　　　　　茂盛的樗木遮蔽了我。

昏姻之故，　　　　　　　　　　　爲你我有婚約，

言就爾居。　　　　　　　　　　　才到了你家。

爾不我畜，　　　　　　　　　　　誰知你不留我，

復我邦家。　　　　　　　　　　　我只好回鄉去。

我行其野，　　　　　　　　　　　我走在野外，

言采其蓫。　　　　　　　　　　　采摘蓫菜。

昏姻之故，　　　　　　　　　　　爲你我有婚約，

言就爾宿。　　　　　　　　　　　才與你同住。

爾不我畜，　　　　　　　　　　　誰知你不留我，

言歸思復。　　　　　　　　　　　所以想要回鄉去。

我行其野，　　　　　　　　　　　我走在野外，

言采其葍。　　　　　　　　　　　采摘葍菜。

不思舊姻，　　　　　　　　　　　不想想你的舊婚約，

求爾新特。　　　　　　　　　　　只求你的新歡。

成不以富，　　　　　　　　　　　並不是因爲他有多好，

亦祇以異。　　　　　　　　　　　一切只因你變心了。

（二）注：

　　　樗：1《說文》：「樗，樗木也」

　　　　　2 段《注》：「今之臭椿樹是也」

　　　　　3 陸璣《草木疏》：「樗樹及皮皆似漆青色，葉臭。」

　　　　　4 蘇頌《圖經》：「椿葉香可啖，樗氣臭，北人呼爲山椿。」

　　　　　5《毛傳》：「惡木也」

　　　蓫：1《爾雅·釋草》：「蓫薚馬尾」

　　　　　2《本草》：「此物能逐蕩水氣，故日蓫薚」

　　　　　3《毛傳》：「惡菜也」

　　　葍：見前引段《注》、《毛傳》。

此詩說貧苦女子，嫁於異邦，夫喜新厭舊不相容，遂歸故里。首章說其行於野外時，遇惡木茂盛，大概有以惡木刺其夫及婚姻之惡的意思；次章說途中采蓫，蓫爲惡菜，當也如前章之刺夫及婚姻。既然「樗」、「蓫」俱惡，皆有所指，則第三章之「葍」，體例一致，當也爲惡菜刺夫及婚姻。雖「葍」亦有香者，但《毛傳》取惡釋之，完全符合詩意，可見《毛傳》訓詁之「專」。

　　反之《爾雅》此條若也作「葍、惡菜也」，則釋「我行其野」可以，置於他書，就不能必合，於是《爾雅》釋以異名「蕾」，正見其「圓」也。

　　綜合前述三點理論，《爾雅》根本是不同於《毛傳》的，前人因爲見二書所同之一、二訓例，遂強爲之別先後、論淵源，不是不可以，而是證據不足、方向有偏差。正確的態度，應是從其異處著眼，先釐清二書之本質、特性，如前所言者，然後再依全面性之證據，對其先後、訓詁淵源乃至誰援引誰，作合理之推測，始爲客觀。本章「字同訓異義異」類之比較，其目的、成果也就在此了。

# 第九章 結論：《爾雅》與《毛傳》關係之釐清

　　綜合前文各類訓例之比較考證，此試爲《爾雅》與《毛傳》歷來糾結、紛亂之關係做一釐析。茲先將二書各類訓例之總條數歸納於此，以備參酌：

| 分　　　　類 | 條　　　　數 |
|---|---|
| 字同訓同義同 | 457 |
| 字異訓同義同 | 68 |
| 字同訓異義同 | 208 |
| 字異訓異義同 | 26 |
| 字同訓異義異 | 13 |
| 總　　　計 | 772 |

| 分　　　類 | 條　　　數 | 合　　　計 |
|---|---|---|
| 字　　同 | 678 | 772 |
| 字　　異 | 94 | |
| 訓　　同 | 525 | 772 |
| 訓　　異 | 247 | |
| 義　　同 | 759 | 772 |
| 義　　異 | 13 | |
| 總　　計 | 2316 | |

# 第一節　《爾雅》與《毛傳》訓詁異同析論

## 一、二書訓詁材料不同

　　《爾雅》與《毛傳》俱為訓詁重要著作，但其所訓詁之材料，意即訓詁之對象、來源，卻是不盡相同的。《毛傳》一書純為釋《詩》而作，故其所訓之字，來源皆為《詩》；《爾雅》所收之字，雖有同於《毛傳》者六七八條，但此類用字，多也見於他書，故無法肯定《爾雅》此六七八條，亦如《毛傳》只為釋《詩》而作。如「訊」字，〈釋言〉、《毛傳》俱有，但「訊」字出現古書中，不可勝數，除《詩》外，《莊子》：「虞人避而訊之」、《楚辭》：「訊九魁與六神」、《周禮》：「用情訊之」、《禮記》：「多其訊言」、《大戴禮》：「弗訊不言」、《國語》：「訊讓日至」、「乃訊申胥」皆有「訊」字。〈釋言〉訓「訊」為「言」，也多能符合諸書「訊」字之義。雖不易考知《爾雅》取材之究竟，但據文獻所存來看，《爾雅》一書所訓之對象，應較《毛傳》是廣得多了。

　　再就二書字異之例言，計有九十四條。其用字之不同，依前文之分析，固有正字、假借字、俗字、或體字、古今字之區別，但不可忽略的，二書訓釋對象、取材之不同，可能是造成此區別的重要因素。如〈釋言〉「惇、厚也」、《毛傳》「敦、厚也」，據《說文》及段《注》，「惇」為正字、「敦」為假借字，此乃純就其字言，若以訓詁材料、來源言，則《爾雅》「惇」字見於《尚書‧舜典》：「惇德允元」、〈洛誥〉：「惇宗將」、〈禹貢〉：「終南惇物」，《爾雅》或者取材於此也未必；尤其《尚書》皆作「惇」、《詩》則皆作「敦」（參第五章第一節 23 條），其別至明，《爾雅》何必只是《詩》訓詁。

　　更具體的說，《爾雅》全書共二〇九一條（按指四千三百餘詞歸納後之條數），與《毛傳》相關之用字，不過七七二條，顯然《爾雅》之材料來源，不是《毛詩》、甚至《毛傳》一書可以範圍的。宋儒葉夢得、呂南公、曹粹中等，唯見《爾雅》有與《毛詩》相關之字，便驟以《爾雅》為《詩》訓詁，乃取《毛傳》成書，這種論證是狹隘且危險的。黃季剛先生〈論《爾雅》名義〉一文中云：「一可知《爾雅》為諸夏之公言、二可知《爾雅》皆經典之常語、三可知《爾雅》為訓詁之正義……先師皆云《爾雅》釋經，後儒乃云《爾雅》汎論訓詁，不亦淺窺《爾雅》乎。」說《爾雅》是汎論訓詁，已是淺窺《爾雅》；則宋儒以《爾雅》為《詩》訓詁，是更不足聽憑了。

## 二、二書訓詁方法、內容不同

　　《爾雅》與《毛傳》訓釋部分，固然有全同者五二五條，這些例子雖可提供我們在詞義訓詁上之參考，但對於二書之複雜關係，卻不容易提供澄清之依據，相反的，在歷代討論中，倒成了糾結二書關係之來源。《毛詩》孔《疏》據以爲《毛傳》取《雅》訓而成、宋儒則據以爲《爾雅》晚出，且有取於《毛傳》。可見相同訓釋的這部份，吾人應以純詞義訓詁之角度來看，而不好牽扯上二書關係，否則便徒生困擾。

　　反之，二書異訓的部份，對於解釋二書關係，卻是具有積極意義的。歸納前文所比較，《爾雅》與《毛傳》異訓之現象、原因有下列十種：

1. 正字、假借字
2. 正字、俗體字
3. 正字、或體字
4. 古今字
5. 同義詞
6. 統言、析言之不同
7. 訓詁術語之不同
8. 《爾雅》釋單詞、《毛傳》連文爲訓、依文立訓
9. 《爾雅》釋《詩》興喻之意，《毛傳》釋詩意
10. 繁簡不同

　　就前五項訓釋用字不同言，雙方或用正字、或用假借字、俗體字、或體字、古今字之例子，固然我們可以用文字發展、使用之常態規律去解釋先後、或其他差異，但畢竟這類例子其所占比例不算太多。真正可以看出二書差異，或說《爾雅》不必是引《毛傳》成書的，是在同義詞的這部份。無論所訓之字同或異，二書所使用之訓字，有許多是無關假借之同義詞的，既然所訓之字同、意義也同，而訓解用字，卻是各有差異，顯然就這些例子而言，《爾雅》援引《毛傳》的說法，是不易成立的。如〈釋詁〉：「懷、至也」、《毛傳》：「懷、歸也」，若有援引關係，何以不同。因此就同義詞部份而言，確是釐析二書糾纏的一個有力依據。

　　就統言、析言之訓詁方法差異言，《爾雅》釋詞多統言之、《毛傳》釋詩多析言之，如〈釋詁〉：「詢、度、咨、諏、謀也」、〈小雅·皇皇者華〉：「周爰咨諏」、「周爰咨度」、「周爰咨詢」，《毛傳》：「訪於善爲咨」、「咨事爲諏」、

「咨禮義所宜爲度」、「親戚之謀爲詢」。這種差異，應是隨著前文所述二書訓釋對象之廣狹而來，《爾雅》既然不是爲某書而作，自然不能只求符合《詩》意，如《毛傳》所訓者。甚至前人也有以爲《爾雅》可自成一書，不附經義的，如《四庫提要》便主此；另外，張心澂《僞書通考》說：「《爾雅》一書當係漢及漢以前之字典。」雖然「字典」這個說法，還有待討論，但其實這多少也可以做爲《爾雅》統言釋詞、《毛傳》析言釋詩的一個補充意義。既然《爾雅》與《毛傳》在訓詁方法上，實際存著如此之不同，則所謂援引關係，也絕不能如宋人般單純的思考了。

另外兩個部分：《爾雅》釋單詞、《毛傳》連文爲訓、依文立訓，如〈釋詁〉：「夏、大也」、〈大雅·皇矣〉：「不長夏以革」、《毛傳》：「不以長大有所更」；《爾雅》釋《詩》興喻之義、《毛傳》釋詩意，如〈釋訓〉：「顒顒卬卬，君之德也」、〈大雅·卷阿〉：「顒顒卬卬」，《毛傳》「顒顒、溫貌、卬卬、盛貌」，也是釐析二者關係的重要依據。這兩項不同，其實亦來自二書本質上之差異，《毛傳》爲盡符《詩》意，故而有整句依《詩》文立訓，或連文爲訓之例；《爾雅》不爲釋《詩》，故無需如此，其理易明。而《爾雅·釋訓》篇中，不可否認，有許多明引《詩》文之例，固然可以爲《詩》訓詁，但其訓釋方法猶是與《毛傳》不同的，《詩經》文意有許多諷喻之例，《爾雅》據此爲釋，蓋亦求能合於他處之使用；而《毛傳》則不必，只隨《詩》文立訓，或釋字義，或釋句義，能明《詩》意即可。從此二點看來，二書縱眞有援引之關係，也是不能狹隘的以「因襲」來了解的。

至於同一訓例，二書使用之術語不同，繁簡不同，看似無足輕重，但此不同也是具體存在，而不能忽略的。尤其在訓釋之繁簡中，有若干例子，是存有先後、甚至後者援引前者之遺跡的，這就更值得吾人注意了（參前文各章或本章第二節）。

綜上所述，《爾雅》與《毛傳》在訓釋部份，存著如此多之差異點，因此在考慮二書關係時，就絕不能只就其同的部份來立論，否則將失去許多文獻具體可徵的線索，而使結論偏差，宋人犯了此弊，同樣漢人也是忽略此點的。

## 三、二書成書性質不同

關於《爾雅》成書之性質，漢人多以爲釋六藝之旨、爲《五經》之訓詁；宋儒則直指爲《詩》訓詁。有關這些論點，《四庫提要》之駁辨甚好，《提要》

曰：「其書歐陽修《詩本義》以為『學《詩》者纂集博士解詁』高承《事物紀原》亦以為大抵解詁詩人之旨。然釋《詩》者不及十一，非專為《詩》作。揚雄《方言》以為孔子門徒討論六藝，王充《論衡》亦以為《五經》之訓詁，然釋《五經》者，不及十之三四，更非專為《五經》作。今觀其文，大抵採諸書訓詁名物之同異，以廣見聞，實自為一書，不附經義。」這種說法，衡諸漢、宋舊說，及本文前文之考辨，應是比較適當的一種立論。

　　高師仲華在〈《爾雅》之作者及其撰作之時代〉一文中，也有贊同之意見：「宋歐陽修始不信漢、晉人說，以為秦、漢之間學《詩》者纂集說《詩》博士解詁，其後宋、明人遂多以《爾雅》為《詩》訓詁……其實《爾雅》非專為《詩》作，乃綴輯群經諸子之訓詁而成，《四庫提要》已辨之甚明，宋、明諸儒不明乎此，故其推斷亦難盡信。」其實漢、宋二說，不能說錯，只是過於狹隘、各有所偏。時至今日，說《爾雅》是某書、某範疇典籍之訓詁，恐怕都再難出新義，尤其在比較《爾雅》與《毛傳》的主題下，回歸單純的訓詁學看法，應是較明確與方便、且真能釐清二書一些基本問題之糾纏的。

　　綜合前文各章及本節前文所述，《爾雅》與《毛傳》之訓詁材料不同、訓詁內容不同、訓詁方法不同、訓詁術語不同等，其實此皆源於二者成書之初，其性質即有差異。若依黃季剛先生在〈訓詁學講詞〉一文中之說法，則《爾雅》為「說字之訓詁」、《毛傳》為「解文之訓詁」；「說字之訓詁」「貴圓」，「往往將一切義包括無遺」，故《爾雅》取材廣泛、訓詁方法多統言，一字數義、一義數字，此皆「貴圓」所致；「解文之訓詁」「貴專」，注重解釋詞在經文中的具體意義，故《毛傳》多為析言，乃純粹釋《詩》而來，而前文所謂連文為訓、依文立訓，其目的也是在「貴專」了。

　　《爾雅》與《毛傳》雖同為訓詁之重要著作，但基本上《爾雅》屬「訓詁之專書」、《毛傳》為「傳注之訓詁」或「注疏之訓詁」，其成書之性質，本就截然不同的。就詞義訓詁本身之問題，同時參酌二書，可以使許多訓詁疑義渙然冰釋；但若欲強合二書為一，如宋以來以《爾雅》乃取《毛》而成之《詩》訓詁說，就會顯得扞格不入，而疑惑滋生了。

# 第二節　《爾雅》與《毛傳》之先後、依傍關係析論

## 一、《爾雅》非依《毛傳》而成書

　　自宋歐陽修對傳統《爾雅》作者、時代論發難後，宋、明儒多以《爾雅》訓例合於《毛傳》，而指《爾雅》乃依傍《毛傳》成書，此種論證，極爲不妥。就本文所收二書相關訓例，計七七二條，二書字、訓、義全同者四五七條，此四五七條，既是所訓一致，則欲分先後、援引，殊爲不易，更不用說如宋人所謂《爾雅》取《毛傳》而來。

　　反之，二書所不同的三一五條，則處處可以據以論說《爾雅》非依《毛傳》而成書。試將本文所考，三一五條字異、訓異、義異之原因，綜合歸納於下：

1. 二書有用正字、假借字之不同
2. 二書有用正字、或體字之不同
3. 二書有用正字、俗體字之不同
4. 二書有用古今字之不同
5. 二書有各用假借字之不同
6. 二書有訓詁內容之不同
7. 二書有訓詁方法之不同
8. 二書有訓詁術語之不同

　　此八種二書不同之現象，存在三一五條訓例之中，明明白白二書有差異，怎能只見其同，而不論其異。更何況《爾雅》全書二〇九一條，與《毛傳》猶有一千多條無關之訓例，則此亦由《毛傳》來耶？因此根據《爾雅》與《毛傳》字異、訓異、義異之部份言，《爾雅》並不是依《毛傳》而成書的。

## 二、《爾雅》早於《毛傳》之可能性較大

　　要完全肯定說二者先後關係，是不容易的，因爲時空遠隔，二書或同或異、異中有同、同中有異，其間差別雖具體存在，但其實都頗細微，只能就有限之線索來推論。本文以爲《爾雅》早之可能性較大，首先，是根據其用字狀況立論的：

　　二書字異部份，有正字、假借字、或體字、俗體字、古今字、同義詞之區別，其中《爾雅》使用正字之比例，高於《毛傳》，但《毛傳》使用正字之例，也不是沒有（參五、六、七、八章之考證及統計）。前人常說：經典用字多假借，《毛詩》古文亦多假借，而《爾雅》則多破俗之體，故《毛傳》是早

於《爾雅》的。這樣的說法，似也言之成理，但據本文之考，同一訓例，《毛傳》也有用正字、《爾雅》用假借字的，則是否據此又當以《爾雅》爲早才是。可見以使用假借字乃合於經典、其成書便早的論證，是不盡合理的。

　　本文於是以回歸文字本身發展理論爲基礎，試圖以另個觀點來處理此問題。以文字發展及吾人使用之常態判斷，正字之出現及使用，應當是早於假借字等的，也就是說正字先出、假借字等晚出。在此前提下，《爾雅》使用正字之比例確是高於《毛傳》，因此可大膽推測《爾雅》是早於《毛傳》的。若以《毛傳》亦有使用正字之例，而說《毛傳》在前，是否也可以？就理論來說，當然也不能排除此可能。但是除了數據、比例之高下外，《爾雅》用假借字等之例，根據前文之考證，其或許猶有其他訓釋來源，未必是《詩》，因此他書用假借字等，《爾雅》自也非正字，何況《爾雅》確有若干例子是後人竄入的。因此就用字之異而言，還是以《爾雅》早於《毛傳》的可能性是較大的。

　　固然正字、假借字等例子，數量不算太多，代表性可能不足。但是在前文之考證中，若干特殊例子，卻也提供了不同程度之線索，茲再舉其中一例說明：

　　　　〈釋言〉：「畯、農夫也」
　　　　〈豳風・七月〉：「田畯至喜」
　　　　《毛傳》：「田畯、田大夫也」

先秦典籍中，《尚書・酒誥》有「農父」之語、《禮記・郊特牲》有「饗農」之語、《國語・周語》則有「農正」之語，未見有「田大夫」之說法，而《爾雅》「農夫」一詞與上述三書義近，甚至「夫」與〈酒誥〉「父」音同而通用。這很可能就是《爾雅》早於《毛傳》的證據，自然不能因爲義同而忽略。

　　《爾雅》既可能早於《毛傳》，則《毛傳》便可能援引、參考《爾雅》，此也再舉一例明之：

　　　　〈釋詁〉：「毗劉、暴樂也」
　　　　〈大雅・桑柔〉：「捋采其劉」
　　　　《毛傳》：「劉、爆爍而希也」

「暴樂」二字，在秦、漢時，幾乎已爲他字取代，如「薄落」、「拓落」、「剝落」、「遼落」等。而《毛傳》釋「劉」時，取用《爾雅》「暴樂」，覺「暴樂」不易知曉，故改爲「爆爍」，而「爆爍」於其時也不通行，遂又加「而希」二

字，使人易明。若《毛傳》非據《爾雅》，則何以不訓以通行、簡易之「擇落」、「剝落」等，而欲此勞煩耶？顯然此例很可能即是《毛傳》援引《爾雅》所留下之破綻。

　　最後，歸納本文考證中，曾據以討論《爾雅》為先之例子，以便檢索：

　　第五章第二節二——〈釋詁〉「竢，待也」、《毛傳》「俟、待也」
　　第五章第二節四——〈釋詁〉「般、樂也」、《毛傳》「槃、樂也」
　　第五章第二節四——〈釋言〉「薆、隱也」、《毛傳》「愛、隱也」
　　第五章第二節六——〈釋詁〉「攻、善也」、《毛傳》「善其事曰工」
　　第五章第二節六——〈釋詁〉「肩、克也」、《毛傳》「仔肩、克也」
　　第六章第二節三——〈釋草〉「蘩、皤蒿也」、《毛傳》「蘩、白蒿也」
　　第六章第三節二——〈釋詁〉「毗劉、暴樂也」、《毛傳》「劉、爆爍而希也」
　　第六章第三節二——〈釋訓〉「籧篨、口柔也」、《毛傳》「籧篨不能俯者」
　　　　　　　　　　　〈釋訓〉「戚施、面柔也」、《毛傳》「戚施不能仰者」
　　　　　　　　　　　〈釋訓〉「夸毗、體柔也」、《毛傳》「夸毗、體柔人也」
　　第七章第二節一（一）——〈釋水〉「紼、繂也」、《毛傳》「紼、繂也」
　　第七章第二節一（二）——〈釋詁〉「稅、舍也」、《毛傳》「說、赦也」
　　第七章第二節一（三）——〈釋言〉「畯、農夫也」、《毛傳》「田畯、田大夫也」

這些例子中，有些不但可以推論《爾雅》早於《毛傳》，甚至還可進一步考《毛傳》有取於《爾雅》，是極難得之線索，說皆見五、六、七章，不再贅敘。

## 第三節　本文研究之限制與後續研究之方向

　　《爾雅》全書二○九一條，四千三百餘詞，一萬多字，量已非少數；而《毛傳》全書更兩倍多於《爾雅》，計四千八百餘條，二書合論近七千條，數量直是驚人。因此本文在訓例之比對、收羅工作上，耗日費時，雖力求全備，但遺漏必所難免。今本文已收相關訓例七七二條，對於所遺者，唯俟之來日，一一再補。此限制之一也。

　　量已驚人，若再就二書之質言，則更是學問上之龐然大物。僅《爾雅》

一書，誠如郭璞注序所言：「《爾雅》者，所以通訓詁之指歸、敘詩人之興詠、總絕代之離詞、辨同實而殊號者也。誠九流之津涉、六藝之鈐鍵、學覽者之潭奧、摛翰者之華苑也。若乃可以博物不惑，多識於鳥獸草木之名者，莫近於《爾雅》。」真非包羅萬象一語可以形容。就二書詞義之考證言，字詞之形、音、義，在不同時空中，都必然有或多或少之變化，吾人在文獻中所見的，通常是已變化後之具體現象，非變化之過程。而這個變化過程，卻常是本文研究的一個依據，他通常是隱微、複雜而又牽涉不同時空的，甚至草木蟲魚之異名，也是如此。因此本文在各比較中，常以量化數據來分析二書異象，也就是為彌補此不足。此限制之二也。

二書同一字詞之使用，固可透過比對考證來分析其異同，但這些資料，通常也見於他書，如《爾雅》一書之訓詁，《四庫提要》說他：「實自為一書，不附經義」，訓詁可以獨立，是不錯的，但在研究其詞義之時，經書乃至群書之資料，卻是一個必要之證據，否則《爾雅》之訓詁，在驗證上便沒有對象。換句話說，本文雖以《爾雅》與《毛傳》解決相關問題，但《爾雅》之訓詁材料來源不止《詩》而已，明顯者，猶有《易》、《書》、《三禮》、《三傳》、《論》、《孟》、《莊子》、《楚辭》、《國語》等，都可能是《爾雅》取材之源，而這些相關之比對、考證，若能同時進行，必然可以使《爾雅》相關問題得到更可靠之驗證。但限於人力、時間，這個龐大的研究工程，亦唯有按部就班，俟之來日了。此限制之三也。

雖然諸多限制，無法短期解決，但其實就正面意義來說，這也提供了未來許多可以後續研究之方向。首先便是《爾雅》與《毛傳》外群書之比較研究，如前述《易》、《書》、《三禮》、《二傳》等，因群書時代不同，故一一之比較，可以解決《爾雅》本身成書、時代之問題，也可做為本文研究結果之再試驗。對，則《爾雅》相關疑惑可解、錯，則隨時改定，豐富證據。更重要的是在訓詁本身上，可以明析詞義之起源、變化、發展，既有助群書意義之了解，也可以顯現早期訓詁學發展之狀況、成果。總之，這是一個環環相扣、複雜且需時日的研究，本文「《爾雅》與《毛傳》之比較研究」正是這個長期研究計畫的起步。

# 引用書目

## 一、經　部

1. 《易經》，南昌府學刊本。
2. 《尚書》，南昌府學刊本。
3. 《周禮》，南昌府學刊本。
4. 《儀禮》，南昌府學刊本。
5. 《禮記》，南昌府學刊本。
6. 《春秋左氏傳》，南昌府學刊本。
7. 《春秋公羊傳》，南昌府學刊本。
8. 《春秋《穀梁》傳》，南昌府學刊本。
9. 《論語》，南昌府學刊本。
10. 《孟子》，南昌府學刊本。
11. 《爾雅注疏附校勘記》，清·郭璞注、清·邢昺疏、清·阮元校，南昌府學刊本。
12. 《爾雅注》，漢·李巡，馬國翰《玉函山房輯佚書》。
13. 《爾雅注》，漢·孫炎，馬國翰《玉函山房輯佚書》。
14. 《爾雅注》，漢·樊光，馬國翰《玉函山房輯佚書》。
15. 《爾雅注》，漢·犍爲文學，馬國翰《玉函山房輯佚書》。
16. 《爾雅注》，宋·鄭樵，《四庫全書》本。
17. 《爾雅正義》，清·邵晉涵，《皇清經解補刊》本。
18. 《爾雅義義》，清·郝懿行，漢京文化公司。

19. 《爾雅匡名》，清・嚴元照，嘉慶二五年勞經原刊本。

20. 《爾雅補注》，清・姜兆錫，《九經補注》本。

21. 《爾雅小箋》，清・江藩，《鄴齋叢書》本。

22. 《爾雅釋地四篇注》，清・錢坫，《續皇清經解》本。

23. 《爾雅漢注》，清・臧庸，問經堂本。

24. 《爾雅草木蟲魚鳥獸》，王國維，《觀堂集林》。

25. 《爾雅引毛傳考》，余培林，國科會論文，民國六十年。

26. 《毛詩注疏附校勘記》，漢・毛公傳、漢・鄭玄箋、唐・孔穎達疏，南昌府學刊本。

27. 《詩本義》，宋・歐陽修，《通志堂經解》本。

28. 《毛詩傳箋通釋》，清・馬瑞辰，中華書局・北京。

29. 《詩毛氏傳疏》，清・陳奐，學生書局。

30. 《毛詩草木蟲魚鳥獸疏後正》，吳・陸璣疏、清・趙佑，《聚學軒叢書》。

31. 《三家詩異文疏證》，清・馮登府，《皇清經解》本。

32. 《詩經四家異文考》，清・陳喬樅，《皇清經解續刊》本。

33. 《毛詩會箋》，日・竹添光鴻，大通書局。

34. 《毛傳釋例》，施師炳華，政大中文所碩士論文，民國六十三年。

35. 《詩經全譯》，唐莫堯，貴州人民出版社。

36. 〈詩毛氏傳引書考〉〉杜其容，《學術季刊》四卷二期，民國四十四年。

37. 《授經圖》，明・朱睦，台灣商務印書館。

38. 《新學偽經考》，清・康有爲，台灣商務印書館。

39. 《經籍纂詁》，清・阮元，宏業書局。

40. 《兩漢經學今古文平議》，錢穆，東大圖書公司。

## 二、小學類

1. 《說文解字注》，漢・許慎著、清・段玉裁注，黎明文化公司。

2. 《方言》，漢・揚雄，《四庫全書珍本・別輯》。

3. 《釋名》，漢・劉熙，上海涵芬樓影宋本。

4. 《廣雅》，魏・張揖，台灣商務印書館。

5. 《玉篇》，梁・顧野王，台灣商務印書館。

6. 《經典釋文》，唐・陸德明，中華書局・北京。

7. 《一切經音義》，唐・釋慧琳，新文豐圖書公司。

8. 《小學考》，清・謝啓昆，廣文書局。

9. 《文字聲韻訓詁筆記》，黃侃，木鐸出版社。

10. 《黃侃論學雜著》，黃侃，漢京文化公司。

11. 《中國訓詁學史》，胡樸安，台灣商務印書館。

12. 《訓詁學概論》，齊珮瑢，漢京文化公司。

13. 《高明小學論叢》，高師仲華，黎明文化公司。

14. 《唐以前小學書之分類與考證》，林明波，台灣商務印書館。

15. 《中國語言學大辭典》，熊向東等，江西教育出版社。

## 三、史部、子部

1. 《國語》，藝文印書館。

2. 《戰國策》，藝文印書館。

3. 《史記》，漢・司馬遷，鼎文書局。

4. 《漢書》，漢・班固，鼎文書局。

5. 《後漢書》，晉・范曄，鼎文書局。

6. 《莊子》，周・莊周，藝文印書館。

7. 《荀子》，周・荀卿，藝文印書館。

8. 《呂氏春秋》，周・呂不韋，藝文印書館。

## 四、集部、其他

1. 《楚辭》，周・屈原，漢京文化公司。

2. 《文選》，梁・蕭統，漢京文化公司。

3. 《水經注》，北魏・酈道元，台灣商務印書館。

4. 《顏氏家訓》，北齊・顏之推，台灣商務印書館。

5. 《郡齋讀書志》，宋・晁公武，台灣商務印書館。

6. 《筆乘》，明・焦竑，台灣商務印書館。

7. 《豐鎬考信錄》，清・崔述，世界書局。

8. 《過庭錄》，清・宋翔鳳，台灣商務印書館。

9. 《問學集》，周祖謨，知仁出版社。

10. 《偽書通考》，張心澂，明倫出版社。

11. 《古今偽書考》，清・姚際恆，新文豐圖書公司。

12. 《四庫全書總目》，清・阮元，藝文印書館。

13. 《四庫提要辨證》，余嘉錫，藝文印書館。